Heike Gäßler

# Der leuchtende Schuh

Roman

spiritbooks

Das Werk, einschließlich aller seiner Teile, ist urheberrechtlich geschützt. Jede Verwertung ist ohne Zustimmung des Verlages und des Autors unzulässig. Dies gilt insbesondere für Vervielfältigungen, Übersetzungen, Mikroverfilmungen und die Einspeicherung und Verarbeitung in elektronischen Systemen.

© 2012 spiritbooks, 73230 Kirchheim/Teck
Verlag: spiritbooks, www.spiritbooks.de
Autor: Heike Gäßler
Herausgeber: Ulrike Dietmann
Verlagsmitarbeit: Andrea Zieglowski
Umschlaggestaltung: Boris Bogdanović
Druck und Verlagsdienstleister: www.tredition.de
Printed in Germany
ISBN: 978-3-9814714-8-9

für Ute
&
für die Kraft der Worte

**Auch wenn die Rinde
eines Baumes glatt ist,
soll man es wagen,
daran emporzuklettern.**

Javanische Weisheit

*Die Handlung und alle handelnden Personen sind frei erfunden. Jegliche Ähnlichkeit mit lebenden oder realen Personen wären rein zufällig.*

*In einem Glossar am Ende des Buches finden Sie die im Text verwendeten Spezialbegriffe zusammengestellt und erläutert.*

## Prolog: Die Zeichen

Ein tiefer Frieden machte sich auf der Anhöhe breit, die zu dieser Jahreszeit in sommerliche Farben getaucht war. Der Meister lächelte. Mit einer weichen schwungvollen Drehung bündelte er die Energie und bereitete damit das Qi-Feld für seine Schüler auf. Die Sonne, die sich an diesem Morgen nur vereinzelt gezeigt hatte, verschwand hinter einer grauen Wolke.

„Women you fang song", hallten seine samtigen Worte über die Wiese.

Es war Wu Xiang Feis Weisung loszulassen. Der Wohlklang seiner Stimme wirkte beruhigend. Die kleine Schülerschar löste sich und schüttelte die Spannungen des Tages von sich ab. Wu Xiang Fei warf einen Blick in den Himmel. Es würde bald regnen. Doch er griff nicht ein. Er ließ den Wassertropfen ihren natürlichen Lauf. Ohnehin würde es nur ein leichter Schauer sein. Die Wolken waren nicht dicht genug für einen stärkeren Regenguss.

Seine Augen fingen den Himmel weiter ein. Plötzlich verharrte sein Blick. Etwas fesselte ihn. Eine Information von größter Wichtigkeit zeichnete sich nach und nach am Horizont ab. Erstaunt drehte er seinen Kopf weiter nach rechts und sein Blick streifte die ihn umgebende Natur. Fast unmerklich schluckte er. Wu Xiang Fei lenkte seine Aufmerksamkeit weiter nach oben und betrachtete die Übergänge zwischen den Wolken und Himmelsschichten. Dabei legte er seinen Kopf weit zurück in den Nacken. Die Gespräche um ihn herum verstummten. Alle Augen wandten sich ihm nun zu. Was tat er da? Was suchte er? Einige Schüler bedachten einander mit fragenden Blicken. Niemand wagte es, ihn zu stören.

Nach mehreren fast unwirklich langen Sekunden, in denen Wu Xiang Fei die Informationen sondierte und auf ihre Raum- und Zeitkoordinaten hin zu deuten versuchte, wandte er sich wieder den Übenden zu.

Mit einer kleinen Bewegung winkte der Meister eine junge Frau zu sich heran und bat sie, seinen Platz einzunehmen. Die athletische Braunhaarige stellte sich breitbeinig und ruhig vor der Gruppe auf und konzentrierte sich auf ihre Aufgabe. Als sie die ersten Bewegungen der Qigong-Übungsfolge sicher ausführte, griff Wu Xiang Fei nach seiner alten cremefarbenen Decke und machte sich auf den Weg. Er drehte sich noch einmal um und ließ seinen Blick suchend über die Gruppe schweifen. Seine Augen blieben an Henriette hängen. Einen Moment lang schien er sie aufmerksam zu durchleuchten. Dann ging er weiter. Unter einem hochgewachsenen Ahornbaum zog er die Schuhe aus und hüllte sich in seine Decke. Er nahm auf dem wurzelübersäten Boden Platz und überkreuzte die Beine zum Lotussitz. Was würden die neu aufgetauchten Zeichen bringen? Drei Tage lang musste Wu Xiang Fei so sitzen, ohne seine Haltung zu verändern. Geduldig würde er warten, ob sich neue Hinweise und Botschaften am Himmel zeigten.

# 1 Linke Schuhe

An Yu schaute auf die Uhr. Sie hatte eine lästige Deutsche am Apparat und das kurz vor Dienstschluss. Diese Henriette Ohms faselte nun schon geschlagene drei Minuten von irgendwelchen linken Schuhen.

An Yu wechselte den Arm, auf den sie ihren Kopf samt ihrem vornüber hängenden Körper gestützt hatte. Mit den gelblackierten Fingernägeln ihrer freien Hand kratzte sie sich die Nase.

„Bu dui, bu dui, bu dui", tönte es durch den Hörer, um An Yu scheinbar irgendeine, ihr völlig unverständliche Schludrigkeit deutlich zu machen. Diese Deutschen mit ihrer pedantischen Art gingen An Yu schon geraume Zeit auf die Nerven.

„Wei Shenme?" fragte An Yu mit hoher, kindlicher Stimme. Dabei schaute sie mit verschlafenem Blick einer dicken Fliege nach, die zielstrebig gegen das Fenster des spärlich eingerichteten Büros flog. Das schwarze Insekt zog einen Bogen zum vergilbten PVC-Regal, auf dem sich lädierte Ordner, Kataloge und Papiere stapelten. Dann flog es in Richtung Fensterfront weiter.

„Das ist alles nicht richtig", echauffierte sich diese Henriette Ohms durch den Hörer, wohl in dem Bestreben, An Yu aus der Reserve zu locken. An Yu hielt den Hörer ein Stück von ihrem Ohr entfernt. Das Deutsche hatte einen schrecklich harten Tonfall, ganz anders als ihr eigenes, wohlklingendes Mandarin. An Yu konzentrierte sich weiter auf die Fliege. Wild auf- und absteigend suchte diese nach einem Ausgang. Immer wieder knallte sie gegen die vom Staub der sechsspurigen Dong Xisi Daje-Allee grau gewordene Scheibe.

„Das sind alles nur linke Schuhe. 10.000 Paar ausschließlich linker Schuhe. Verstehen Sie? Die rechten Schuhe fehlen. Es gibt nur linke", drang es von Ferne an An Yus Ohr. Sie wechselte ebenfalls ins Deut-

sche und stellte gelassen ihre Gegenfrage:
„Warum falsch?"

An Yu liebte es, kein Wort zu viel zu sagen. Sie richtete sich auf, nahm ihr Wasserglas und stülpte es über die aufgeregte Fliege. „Warten Sie."

Für eine Sekunde legte sie den Hörer zur Seite, um ein Blatt Papier unter das Wasserglas zu schieben und es mitsamt seinem brummenden Inhalt auf ihren Schreibtisch zu stellen. Als sie den Hörer wieder aufnahm, fuhr die Deutsche aufgebracht fort.

„Sie fragen warum falsch? Keine Schuhe für den rechten Fuß. Es fehlt die Harmonie. Kein Yin und Yang. Nur Yang."

Ungerührt betrachtete An Yu weiter das Insekt. Mit gesteigerter Geschwindigkeit schlug es gegen die engen Wände des Glases.

Worüber regte sich diese Deutsche eigentlich auf? Es waren genau die Schuhe geliefert worden, die man bestellt hatte. Das Geld aus Deutschland war bereits auf ihrem Firmenkonto eingetroffen. Was ging sie das alles noch an?

„Oh, Sie bei mir auch falsch. Moment, ich verbinde", murmelte An Yu und drückte auf verschiedene Tasten. Sie leitete das Gespräch an eine andere Stelle weiter.

———

Henriette Ohms hörte ein mehrfaches Klicken, bis die Melodie von „Der Osten ist rot" durch den Hörer dröhnte. Nach fünf Minuten meldete sich endlich eine männliche Stimme.

„Wei", sagte der Mann unwirsch.

„Ni hao, hallo", antwortete Henriette und nannte ihren Namen.

„Ah, Moment, ich verbinde", nuschelte der Mann.

Wieder hörte sie ein Klicken in der Leitung, bis endlich ein weiterer Chinese am Apparat war. Als er mitbekam, worum es ging – vielleicht nahm er auch nur ihren ausländischen Akzent wahr – machte er sich nicht erst die Mühe, sie ausreden zu lassen. Der Hörer wurde einfach aufgelegt. Wütend wählte Henriette erneut die lange Nummer. Ohne

Erfolg. Offenbar hatte man in Peking beschlossen, nicht mehr mit ihr zu reden.

Henriettes schmaler Körper sank matt gegen den gepolsterten Drehstuhl. Sie fühlte sich, als hätte sich alle Welt gegen sie verschworen. Für einen kurzen Moment schloss sie ihre grünbraunen Augen. Dann nahm sie die fleischfarbenen Ballettschuhe, die vor ihr auf dem Schreibtisch lagen, und pfefferte sie zurück in ihren Karton. Von ihrem Manager-Posten in der Berliner Schuhfabrik hatte sie die Nase gestrichen voll. Dieser Job war eine Sackgasse. Wer nicht die Gunst der Chefin erlangte, fristete sein Dasein als Auslaufmodell, ähnlich der Schuh-Kollektion vom letzten Jahr. Dabei war Henriette gerade mal vierunddreißig.

Sie stieß eines der oberen Sprossenfenster weit auf und ließ sich von der frischen Luft umwehen. Sofort fühlte sie sich besser. Eine Fliege flog durchs offene Fenster und kreiste an der Decke, als folge sie irgendwelchen vorgeschriebenen Bahnen. Nachdenklich schaute Henriette ihr nach. Ein großer Kreis, zwei kleine Kreise, dann wieder ein großer. Auch Henriette kreiste. Sie sollte ihr Sinologiestudium für mehr nutzen, als dazu, ihr ganzes Wissen und Können an Schuhe und Handtaschen zu verschwenden. Die chinesischen Schuhe, die sie vertrieben, waren und blieben eine Katastrophe. Zwar sahen sie fantastisch aus, doch nach weniger als zwanzig Minuten hatten selbst die unempfindlichsten Verbraucher den Drang, die unbequemen Dinger wieder loszuwerden und gegen ein solides, zwar doppelt so teures, aber dafür auch unendlich bequemeres Schuhwerk einzutauschen. Zudem erinnerte sich Henriette nur allzu gut an den letzten Skandal um Schuhe aus Hundeleder und Katzenfell. Als Henriette herausbekommen hatte, dass auch einiger ihrer Modelle davon betroffen waren, hatte sie die gesamte Bestellung kurzerhand rückgängig gemacht. Doch sie durfte gar nicht mehr daran denken, was das alles nach sich gezogen hatte. Und nun bahnte sich schon das nächste Problem an. Henriette griff zum Hörer und wählte erneut die Nummer in Peking. Wieder wurde, nachdem sie sich gemeldet hatte, einfach aufgelegt.

Hartnäckig probierte sie es weitere zehn Mal. Schließlich gab sie auf.

Sie würde zu Wang Mei Yi, ihrer blasierten Chefin, gehen müssen, um ihr von der Linksschuhkatastrophe zu berichten. Wang Mei Yi hatte die Angewohnheit, äußerst höflich und korrekt zu sein, sich aber, wenn etwas nicht so lief, wie sie es sich vorstellte, in ein feuerspeiendes Ungeheuer zu verwandeln. Ihr hohes Gekeife peinigte Henriettes Ohren, wenn sie nur daran dachte. Impulsiv öffnete Henriette den Internetexplorer auf ihrem PC und starrte auf den Bildschirm. Ihr rechter Fuß wippte ungeduldig auf und ab. An ein ruhiges Arbeiten war nicht mehr zu denken. Sie angelte ihr Schminktäschchen aus der Schreibtischschublade, öffnete den Reißverschluss und stöberte nach ihrem zinnoberroten Lippenstift und dem kleinen Klappspiegel. Schwungvoll zog sich Henriette die vollen Lippen nach. Sie legte ein wenig Puder auf und fuhr sich mit den Händen durch ihre roten Locken. Sie würde nicht ohne Maske in den Ring ziehen. Gerade wollte sie losgehen, als ihr Marina entgegenkam. Die ältere Kollegin hatte die Ruhe und Stabilität eines Steuermanns auf See.

„Na, Henriette, du siehst aus, als würde man dich zur Schlachtbank führen", sagte sie lachend.

„Ich muss zum Schlangengeist", seufzte Henriette. „Es gibt mal wieder Ärger mit Peking."

„Entspann dich! Frau Wang ist von ihrem Außentermin noch nicht wieder da. Die kommt erst in einer Stunde."

Henriette fiel in ihren Schreibtischsessel zurück. Ihre Laune besserte sich schlagartig. Sie surfte auf den Berliner Seiten im Internet. Dabei stieß sie auf eine Stipendienausschreibung für Autoren sowie auf ein City-Quiz. Man konnte Konzertkarten für Enrico Luengo gewinnen. Henriette liebte das südländische Feuer in den Rhythmen dieses argentinischen Sängers. Sie klickte sich durch die Seiten, bis sie zur Quizfrage gelangte.

Wie heißt das letzte Album von Enrico Luengo? *Be – don't just exist,* schrieb sie in das Kästchen. Für einen kurzen Augenblick gestattete sich Henriette, von der Musik zu träumen. Dann probierte sie es erneut in Peking. Diesmal geriet sie an Gao Song Ling, den Vertriebsmanager der Schuhfabrik.

„Mei gangxi, mei gangxi", versicherte er ihr in wichtigem Tonfall. „Macht nichts, macht nichts. Es keine linken Schuhe, sind Schuhe der Mitte. Schuhe gerade geschnitten und formbar. Wenn Schuhe links anziehen, dann linke Schuhe. Wenn Schuhe rechts anziehen, dann rechte Schuhe."

Er machte eine bedeutsame Pause. Dann fuhr er fort.

„Am Morgen ich habe Ballettschuhe für Tai Chi im Park an. Das ist sehr gut. Langsam, langsam. Muss man probieren. Leder weich. Flexibel. Schuhe der Mitte, aus Land der Mitte, ha, ha."

Henriette starrte auf ihren Schreibtisch, als wollte sie sich mit den Augen an ihm festsaugen. Sie holte tief Luft.

„Ja, Herr Gao Song Ling, Schuhe der Mitte sind sicher gut für Menschen aus dem Land der Mitte. Aber wir sind hier in Deutschland. Hier kauft man rechte und linke Schuhe mit angenehmem Sitz und gutem Halt. Keine flexible Gesellschaft, keine flexiblen Schuhe. Deutschland ist solide und braucht feste Schuhe – und zwar linke und rechte. Die Schuhe sollen nächste Woche auf den Markt kommen. Ihnen bleiben also noch fünf Tage Zeit, um das Problem zu lösen. Bitte halten Sie mich über alle Ihre Schritte auf dem Laufenden."

Äußerst zufrieden legte Henriette auf. So deutlich hatte sie sich den chinesischen Genossen gegenüber bisher noch nie geäußert. Sie schrieb ihren Bericht und druckte ihn aus. Danach sortierte sie ihre Unterlagen auf dem Schreibtisch, bis alle vollkommen gerade und in der richtigen Reihenfolge aufeinander lagen. Als ihr nichts weiter einfiel, was sie noch tun könnte, machte sie sich auf den Weg zu ihrer Chefin.

„Guten Morgen, Frau Wang."

In dem Raum herrschte die Stille einer anderen Welt. So musste es sein, wenn man ins Totenreich kam. Die Chefin saß wie versteinert auf ihrem Stuhl.

„Guten Morgen Frau Wang, könnte ich Sie bitte kurz sprechen?"

„Schließen Sie die Tür!"

Keine Grabesstille herrschte hier. Nein, es war eine gläserne Lautlosigkeit, die vor innerer Spannung jeden Moment zu zerspringen drohte. Als sich Henriette wieder zu Wang Mei Yi umdrehte, brachen die Worte wie ein Pfeilhagel über sie herein.

„Wie können Sie es wagen, so vor mich zu treten? Ich habe gehört, dass ganzer Container, der heute gekommen, nicht okay ist. Gao Song Ling rief eben an und versichert, dass in China alles in Ordnung. Ich erwarte, dass Sie das sofort regeln. Sofooort!", kreischte sie und ihr rundes Gesicht nahm einen gequälten Ausdruck an.

„Frau Wang, ich habe bereits mit Peking telefoniert."

„Das ist jetzt schon das zweite große Panne innerhalb von drei Jahren. Wie stellen Sie sich das vor? Wenn Sie es bis heute Abend nicht in Ordnung bringen, fliegen Sie. Aus. Schluss. Kaputt."

Sie hob ihren rechten Zeigefinger und deutete damit auf Henriette.

"Und keine weiteren Pannen. Das klar?"

„Frau Wang, wie gesagt ich habe mit Gao Song Ling telefo …"

„Es ist mir egal, mit wem Sie telefoniert haben. Lösen Sie den Problem. Und verschwenden Sie nicht mein Geld für teure Telefonate."

„Bitte sprechen Sie nicht in diesem Ton mit mir. Wir sind hier nicht in China." Henriette sagte es leise.

„Shenme? Was?", brüllte es aus der Ecke, als jagten Blitze durch den Raum. „Wie bitte?"

Der Schlangengeist schnellte plötzlich vom Stuhl hoch. Wie ein Kampfmönch stürzte die Chefin an Henriette vorbei zur Tür und riss sie weit auf.

„Raus! Raus aus mein Büro."

Im nächsten Moment wurde Wang Mei Yi wieder ganz ruhig. Ihre leise Stimme kroch bedrohlich nahe an Henriette heran.

„Heute Abend erwarte ich schriftliches Bericht. Wenn es nicht positiv ist, dann Sie packen Ihre Sachen."

Henriette stand auf dem Flur. Ihre Kiefer waren fest aufeinander gepresst. Sie bebte vor Wut. Das war der Gipfel der Ungerechtigkeit. Sie hatte diese Schuhe weder ausgesucht noch bestellt. Den Bericht immer noch in den Händen haltend, lief sie in Richtung ihres Büros. Sie fasste sich an Arme und Brust, als wollte sie fühlen, ob alles noch da war. Ihre Chefin war so unberechenbar, dass Henriette, obwohl sie Wang Mei Yi seit Jahren kannte, noch immer nicht einschätzen konnte, wie sie auf etwas reagieren würde. Sie nahm den Bericht, feuerte ihn grimmig, so wie er war, in Wang Mei Yis Brieffach und ging zu ihrem Schreibtisch zurück. Noch im Stehen aktivierte sie ihren Computer aus dem Ruhezustand. Auf dem Bildschirm erschien wieder das City-Quiz. Wütend starrte sie es an.

„Be, don't just exist. Pah!"

So konnte es nicht weitergehen. Ihr Herz raste. Sein Pochen hatte sich in einen rasenden Vierviertaltakt verwandelt. Falsches Tempo, falscher Rhythmus. Sie hielt diesen Stress nicht mehr aus, sie musste etwas unternehmen. Vielleicht würde ein Termin bei Wu Xiang Fei ihr weiterhelfen. Sie benötigte dringend seinen Rat. Doch wie konnte sie ihn sprechen? Er war so ein vielbeschäftigter Mann. Als angesehener Qigong-Meister unterrichtete er in vielen Ländern der Welt. Seine Warteliste für Konsultationen war so lang, dass man die Klagemauer in Jerusalem mit ihr hätte tapezieren können.

Aufgeregt ging Henriette hin und her. In diesem Zustand konnte sie weder arbeiten noch denken. Sie musste sich beruhigen, beruuuuhigen, beruuuuuhigen, verdammt noch mal! Sie durfte sich nicht immer so aus der Ruhe bringen lassen. Henriette schloss die Augen. Ihre Eingeweide fühlten sich an wie eine aufgerissene Wunde. Ihre Augenlider zitterten. Am besten, ich mache einige Minuten Qigong, beschloss sie und richtete ihre Konzentration nach innen. Tiiiiief durchatmen, ruhig werden, tiiiief, tiiieef, gaaanz tiiief. Den Atem bis in die Fußspitzen bringen. In den großen Zeh tiiief hineinatmen. Sie seufzte erleichtert auf und öffnete langsam wieder die Augen. Dann begann sie, ihre Hände wie die Wellen des Meeres von rechts nach links gleiten zu lassen und sich mit ihren Beinen in Zeitlupe voran zu bewegen. Der Boden quietschte unter ihren Sohlen.

Henriette dachte an ihren Meister. Wenn Wu Xiang Fei diese Übung seinen Schülern zeigte, war es jedes Mal, als hätte man eine

Wolke vor sich, aus der sich reine Energie ergießen würde. Wu Xiang Fei hatte die Beweglichkeit und Weichheit eines Babys und strahlte eine beglückende Kraft und Würde aus. Mit dem Gedanken an ihn, übte sie weiter und bewegte sich in Zeitlupe um ihren Schreibtisch herum. Doch es dauerte lange, bis ihre Arme und Beine gleichmäßig fließend – und endlich wie von selbst – dahinschwebten und sie in einen Zustand von Ruhe und Gleichmut eintauchte.

Ein warmer Wind streichelte vom Fenster her ihre helle Gesichtshaut und fuhr durch ihre lockigen Haare. Plötzlich kam ihr eine Idee. Sie ging zum Computer und klickte sich durch mehrere Seiten hindurch zurück, bis sie wieder bei der Ausschreibung für Stipendien landete. Warum sich nicht für ein Buchvorhaben über Qigong bewerben, spukte es ihr durch den Kopf. Sie merkte, wie sie der Gedanke, ein Qigong-Buch zu schreiben, faszinierte. Ja, das war es, was sie tun sollte. Wer wusste schon Konkretes von dieser jahrtausendealten Schule, die daoistische und buddhistische Elemente in sich barg und ursprünglich einmal aus schamanischen Tänzen entstanden war? Qigong galt als die Wiege der chinesischen Medizin, der Akupunktur und der chinesischen Kampfkünste. Seit mehr als drei Jahren lernte sie diese Bewegungsmethode und spirituelle Lehre von ihrem Qigong-Meister. Etwas daran berührte sie so sehr, dass sie schon länger mit dem Gedanken gespielt hatte, sich ganz auf diese Lehre einzulassen. Bisher hatten sie jedoch ihr gut bezahlter Managementjob und ihre klar strukturierte Karriereplanung immer davon abgehalten. Doch das war alles Zeitverschwendung. Eine Karriere in dieser Firma war die reinste Illusion. Sie konnte genauso gut etwas Neues beginnen. Kurzentschlossen griff Henriette zum Telefon und drückte die Tasten. Auf dem Anrufbeantworter des Qigongzentrums vernahm sie die Stimme von Wu Xiang Feis Assistentin Nathalie.

„Hallo Nathalie, hier ist Henriette. Bitte ruf mich zurück. Ich habe vor, ein Qigongbuch über Wu Xiang Feis Lehre zu schreiben. Ich möchte Wu Xiang Fei um sein Einverständnis bitten. Vielleicht können wir darüber sprechen. Du erreichst mich im Büro oder ab sechs

Uhr zu Hause."

Henriette legte auf. Sie war in dieser seltenen Stimmung, in der man alles erreichen kann. Erhitzt wandte sie sich wieder der Ausschreibung zu. Plötzlich wusste Henriette, dass dies ein besonderer Moment in ihrem Leben war. Sie würde sich der Verbreitung der chinesischen Qigonglehre widmen und damit endlich etwas Großes und wirklich Sinnvolles aufbauen. Sie liebte diesen Gedanken. Ihr Kopf ratterte wie eine geschäftige Nähmaschine. Zügig und konzentriert begann sie, das Bewerbungsformular auszufüllen. Während des Schreibens formte sich wie aus dem Nichts heraus ein Buchkonzept.

Bisher war nur ein einziges Werk über Wu Xiang Fei im Handel, das wusste Henriette genau. Ein chinesischer Schüler hatte es vor Jahren geschrieben und in Peking herausgebracht. Inzwischen wurde das vergriffene Buch in einem kleinen Verlag in Chongching neu aufgelegt. Ein chinesischer Freund von Marc hatte es für sie herausgefunden. Er hatte versprochen, das dünne Büchlein für sie aufzutreiben und nach Deutschland zu schicken. Sie würde es bald gut gebrauchen können.

## 2 Das neue Gesetz

In der kleinen chinesischen Redaktion, wo man das Kulturmagazin „Ren Bao" und die englischsprachige Touristenzeitschrift „Young Beijing" herausbrachte, drehte sich laut scheppernd der alte Ventilator. Nutzlos hing er an der Decke und wirbelte die sandige Hauptstadtluft durchs Zimmer, ohne die erhoffte Kühlung zu bringen. Der Juli war dieses Jahr wieder unerträglich heiß. Zhi Gang schaute frustriert nach oben. Er wartete, wie die Verhandlungen wohl ausgehen würden. Die Regierung hatte schon alles Notwendige vorbereitet. Falls das angekündigte Gesetz heute tatsächlich noch verabschiedet werden würde, könnte man es schon bald in den nationalen Zeitungen lesen. Hungrig schlürfte er eine scharfe Rindfleischsuppe und fischte sich einige Nudeln mit seinen Stäbchen heraus. Er zog ein Taschentuch aus der Hosentasche und wischte sich die schweißtriefende Stirn. Noch zwei Stunden, dann würde er wissen, ob er nach Hause gehen oder sich die halbe Nacht um die Ohren schlagen müsste, um auf die Schnelle einige kritische Berichte zu verfassen und die neuesten Nachrichten zu verbreiten.

Das Gesetz war ein gezielter Schachzug. Wer hatte sich so etwas nur ausdenken können? Sicher steckte wieder einer jener Köpfe aus der „vierten Etage" dahinter. Düster. Im chinesischen Aberglauben mochte man die Zahl „si", die „Vier" nicht. „Si" wie der „Tod", so hatte sein Großvater immer gesagt. Beide Wörter klangen gleich. Ja, die Herren aus der vierten Etage verdienten wirklich genug Yuan. Dafür wollte ihnen hin und wieder etwas Spektakuläres einfallen. So viele Scheine hätte er auch gern mal gehabt, wie diese Leute sie für ihre beispiellosen Gesetzesvorlagen einsteckten. Mit dem Erlass, falls er durchkommen würde, hätten es Einige in diesem Land wieder sehr schwer. Die buddhistischen Mönche und Nonnen würden einen neuen Tiefschlag erleben. Das Gesetz könnte aber auch Aufruhr bedeuten. Die Kritik der Weltöffentlichkeit würde sicher nicht lange auf sich warten lassen. Doch bekanntlich hielt selbst so eine politische Irritation nicht lange an. Zhigang machte sich nichts vor. Hier ein bisschen Säbelrasseln, dort ein paar kleine Lockvögelchen für die Wirtschaft und alles wäre wieder beim Alten. Trotzdem war es wichtig, in internationalen Kreisen die Aufmerksamkeit auf dieses Thema zu lenken.

Ihm fiel ein, dass er seinem Freund Marc versprochen hatte, ein Qigongbuch zu schicken. Zhigang adressierte einen Briefumschlag, zog das kleine chinesische Qigongbüchlein aus dem Regal und packte es hinein. China kann es sich nicht leisten, in religiösen Fragen nachzugeben. Es steht zu viel auf dem Spiel, setzte er seine Spekulationen fort. Er überlegte kurz, ob er Marc auch eine Nachricht bezüglich der möglichen Ereignisse schreiben sollte. Aber man wusste nicht, wie sehr die Zeitungsbüros überwacht wurden. Besser sich gedulden, bis alles offiziell war. Außerdem war es höchste Zeit, das Qigongbuch loszuwerden, bevor es wieder amtlichen Ärger mit allem Spirituellen gab – und man solche Texte nicht mehr verschicken konnte. Dass sich Marc ausgerechnet jetzt für Qigong und die spirituellen Lehren interessierte, war typisch. Noch vor einigen Monaten wäre es für Zhigang ein Leichtes gewesen, ihn mit der besten chinesischen Literatur darüber zu versorgen, aber jetzt wusste man schon wieder nicht mehr so genau, woran man war. Zhigang schlürfte laut die letzten Reste seiner Suppe aus und warf die Plastikschüssel samt Stäbchen in den Müll.

Die Nachricht über das neue Gesetz ließ nicht lange auf sich warten. Schon zwei Stunden später stürmte sein Kollege Foto-Wu in den Raum. Er hatte sich stundenlang vor dem Regierungsgebäude herumgedrückt, in der Hoffnung, irgendwelche Amtsgeheimnisse aufschnappen und in Bildern festhalten zu können. Nun kam er mit brandneuen Informationen und Gerüchten zurück.

„Die Verordnung zur Reinkarnation ist tatsächlich durchgekommen. Ab September dieses Jahres darf niemand mehr einfach wiedergeboren werden. Jede Reinkarnation muss angemeldet und von der Regierung genehmigt werden."

„Hast du irgendwelche Fotos schießen können?"

„Nein, nichts wirklich Spektakuläres. Aber sie hätten mich fast erwischt. Ich konnte gerade noch rechtzeitig türmen."

Er zog die Kamera unter seinem Jeanshemd hervor und legte sie auf den Schreibtisch. Foto-Wu grinste. Doch Zhigang merkte ihm seine Anspannung deutlich an.

„Wir sollten uns beeilen. Ich hoffe, du schaffst es, die Nachricht in der nächsten Stunde ins Ausland zu schicken und einen Bericht fertig zu machen. In wenigen Tagen wird das Gesetz öffentlich bekannt gegeben werden. Bis dahin könnte im Stillen noch einiges bereinigt werden. Ich werde inzwischen zum Yonghegong-Tempel gehen. Alles deutet drauf hin, dass es bald Festnahmen geben wird. Aber es wird nicht einfach sein, in dieser Lama-Hochburg, mit ihren endlos vielen Hallen, irgendetwas in Erfahrung zu bringen", sagte Foto-Wu und packte seine Tasche.

„Also dann mal los", sagte Zhigang und nahm einen Schluck starken Oolong-Tee. Es würde eine lange Nacht werden. Er fuhr den Computer hoch, nahm Wus Kamera und lud die neuen Bilder auf den Desktop. Wie besessen hackte er in die Tasten, was Foto-Wu ihm schon halb im Rausgehen diktierte.

„Ich komme nach, sobald ich hier fertig bin. Ruf mich am besten von dort aus nochmals an", rief Zhigang Foto-Wu hinterher, der seine Kamera wieder an sich genommen hatte und sich ein Taxi zum Lama-Tempel bestellte.

„Geht klar", sagte Foto-Wu und verschwand durch die Tür.

Zhigang tippte einen kurzen Bericht für seine Kollegen in Deutschland, der Schweiz und in den Vereinigten Staaten.

*Neue Verwaltungsmaßnahmen für die Reinkarnation Lebender Buddhas*

*Die chinesische Regierung hat einen neuen Gesetzesentwurf durchgebracht, in welchem Mönchen des tibetischen Buddhismus die Reinkarnation ohne eine vorherige Erlaubnis von Seiten der chinesischen Regierungsbehörde verboten wurde. Nach Aussagen des nationalen Büros für religiöse Angelegenheiten wird dieses Gesetz, das am 1. September 2007 in Kraft tritt, ein bedeutender Schritt zur Professionalisierung und Institutionalisierung des Reinkarnationsmanagements sein. Es verordnet ein striktes Prozedere, wie man sich zu reinkarnieren hat.*

Deutlicher traute Zhigang sich nicht zu werden. Als er seine Rundmail abgeschickt hatte, machte er sich daran, einen neutral gehaltenen Bericht für die „Ren Bao", die Zeitschrift „Mensch" zu verfassen, dann eine verschärfte englische Version für „Young Beijing". Er blickte auf die Uhr. Es war kurz nach elf. Das Schreiben hatte viel zu lange gedauert. Und Foto-Wu hatte sich nicht gemeldet. Das war merkwürdig. Zhigang nahm seine Jacke vom Haken, brachte das Päckchen zur Post und beeilte sich, in Richtung Lama-Tempel zu fahren.

## 3 Die Aufgabe

Henriette schreckte vom Sofa auf. Es klingelte. Sie musste vor dem Fernseher eingeschlafen sein. Mühsam richtete sie sich auf, um nach dem Telefon zu greifen. Auf ihrer Wange zeichneten sich die Fingerabdrücke ihrer rechten Hand ab. Benommen setzte sie sich in eine aufrechte Position und drückte die Taste. Eine Frauenstimme dröhnte durch den Hörer. Die Sprecherin hielt sich nicht erst damit auf, ihren eigenen Namen zu nennen.

„Du hast wirklich großes Glück, Henriette. Es ist ganz erstaunlich. Aber Wu Xiang Fei hat deine Bitte entgegengenommen."

Henriette konnte es kaum glauben, es musste Nathalie, die Assistentin ihres Qigongmeisters sein.

„Es wird ein Treffen geben. Wenn Wu Xiang Fei deinen Vorschlag gutheißt, wird er dir die Aufgabe energetisch übertragen."

Augenblicklich war Henriette hellwach.

„Danke für deinen Rückruf, Nathalie. Ich habe bereits ein Buchkonzept ausgearbeitet", sprudelte sie hervor. „Ich möchte nicht nur einfach das chinesische Buch übersetzen. Ich will eine neue Version daraus machen, die mehr auf unsere deutschen Verhältnisse zugeschnitten ist. Kulturelle Unterschiede sollen berücksichtigt ..."

„Besprich das mit Wu Xiang Fei, Herzchen", sagte Nathalie mit ihrem gedehnten amerikanischen Akzent.

„Ja, du hast recht. Das ist sicher besser. Aber was verstehst du darunter, dass Wu Xiang Fei mir die Aufgabe energetisch übertragen wird?"

„Sag, Henriette, wie lange bist du jetzt bei uns? Bestimmt drei Jahre, oder? Und da weißt du immer noch nicht, wie Wu Xiang Fei seine Aufgaben überträgt? Sag, vielleicht bist du ja doch noch nicht so weit, um ein Buch über ihn schreiben zu können. Das ist absolutes Basiswissen!"

Henriettes glaubte sich verhört zu haben. Woher kam plötzlich dieser herablassende Ton? Nathalie war bisher immer nett zu ihr gewesen. Der Assistentin schien ihr Buchvorhaben nicht zu gefallen.

„Nathalie, sag mir bitte einfach, was das bedeutet", entgegnete Henriette verunsichert.

„Na schön. Also, wenn Wu Xiang Fei dir eine Aufgabe überträgt, dann gibt er dir ein hohes Maß an Qi, damit du diesen Auftrag perfekt erledigen kannst. Wie bei einer Fernübertragung pflanzt er die Information der Aufgabe in dich ein. Wenn du daran arbeitest, die Aufgabe zu erfüllen, regelt sich vieles von selbst. Du schwimmst auf einem kraftvollen Qi-Feld. Das Feld ist jedoch an die Aufgabe gekoppelt. Es ist überaus wichtig, Henriette, dass man seine Aufgabe erfüllt. Damit wird auch das Qi wachsen. Ansonsten geht es steil bergab mit deinem Energieniveau. Man sollte sich also vorher gut überlegen, ob man einer Sache gewachsen ist. Wir haben alle ein zu großes Ego. Und hinterher gibt es kein Zurück mehr. Deshalb wartet man, bis ein Meister auf einen Schüler zukommt und ihm einen Auftrag erteilt und kommt nicht mit eigenen Ideen daher. Denn ich muss das sonst prüfen und ständig hinterherkontrollieren, ob die Aufgaben auch richtig erfüllt werden. Da erlebt man so einiges."

Unruhig trommelte Henriette mit den Fingern auf den Tisch, verzichtete aber auf eine Antwort. Einer so großen Überheblichkeit war sie nicht gewachsen. Zudem wollte sie den bevorstehenden Termin nicht wegen irgendwelcher Differenzen mit Nathalie gefährden. Das Treffen war einfach zu bedeutend.

Dann wartete Henriette und wartete. Zwei Termine wurden angesetzt und wieder verschoben. Ihr Buchprojekt wurde allmählich zu einer fixen Idee. Wann immer Henriette mit ihrer Arbeit unzufrieden war, dachte sie an diese neue Aufgabe. Und obwohl sich das Problem mit den linken Schuhen einfach nicht lösen wollte und in Peking durch immer neue Abteilungen wanderte, blieb Henriette gelassen. Es war, als hätte sie plötzlich etwas gefunden, das ihr wirklich entsprach.

Ende Juli war es endlich so weit. Sie wurde für halb sechs zu einer Besprechung ins Berliner Qigong-Zentrum eingeladen.

―――

Etwas zu schwungvoll stieß Henriette die Glastür des Zentrums auf. Die Tür donnerte gegen einen Blumentrog.

„Na, wo willst du denn hin, Henriette? Du scheinst es ja mächtig eilig zu haben", wandte sich ihr Katharina zu, eine verträumt aussehende junge Qigongschülerin, die hinter der Empfangstheke saß.

„Nein, eilig hab ich es eigentlich nicht. Ich habe einen Termin mit Wu Xiang Fei, jedoch erst in einer Viertelstunde."

Während sie sich mit Katharina unterhielt, zog Henriette die Zehen ihrer Füße ein. Sie ärgerte sich, dass sie sich in letzter Sekunde doch noch für ihre neuen Riemensandaletten entschieden hatte, da diese sich unangenehm in ihre Haut bohrten. Doch sie passten einfach am besten zu ihrem engen rostroten Kleid, das sie extra für diesen Anlass ausgewählt hatte.

„Nathalie und Wu Xiang Fei sind, glaube ich, noch nicht da", ließ sie die ewig sanfte Katharina wissen.

„Aber wenn du willst, kannst du ja vorsichtshalber einen Blick in die Halle werfen. Manchmal kommen sie durch den Hinterausgang herein."

In der Turnhalle standen wahllos irgendwelche Stühle im Raum. Dazwischen probten etwa ein Dutzend Frauen und Männer irgendwelche Tanzformationen, die sie zuvor in einem Qigongseminar neu gelernt hatten. Sehr professionell sah es noch nicht aus. Aber die Weichheit der Bewegungen, die manche der Übenden, trotz ihres noch unkoordinierten Reigens vollzogen, faszinierte Henriette. Sie verfolgte einige Minuten lang die Proben, bis sie unruhig auf die Uhr schaute.

Endlich, mit einer halben Stunde Verspätung, kam Wu Xiang Fei herein. Wie immer war er unauffällig und schlicht gekleidet. Doch sein noch jung wirkendes Gesicht und sein strahlender Körper waren nicht zu übersehen. Von seinem Wesen ging etwas so Positives und Wärmendes aus, dass man in seiner Gegenwart alle Sorgen und Ängste vergaß. Das Gespräch mit ihm verlief neben den Proben her, während er interessiert die Tänzer beobachtete. Henriette fragte sich, was genau ihm Nathalie, die sich mit Stift, Papier und wichtiger Miene hinzusetzte, vorab mitgeteilt hatte? Als Henriette zum zweiten Mal ansetzte, um von ihrer Buch-Idee zu berichten, blickte Wu Xiang Fei auf und sah sie erstaunt an. Er hörte aufmerksam zu, unterbrach das Gespräch aber immer wieder, um den Tänzerinnen neue Anweisungen zu geben.

„Ich würde gern dein Buch, das es auf Chinesisch gibt, ins Deutsche übertragen und vielleicht auch erweitern – mit allgemeinen Erklärungen zur chinesischen Kultur. Ich habe mich auch bei einer Stiftung für ein Stipendium beworben, um das Projekt finanziell abzusichern."

„Kennst du das chinesische Original?", fragte Wu Xiang Fei neugierig und wechselte vom Englischen ins Chinesische: „Woher weißt du von dem Buch?"

„Nathalie hat es einmal erwähnt", entgegnete Henriette und fing den missgünstigen Blick der Assistentin auf.

„Aber ich habe es noch nicht ..."

„Das Buch ist vergriffen", fiel ihr Nathalie eisig ins Wort.

„erhalten", fuhr Henriette leise fort. „Es gibt eine Neuauflage in Chongqing. Marc, ein Freund von mir, hat vor kurzem davon erfahren und es für mich besorgen lassen. Es müsste bald ankommen."

Was war bloß in Nathalie gefahren? Henriette fragte sich, warum sie plötzlich so feindselig war. Sollte sie etwa um ihre Position oder ihre Nähe zum Meister bangen? Wu Xiang schien es nicht zu stören. Er schenkte Nathalie keinerlei Beachtung. Stattdessen nickte er Henriette zu: „Good!"

Dann verstummte er und schaute lange vor sich hin. Leichtfüßig stand er auf und befahl ihr mit auf die Bühne zu kommen. Dort stellte er sie in die Mitte zwischen die Tänzer und Tänzerinnen und zeigte ihr eine Bewegung, die sie gemeinsam mit den anderen proben sollte.

Henriette konnte es nicht begreifen. Was hatte das mit ihrem Buch zu tun? Enttäuschung und Wut wuchsen wie zwei Schlingpflanzen in ihrem Innern und verknoteten sich ineinander. Das sollte also das Gespräch gewesen sein, auf das sie sich so sehr gefreut hatte?! Wieso wollte Wu Xiang Fei nicht weiter über das Projekt sprechen? Und warum musste sie sich jetzt, mitten im Gespräch, zwischen den Tänzern aufstellen? Und dann noch diese Nathalie! Wenigstens drückten ihre Schuhe nicht mehr. Sie hatte sie abgestreift und humpelte nun barfuß über die Bühne.

Während sie unter den prüfenden Blicken von Wu Xiang Fei mit ihren Armen den Flügelschlag eines Vogels imitierte, entspannte sie sich allmählich. Sie bemühte sich, in diesen angenehm gelassenen Qigongzustand hineinzufinden, in dem sich alles auflöste. Doch es gelang ihr nur für einen kurzen Augenblick. Zu verunsichert und enttäuscht war sie von dem soeben Geschehenen.

Nach einer Stunde war die Probe zu Ende. Als sich Henriette, den Tränen nah, wieder in ihre schmalen Schuhe zwängte, winkte Wu Xiang Fei sie zu sich heran.

„Henriette, bitte komm in mein Büro." Wu Xiang Fei liebte es, hin und wieder einen deutschen Satz einfließen zu lassen. Und obwohl sein Deutsch bei weitem nicht so gut war wie sein Englisch, vergrößerte sich sein Wortschatz doch zusehends. Der Meister schloss die Bürotür hinter ihr.

„Bitte setz dich. Möchtest du eine Tasse kai shuei?"

„Heißes Wasser, ja gerne", gab Henriette zur Antwort.

Wu Xiang Fei setzte sich ihr gegenüber und lächelte ihr sanft zu. Er öffnete die Schublade seines Schreibtisches und zog daraus einen Stapel Papiere hervor, die er auf dem Tisch vor sich auftürmte.

„Du hast darum gebeten, eine sehr wichtige und bedeutende Aufgabe zu übernehmen. Wie ich sehe, ist dir viel daran gelegen."

Henriette nickte demütig. Dabei stellte sie fest, dass sie durch das anstrengende Training in den Achselhöhlen leicht nach vergorener

Milch roch. Schnell lehnte sie sich ein wenig zurück.

Wu Xiang Fei schenkte ihr einen väterlichen Blick und fuhr in Englisch fort:

„ Aber du verstehst nicht, wie hoch diese Aufgabe ist. Von all meinen Schülern in China, habe ich nur einem einzigen bisher erlaubt, ein Buch über mich und meine Qigong-Lehre zu schreiben. Das sollst du wissen. Und du sollst auch verstehen, warum: Die Methode, die ich lehre, basiert auf einer Jahrtausende alten Tradition. Sie wurde über all die Zeiten hinweg nur innerhalb meiner Familie vom Lehrer an einen auserwählten Schüler weitergegeben. Noch nie zuvor wurden die Weisheiten, welche diese Lehre so bedeutend machen, schriftlich niedergelegt. Denn es handelt sich um innere Lehren des Qigong, die nicht in jedermanns Hände gelangen sollten. Aber die Zeiten haben sich geändert und seit den 1940er Jahren haben einige Meister damit begonnen, ihre Familientraditionen einer breiteren Öffentlichkeit zugänglich zu machen. Warum? Damit das bedeutende Kulturgut des Qigong nicht verloren geht. Aber auch, weil die Menschen immer mehr dieser Lehren bedürfen in unserer sich rasant entwickelnden Welt. Der Schüler, dem ich mein Wissen für ein Buch weitergegeben habe, ist ein enger Vertrauter, der nach meinen Anweisungen geschrieben hat. Es ist ein sehr gutes Buch. Aber ein Qigongbuch schreiben zu können, ist eine Sache. Eine andere Sache ist es, ein Qigongbuch richtig lesen und verstehen zu können."

Henriette wurde unsicher. Sie spürte, dass Wu Xiang Fei ihr jenseits aller Worte, auf einer Ebene, zu der die Sprache keinen Zugang fand, etwas Wichtiges mitteilen wollte. Doch sie konnte es nicht erfassen. Die Information drang nicht zu ihr durch. Endlich sprach er weiter.

„Das Buch ist für die Qigongschüler hier in Deutschland nicht geeignet".

Und da, ganz plötzlich, wurde es Henriette bewusst, dass Wu Xiang Fei ihrem Wunsch, das Buch zu übersetzen oder auch ein eigenes zu schreiben, niemals nachgeben würde. Nicht, weil er es nicht wollte, sondern weil er es nicht durfte. Wu Xiang Fei trank einen Schluck heißes Wasser. Er legte seine rechte Hand auf den Papierstapel.

„Ich habe eine sehr bedeutende Aufgabe für dich", sagte er.

„Doch bevor ich dir diese Aufgabe in allen Einzelheiten erkläre, sollst du mir sagen, ob du bereit bist, sie anzunehmen. Es gibt noch eine Person, die über mich geschrieben hat, eine meiner deutschen Qigongschülerinnen. Ihr Name ist Marie-Claudine. Das Buch wurde nie veröffentlicht. Es liegt seit über zwei Jahren in meinem Archiv. Und wir haben seit dieser Zeit keinen Kontakt mehr zu Marie-Claudine. Ich habe ihr die Aufgabe zugedacht, das Buch zu schreiben – und nur sie kann und darf es fertigstellen. Ich möchte, dass du mit ihr in Kontakt trittst und die Publikation gemeinsam mit ihr vorbereitest. Als Managerin hast du Fähigkeiten, um das Buch bei einem guten Verlag unterzubringen. Und du hast Kraft. Möchtest du diese Aufgabe übernehmen?"

Henriette schluckte. Sie spürte Wu Xiang Feis Blick auf sich ruhen. Für einen Moment wusste sie nicht, was sie tun oder sagen sollte. Ihr Gehirn war wie leergefegt. Doch plötzlich schossen alle Gedanken gleichzeitig durch sie hindurch. Auch die Schlingpflanzen in ihrem Bauch meldeten sich wieder zu Wort.

Verloren. Es ist alles verloren, dachte Henriette enttäuscht. Sie fragte sich, was sie mit ihrem Stipendium machen sollte, falls sie es bekommen würde. Eine andere, neue Stimme bohrte sich in ihr Bewusstsein und ergriff, ohne dass sie noch abwägen konnte, das Wort. Ihr Kopf bewegte sich zu einem leisen Nicken.

„Ja, ich will es versuchen", hörte sich Henriette sagen.

Sie hatte zugesagt. Sie hatte die Aufgabe angenommen. Über sich selbst erstaunt, sah sie auf. Wu Xiang Fei nickte nur. Er hatte es nicht anders erwartet. Wortlos schob er den Papierstapel zu ihr herüber.

„Hier sind einige Texte von Marie-Claudine aus dem Archiv. Es sind ihre Buchtexte, Artikel, Erfahrungsberichte und andere Aufzeichnungen. Wenn du diese Aufgabe meisterst, dann hast du viel vollbracht", verabschiedete sich Wu Xiang Fei von Henriette.

Benommen stolperte sie aus seinem Zimmer. Die Papiere an die Brust gepresst, stieg sie die weißen Steintreppen des Zentrums hinunter und drückte sich an der Empfangstheke vorbei zur Eingangstür hinaus. Vor der Tür atmete sie erst einmal tief durch. Es war das merkwürdigste Treffen gewesen, das sie je erlebt hatte. Henriette wusste, dass viele Schüler, die eine Aufgabe von einem Meister bekamen, begierig darauf waren, diese auch anzunehmen. Sie sahen es als Schulung an und versprachen sich davon einen bedeutenden Entwicklungsschritt für ihr Leben. Dennoch erstaunte es Henriette, wie schwer es war, vor Wu Xiang Fei die eigenen Gedanken auszubreiten oder sich gar seinem Wunsch zu entziehen. Es kam ihr vor, als ginge ein Sog von ihm aus, dem sie sich kaum entziehen konnte.

Betrübt über die Ablehnung ihres Projektes und über ihre unüberlegte Zusage zu der neuen Aufgabe machte sie sich auf den Weg zum Auto. Als sie um die Ecke bog, knickte sie mit ihrem Knöchel um und fand sich, mitsamt ihren Unterlagen, auf dem steinigen Boden wieder.

## 4 Veränderung

Der Knöchel tat ihr weh, ebenso der Ellbogen. Langsam humpelte Henriette auf ihren Wagen zu und packte die durcheinandergeratenen Papiere auf den Beifahrersitz. Was Henriette jetzt dringend brauchte, war ein starker Kaffee. Sie fischte ihr Mobiltelefon aus der Handtasche und wählte die Nummer von Marc, ihrem alten Freund und Studienkollegen. Aufgewühlt wie sie war, verabredete sie sich mit ihm im Café Würgeengel. Es war eine der Kneipen, in die sie noch während ihrer Studentenzeit gerne gegangen war.

Henriette bog in die Dresdner Straße ein und drehte eine kleine Runde, bis sie in der Prinzessinnenstraße eine Parklücke fand. Vorsichtig stieg sie die Treppe zum Eingang des Würgeengels hinauf. Obwohl noch nicht allzu viele Gäste da waren, war der im Salonstil gehaltene Raum stickig und verqualmt. Der Barmann nickte ihr vom Tresen aus zu.
„Einen doppelten Espresso und einen doppelten Cognac."
„Zweimal Doppelpack", bestätigte er amüsiert, streckte zwei Finger vor die Nase und schielte darauf. Doch Henriette war nicht nach Lachen zumute. Sie setzte sich an einen der kleinen Holztische und besah sich ihren aufgeschürften Ellbogen. Um das Schlimmste zu verbergen, schlüpfte sie in ihre Seidenstrickjacke. Am liebsten wäre sie ganz darin verschwunden.

Erst, als der sonnige Barmann mit ihrer Bestellung kam, schaute sie kurz nach oben und richtete sich auf.
„Danke", sagte sie erleichtert und führte die Espressotasse zum Mund.
Als er gegangen war, kippte sie einen großen Schluck Cognac hin-

terher und fiel wieder in sich zusammen. Henriette spürte eine merkwürdige Nervosität. Sie nippte erneut an ihrem Kaffee und hoffte, dass Marc bald hier sein würde. Seit er seinen Reiseleiterjob ausgebaut hatte, war er viel zu wenig in Berlin. Zeitlücken durchzogen ihre Freundschaft wie die Löcher einen Schweizer Käse. Doch darüber wollte sie im Moment nicht nachdenken. Ihre Gedanken wanderten zu dem Treffen mit Wu Xiang Fei. Wie sollte sie es einordnen? Und warum fühlte sie sich plötzlich so zerrissen? Sie bemühte sich, klar zu sehen. Sie war mit dem Vorschlag gekommen, Wu Xiang Feis Qigongbuch zu übersetzen oder auch neu zu schreiben. Aber er hatte es nicht erlaubt. Stattdessen hatte sie eine Aufgabe am Hals, die sie sich selbst nie ausgesucht hätte.

Hinter ihr klopfte jemand kräftig ans Fenster. Henriette drehte sich um und blickte in das verschmitzte Gesicht von Marc. Wie immer, wenn sie ihn traf, ging ihr Puls schneller. Nach all den Jahren, die sie ihn nun kannte, war Marc noch immer aufregend. Sie sah ihm zu, wie er gemächlich von seinem Fahrrad stieg und es an einer Straßenlaterne anschloss. Braungebrannt und in seinem durchsichtig-weißen Designerhemd sah er umwerfend aus. Das viele Reisen schien ihm gut zu bekommen. Eine Woche zuhause, drei Wochen unterwegs, zwei zuhause, sieben Wochen unterwegs. Das war der Rhythmus, der sein Leben bestimmte. Ein Kommen und Gehen wie bei Ebbe und Flut. Umso schöner war es, ihn heute wieder zu sehen.

„Na, bist du endlich wieder auf den Geschmack gekommen?" Marc umarmte sie stürmisch. Henriette verstand nicht gleich, was er meinte. Sie folgte seinem Blick, der die Bestellung auf ihrem Tisch röntgte und am Weinbrand hängenblieb.

„Hab dich ja seit Jahren nichts mehr trinken sehen. Abgesehen von Kamillentee, natürlich."

„Besonderer Anlass. Aber mach dich ruhig lustig über mich."

„Na, hoffentlich ein guter!"

„Geht so."

Henriette spürte, wie der Kneipendunst, bestehend aus einem undefinierbaren Gemisch aus Rauch, Alkohol, Parfum und Männerschweiß sie allmählich benebelte. Die leichte Gitarrenmusik aus der Lautsprecherbox plätscherte vor sich hin. Der Cognac stürzte sie in ein Meer von dichter Watte. Sie blickte zu Marc hinüber. Bisher hatte Henriette noch selten mit ihm über ihre Gefühle gesprochen. Doch jetzt hatte sie das dringende Bedürfnis, ihm anzuvertrauen, wie sie sich fühlte.

„Ach Marc, es ist schön, dich endlich wieder zu sehen. Aber leider geht's mir nicht so gut. Ich komme gerade von einem Gespräch zurück, das mich ziemlich durcheinander gebracht hat. Darf ich es dir erzählen?"

„Nur zu", sagte Marc.

Henriettes Gedanken wirbelten durcheinander. Wo sollte sie beginnen? Wu Xiang Fei hatte einen Berg offener Fragen in ihr geweckt. Sie rätselte, welchen Weg sie nun gehen sollte, ihren eigenen oder den von Wu Xiang Fei? Und sie fragte sich, was ihr Meister wirklich von ihr wollte. Henriette verstand nicht, warum das Buch dieser Mariedamdam, Marie-Claudine bis jetzt in der Schublade gelegen hatte. Sie wusste, dass niemand in diesem Qigongladen viel von Businessplänen und Marketing verstand, dennoch kam ihr alles sehr komisch vor. Sie zwang sich in die Gegenwart zurück. Sie konnte nicht ewig so stumm neben Marc sitzen. Er wartete auf ihre Geschichte.

„Ich möchte mich beruflich verändern", begann sie neutral.

„Aha."

„Ich will endlich etwas machen, das mehr mit mir zu tun hat. Mit meinen Fähigkeiten, meinen Vorstellungen, meinen Zielen."

„Du hast Ziele?", zog Marc sie auf. „Was denn für Ziele?"

Henriette lächelte und berichtete von den Ereignissen der letzen Tage und Wochen.

„Dann war das letztens mit dem Qigongbuch, das ich dir bestellen sollte, also für dein Buchprojekt gedacht?"

„Nein. Das mit dem eigenen Buch hatte ich damals noch nicht vor, aber ich meine es ernst. Ich würde gerne über meinen Meister schreiben."

„Aber dafür musst du doch nicht gleich deinen Job hinschmeißen. Das kannst du doch in deiner Freizeit machen."

„Ich habe ein Stipendium dafür beantragt", fuhr Henriette fort.

„Ja, na und? Das machst du nebenher. Wenn es zeitlich eng wird, nimmst du dir eben eine Auszeit."

„Er hat abgelehnt."

„Was? Wer hat abgelehnt?"

„Mein Qigongmeister. Er will nicht, dass ich ein Buch schreibe. Er möchte, dass ich stattdessen die Texte einer anderen Schülerin bei einem Verlag unterbringe."

„Aber das willst DU doch gar nicht", sagte Marc.

„Ja, aber ich habe die Aufgabe bereits angenommen", gab Henriette zögerlich zu und sah, wie sich Marcs Augenbrauen hoben und sich ein erstaunter Ausdruck auf seinem Gesicht breit machte. Henriette kämpfte mit den Tränen. Sie konnte nicht verstehen, wieso Wu Xiang Fei gegen ein Buch von ihr war. Es lief einfach alles schief. Selbst der Cognac schmeckte entsetzlich. Sie verzog das Gesicht, trank aber trotzdem weiter. Nun gab sie auch noch so ein klägliches Bild vor Marc ab. Was würde er nur von ihr denken?

„Das kann ja wohl nicht wahr sein", antwortete er prompt. „Seit du dich mit diesem Qigongzirkel eingelassen hast, drehst du ganz schön ab. Da erzählst du mir was von Karriereplanung und stattdessen willst du plötzlich Kindermädchen für irgendeine drittklassige Esoterikerin spielen, die es nicht schafft, ihre Texte selbst zu verkaufen. Hast du den Mist überhaupt schon in die Finger gekriegt? Du kannst schreiben, über wen oder was immer du willst. Das ist dein absolutes Recht. Und dir nun ausgerechnet von den Chinesen, die hemmungslos Errungenschaften der ganzen Welt kopieren, das Schreiben verbieten zu lassen, ist einfach absurd."

„Ach Marc, das Problem findet auf einer anderen Ebene statt. Auf einer Ebene, zu der man als Außenstehender nur schwer Zugang hat."

„Was denn für ein Außenstehender? Erzähl mir nichts von eingeweihten Schülern."

„Das ist genau der Punkt. Du hast zwar Tai Chi praktiziert, aber du hast das enge Vertrauensverhältnis, das zwischen Meister und Schüler besteht, nie kennengelernt. Ein guter Meister hat die Fähigkeit, seine Schüler zum Positiven hin zu lenken. Doch das ist nicht immer ein leichter und gerader Weg. So ein Meister ist vor allem damit beschäftigt, den Willen des Schülers zu brechen, um ihn zu Flexibilität, Leichtigkeit und Freude zu führen.

„Den Willen brechen. Wenn ich das schon höre. Was willst du werden? Ein Automat? In unserer Kultur hat das Ego immer eine wichtige Rolle gespielt. Hier geht es um den Aufbau, die Entfaltung des eigenen Selbst, das kann man nicht verleugnen. Henriette, du bist Deutsche, du kannst keine bessere Chinesin werden."

Den ganzen Abend lang kauten sie dasselbe Thema durch. Sie spürte wie sie in Marcs Gegenwart innerlich immer stiller und kleiner wurde. Traurig schaute sie an ihm vorbei zum Kellner hin.

„Ich hole mir einen Cappuccino", sagte Marc unvermittelt.

Henriette sah zu, wie er ruckartig aufstand und zur Bar ging. Er stellte sich mit dem Rücken zu ihr an den Tresen. Und obwohl sie ihn nur von hinten sah, wirkte er plötzlich sehr wütend. Irgendwie hatte er ja recht. Was tat sie da eigentlich? Unglücklich betrachtete Henriette Marcs kalten Rücken, als ihr plötzlich ein anderer Gedanke durch den Kopf ging: Wieso hatte Wu Xiang Fei gesagt, dass diese Marie-Claudine nicht mehr da war? War der Kontakt zu ihr abgebrochen? Offenbar hatte sie im Qigongzirkel eine wichtige Position gehabt. Weshalb war sie dann nicht mehr dabei?

Marc setzte sich wieder an den Tisch und riss Henriette aus ihren Gedanken.

„Also, wenn du so weiter machst, ruinierst du noch alles."

Er stellte seinen Cappuccino unsanft auf der zerkerbten Holzfläche ab.

„Du kannst dich ja ruhig verändern. Aber such dir gefälligst etwas, was dich weiterbringt. Ich verstehe einfach nicht, warum du dich so schnell von deinen eigenen Zielen abbringen lässt, wenn sie dir doch so wichtig sind. Dieser Meister scheint eine ziemliche Macht über dich zu haben. Henriette, Mann, Mann, Mann, denk an deine Karriere", schimpfte Marc.

Überreizt schlug Henriette ein Bein über das andere und verschränkte die Arme vor der Brust. Was sollte das? Warum war er bloß so wütend?

„Ach Marc. Und ich dachte, du kennst mich, du verstehst mich", jammerte Henriette.

Er schien überhaupt nichts zu begreifen, von dem, was sie sagte. Der Abend war ihr gründlich versaut. Sie blickte auf die Uhr. Es war halb zwei durch. Der Kellner hievte bei den frei gewordenen Nachbartischen die Stühle umgekehrt auf die Tischplatte.

„Na, noch einen Schlummertrunk?", rief er in ihre Richtung.

Henriette schüttelte den Kopf.

„Nein, danke. Zahlen bitte."

„Henriette, du bist echt schräg", sagte Marc, als der Kellner wieder gegangen war. „Klar, wenn man es mal andersrum betrachtet, ist das ja auch irgendwie gut. Schon beeindruckend. Mensch, nun mach doch nicht so ein Gesicht. Komm, lächle. Wir sehen uns so selten. Ich bin gleich wieder in China und Tibet, dann in Taiwan, Kambodscha, Singapur, Indien. Ich hab schon die Abfolge nicht mehr im Kopf. Bei diesem Programm bleibt noch nicht einmal Zeit zum Denken. Und was machst du? Du arbeitest in deinem stressigen Schuh-Job, machst Karriere und dann hast du eines Tages genug davon, beschließt, einen völlig anderen Weg zu gehen und ziehst das gnadenlos durch. Es ist unglaublich. Seit Jahren will ich mit dem Reiseleiten aufhören und schaffe es nicht. Während du einfach mal so einen neuen Weg einschlägst, ohne darüber nachzudenken und ohne Rücksicht auf Verluste."

Henriette schaute ihn trotzig an.

„Henriette, versteh mich nicht falsch. Ich finde die Idee, ein Qigongbuch über deinen Meister zu schreiben, wirklich gut. Du machst dein Hobby zum Beruf, das soll ja auf dem Markt gute Chancen haben."

Marcs Stimme hatte einen sanften Klang angenommen. Er war ihr während des Sprechens immer näher gekommen.

„Aber trotzdem finde ich, dass du nochmals in Ruhe über alles nachdenken solltest. Die Sache mit diesem Meister ist doch reichlich verquer. Pass bloß auf. Und sieh zu, dass du vor allem deine eigenen Ziele im Blick behältst", warnte er und rückte wieder ein Stück näher.

Wenn Marc jetzt sprach, spürte Henriette den Hauch seines Atems auf ihrem Gesicht. Er wirkte plötzlich ganz fürsorglich und warm. Henriettes Gefühlsbarometer stieg nach oben. Sie zog eine Brise Aftershave und Männergeruch tief in sich ein. Gleich würden sie sich in den Armen liegen. Aufgeregt suchte Henriette Marcs Blick. Mit seiner Hand drehte er liebevoll eine ihrer Locken. Doch schnell wie eine Eidechse zog er plötzlich seinen Kopf zurück.

„Ich geh dann mal", sagte er und stand auf.

Und bevor Henriette richtig wahrnehmen konnte, was geschehen war, ging er zur Tür hinaus und schwang sich auf sein Fahrrad.

## 5 Das Buch

Samstagmorgen. Henriette fand sich in der Küche wieder. Wie sie dorthin gekommen war, wusste sie nicht. Sie litt an unerträglichen Kopfschmerzen. Irgendetwas wollte sie hier. Was war es noch gewesen? Sie drehte sich mit suchendem Blick um sich selbst. Richtig, sie hatte Kaffee kochen wollen. Verschlafen setzte sie ihren Wassertopf auf den Herd und goss sich ein Glas Leitungswasser ein. Ihre Kehle war trocken wie ein Sack Zement.

Warum nur hatte sie Marc ausgerechnet gestern Abend treffen müssen? Sie hatte die ganze Nacht kein Auge zugetan.

Marc hatte sie nicht aufgemuntert. Im Gegenteil, er hatte sie ganz schön auseinandergenommen. Mehr als ihr lieb war. Das schlimmste daran aber war: Nun wusste sie noch weniger als je zuvor, wie Marc zu ihr stand. Was hatte sie geglaubt? Dass Marc ihr recht geben und sie wegen ihrer neuen Ideen bewundern würde? Hatte sie tatsächlich angenommen, dass er sie tröstend in seine Arme ziehen und küssen würde? Sie hätte Marc nie, niemals anrufen dürfen, nachdem das Treffen mit Wu Xiang Fei so merkwürdig verlaufen war.

Das Geräusch des pfeifenden Kupferkessels rief einen stechenden Schmerz in ihrem Schädel hervor.

„Nicht so laut", flehte Henriette, während sie den Kessel von der Herdplatte zog. Eigentlich liebte Henriette Geräusche. In ihrer Wohnung sprach sie gern laut mit sich selbst. Sie mochte es, ihre Stimme von den Wänden widerhallen zu hören. Die Wohnung fühlte sich dann viel belebter an, so als hätten auch die Zimmer Stimmen und Ohren. Doch an diesem Morgen war selbst ihre eigene Stimme peinigend. Als sie das Wasser über ihren löslichen Kaffee gegossen hatte, setzte sie sich an den runden Küchentisch, auf dem Wu Xiang Feis Archivmaterial lag. Sie schob den Papierstapel zur Seite und sammelte die Stifte ein, die auf dem Tisch verstreut lagen. An Arbeiten war nicht zu denken. Henriette grübelte, ob sie das gesamte Buchprojekt nicht gleich wieder aufgeben sollte. War es an der Zeit umzukehren oder waren das alles nur Stolpersteine auf ihrem Weg zu einem höheren Selbst? Wie schwer dieser Weg der Qigonglehre doch war. Und wie allein man war, wenn man ihn gehen wollte. Seit sie Qigong praktizierte, fühlte sich Henriette immer mehr von ihrer Umwelt abgetrennt. Dabei war sie früher sehr beliebt gewesen und hatte in fast jeder Gruppe sofort im Mittelpunkt gestanden. Vermutlich war auch Qigong der Grund, wieso aus ihrer Freundschaft zu Marc nichts Tieferes geworden war. Ihr kam es so vor, als wäre ein riesiger Graben um sie herum gezogen worden, der sie von der Welt und ihren Freunden abschnitt. Gedankenabwesend malte Henriette kleine Herzen und Sterne an den Rand eines Blattes. Sie fühlte sich, als schwämme sie auf einer riesigen Welle von Selbstmitleid und Restalkohol.

Das Telefon klingelte.
„Ohms", krächzte Henriette verschlafen.
„Frau Ohms, guten Morgen, mein Name ist Naumer von der Antelope-Foundation."
Die Antelope-Foundation! Sie biss sich auf die Lippe und hoffte, dass man ihr ihren Zustand nicht allzu sehr anmerken würde.
„Wie schön von Ihnen zu hören."
„Ja, Frau Ohms …"
Seine Stimme hatte - verglichen mit ihrer eigenen - einen geradezu wohltönenden Klang. Wie konnten andere Menschen zu dieser Uhrzeit nur so munter sein?
„Ich freue mich, Ihnen mitteilen zu können, dass Ihr Projekt in die nähere Auswahl für eines unserer Stipendien gekommen ist. Ich gratuliere. Sie wundern sich wahrscheinlich, warum ich Sie am Samstag anrufe, anstatt Ihnen die Nachricht schriftlich zu übermitteln. Aber ein Bewerber ist ausgefallen und damit sind Sie auf seinen Platz nachgerückt. Der Termin, bei dem alle ausgewählten Bewerber ihre Projekte vor unserer Jury vorstellen und verteidigen können, ist in Ihrem Fall

deshalb leider sehr kurzfristig angesetzt. Und meine Sekretärin hat Sie gestern nicht mehr erreicht. Haben Sie nächsten Donnerstagvormittag Zeit?"

Henriette erschrak. Das Stipendium rückte in greifbare Nähe. Marcs Einwürfe hin oder her. Was für eine Chance! Aber was konnte sie dort vortragen? Warum rief dieser Stiftungsmensch ausgerechnet jetzt an, einen Tag nachdem ihr Meister das Projekt abgeschmettert hatte? Das Qigongbuch aus China hatte sie auch noch nicht bekommen. Aus irgendeinem Grund war es ewig am Zoll hängen geblieben. Gestern hatte Marc ihr mitgeteilt, dass er eine Postbenachrichtigung erhalten hätte und dass sie es ab kommenden Montag am Schalter abholen konnten. Dafür würde sie durch die halbe Stadt fahren müssen. Sollte sie absagen, jetzt gleich am Telefon? Nein. Sie war gerade nachgerückt. Dieser Anruf war ein Zeichen.

Nachdem Henriette das Gespräch beendet hatte, war ihr Kater verflogen. Aufgekratzt ging sie in ihrer Küche auf und ab. Nach dem ersten Schreck empfand sie große Freude. Unter Hunderten von Bewerbern war sie ausgesucht und zur Endrunde eingeladen worden. Beglückt küsste sie das Telefon. Aber die Zeit war verdammt knapp und sie hatte noch nichts in den Händen. Sie würde irgendetwas zusammenschustern müssen. Henriettes Magen verknotete sich bei der Vorstellung, das Verbot des Meisters zu ignorieren.

Konnte sie nochmals mit Wu Xiang Fei sprechen? Es schien unmöglich. Oder sollte sie kurzerhand eine andere Qigongmethode erforschen, über die sie würde schreiben können? Auch das war kaum denkbar. Henriette kam ein alter Managerspruch aus ihrer Zeit an der Universität in den Sinn: Wer ein Häuschen bauen will, hat kleine Probleme. Wer ein Haus bauen will, hat größere Probleme und wer einen Tempel bauen will, der hat turmhohe Probleme.

Nachdenklich blickte sie auf den Stapel mit Marie-Claudines Unterlagen, die bis dahin unbeachtet auf dem Küchentisch gelegen hatten. Möglich, dass sie ja doch zu irgendetwas taugten. Plötzlich kam Henriette ein Gedanke. Vielleicht müsste sie Wu Xiang Feis Wunsch gar nicht umgehen. Sie beschloss, die Texte auf ihre Brauchbarkeit hin zu untersuchen. Sie trug Marie-Claudines Aufzeichnungen ins Wohnzimmer, machte es sich auf ihrem hellgrauen Ledersofa bequem und durchwühlte sie fiebrig. Nach einigem ungeduldigen Hin- und Her-Blättern, rief sie sich selbst zur Ordnung. Sie musste systematisch vorgehen. Zuerst wollte sie wissen, mit was für einer Person sie es zu tun hatte. Die Buchtexte würde sie sich bis zum Schluss aufheben. Sie nahm einen Stapel Erfahrungsberichte aus den Jahren 2004 und 2005 zur Hand und begann zu lesen.

*Eintreten in das Nichts.*
*Um ins Nichts zu kommen, muss man ganz still sein.*
*Der Körper ist ruhig.*
*Entspannt.*
*Der Atem ist gleichmäßig fließend.*
*Der Mensch ruht in sich.*
*Das Herz ist offen und weit.*

*Die Gedanken werden von meinem Atem erfasst und weiter getrieben. Manchmal möchte ich einen Gedanken bei mir behalten, weil er mir wichtig erscheint. Doch er weht vorbei, gefolgt von neuen Gedanken.*

*Und wieder sitze ich da.*
*Bin.*
*Nehme wahr, aber nehme nicht Anteil.*

*Nichts bleibt zurück.*

*Ich höre ein Ticken. Es ist meine Uhr.*
*Mein Bauch ist leer. Gurgelt.*
*Lichtstreifen ziehen an meinen Augen vorüber und im Kreis um den Kopf.*
*Meine Schultern schmerzen. Ich komme mir krumm vor. Unebenmäßig.*
*Jetzt trete ich in den Dämmerzustand ein.*

*Das Nichts blitzt einen Moment lang auf, nimmt mich mit.*
*Ich tauche ein wie in ein Wolkenmeer.*
*Hier ist es schön. Ich fühle mich wohl.*
*Jetzt habe ich es geschafft, einen Blick ins Nichts zu werfen.*

*Drinnen, mittendrin im Nichts ist es, wie wenn hier alles gut wäre.*
*Als ob es nichts gäbe, was hier nicht stimmt.*
*Auch ich stimme hier. Alles an mir und in mir stimmt.*
*Ich bin wie träges warmes Eis und schmelze langsam dahin vor sonnigem Wohlgefühl, auch wenn ich eben erst im Nichts gelandet bin.*

*Kurz darauf kommt ein Gedanke angeflitzt und sagt: „Ich bin im Nichts!"*
*Schon hat es mich erwischt.*
*Hat mich wieder hinauskatapultiert – und die Tür fest hinter mir verschlossen.*
*Nun sitze ich, wo ich zuvor gesessen: auf dem Boden im Schneidersitz.*
*Es beginnt leicht zu regnen.*
*Und so weiß ich, dass ich für heute wohl aufgeben muss.*

**Aufzeichnung 13/03 Marie-Claudine**

Erst fiel es ihr schwer, sich auf diese innerlichen Texte einzulassen. Doch bald fühlte sich Henriette, als würde sie in das Leben einer anderen Person, ja in eine andere Welt, eindringen. Die Beschreibungen waren faszinierend. Sie handelten von Marie-Claudines Körperwahrnehmung im Qigongzustand. In weiteren Texten zog sie Vergleiche zu anderen außergewöhnlichen Zuständen wie Trance und Ekstase, die wilde Abenteuerreisen in vergangene und zugleich allgegenwärtige innere Sphären ermöglichten. Je tiefer Henriette in die Welt dieser ihr fremden Frau eintauchte, desto faszinierter war sie. Zugleich schlich sich jedoch ein beunruhigendes Gefühl ein. Es behagte ihr nicht, so viel über die Innenwelt einer anderen Person zu lesen, ohne dass diese davon wusste. Sie brach ab und richtete sich auf. Die kurzen Erfahrungsberichte hatten sie aufgewühlt. Sie musste Marie-Claudine zuerst kennen lernen, musste wissen, wie die Verfasserin der Texte zu ihrem Vorhaben stand. Sie fand eine Telefonnummer auf dem Titelblatt der Unterlagen.

Henriette ließ es neun Mal klingeln, bevor sie wieder auflegte. Sie probierte es den ganzen Nachmittag.
„Keiner da, Mist." Sie fiel in ihre Seidenkissen zurück.
„Na schön, dann lese ich eben erst einmal weiter."
Sie nahm einige Zeitungsbeiträge zur Hand und vertiefte sich darin.
Ungeduldig suchte Henriette nach neueren Veröffentlichungen von Marie-Claudine, fand aber keine, die nach Juni 2005 gedruckt worden waren. Auch unter den anderen Archivtexten existierte nichts jüngeren Datums. Ihr fiel ein, dass Meister Wu Xiang Fei ihr gesagt hatte, dass er mit Marie-Claudine seit zwei Jahren nicht mehr in Kontakt stünde. Offenbar hatte deshalb auch niemand mehr ihre späteren Artikel archiviert. Vielleicht war sie längst in einer anderen Stadt und deshalb nicht erreichbar.

*Probleme im Außen und Innen. Mein Kopf ist voll davon. Jede Zelle bebt vor Negativität. Gewaltsam hat sich diese Empfindung auf mich gestürzt und überschüttet mich nun eimerweise.*
*Welchen Raum gibt es noch im Körper, der verschont geblieben ist?*
*Lange suche ich umher. Endlich entdecke ich einen Pfad, der mir etwas andres zu bringen verspricht.*

*Wenn ich ganz langsam und wenn ich ganz vorsichtig und wenn ich ganz weit hineingehe in den Herzbereich, wenn ich mich durch alle Gänge und Windungen des Labyrinthes, das als Schutzzone das innere Herz*
*umspannt, hindurch gewunden habe, dann – ja, was kommt dann?*

*Dann betrete ich einen strahlend goldnen Raum, schön wie nichts, was ich je zuvor gesehen habe.*
*Es ist ein weicher Raum, gewölbt wie eine Höhle, doch voller Licht und eingetaucht in eine zärtlich unendlich ruhige Strahlung.*

*Der Raum ist leer und ist doch auch gefüllt.*
*Gefüllt mit positiver Kraft und Freude, mit Lebendigkeit und Liebe.*
*Wie eine Welle durchwogt dieses Strahlen denjenigen, der den Raum betritt.*

*Hierhin also hat sich die wundervolle Kraft verkrochen. Sie ist da.*
*Sie ist noch da. Ich brauche nur den kleinen Finger in diese Kraft*
*zu tauchen und schon ist alles andere verflogen.*
*Jegliche Negativität, jegliche Anspannung fällt von mir ab.*

*Ich strahle Reinheit und Weichheit aus – wie das Licht.*
*Die Lautlosigkeit eines ruhenden Steins kommt über mich, breitet sich aus und bringt mir das Gefühl, aufgefangen auf einem Kissen von Federn reglos im Raum zu verharren.*

**Aufzeichnung 5/03 Marie-Claudine**

Henriette hatte genug. Diese Berichte waren anders als die Texte, die sie sonst gelesen hatte. Sie fühlte sich von ihnen angezogen und abgestoßen zugleich. Marie-Claudine hatte, wie in den Unterlagen vermerkt war, eine ganze Reihe von Experimenten gemacht. Nach einstündiger Meditation oder Qigongübung hatte sie sich auf ihren Meditationshocker gesetzt und Texte zum Innenraum ihres Körpers oder manchmal auch Traumsequenzen, die sie für bedeutend hielt, aufgeschrieben. Es waren keine Sachberichte. Wer die Texte las, wurde unweigerlich in eine Erfahrung hineingezogen, die Marie-Claudine in ihren Experimenten erlebt hatte.

Doch Henriette hatte keine Zeit für die Empfindsamkeit, die aus Texten sprach. Sie stand unter Strom. Sie brauchte wissenschaftlich fundierte Ergebnisse. Die Berichte hingegen waren von einer merkwürdig privaten Eindringlichkeit, gerade so, als hätte jemand seinen Atem in sie hinein gehaucht. Die Texte lebten. In ihnen, zwischen ihnen, durch sie hindurch verströmte sich ein pulsierendes Sein. Die Sätze waren leicht wie eine Feder. Und doch strömten sie so gewichtig wie ein alter Fluss ihrem Leser entgegen.

Hatte Wu Xiang Fei Marie-Claudine deshalb als seine Autorin gewählt? Plötzlich fühlte sich Henriette so unsicher wie ein frisch geschlüpftes Küken. Sie begriff, dass sie mit ihren eigenen Qigongerfahrungen auf wackeligen Beinen umherstakste. Wie konnte sie der Jury eine solche Erfahrungswelt bieten, wie sie ihr in diesen Texten eröffnet wurde? Was überhaupt hatte sie zu sagen? Würde nicht jeder sofort merken, wie sehr sie schwamm? Unglücklich stand sie vom Sofa auf. Von inneren Zweifeln geplagt, spürte sie plötzlich, dass die Texte sie riefen.

Wie ein Puls, der allmählich stärker wird, begannen die Berichte plötzlich ein seltsames Eigenleben zu entfalten. Henriette war, als würde ein Geist seine Hand nach ihr ausstrecken und sie in einen fremden Raum hineinziehen. Die Atmosphäre um sie herum gerann. Die Energie der Berichte legte sich wie ein großer sanfter Flügel über ihr Bewusstsein. Henriette schnappte nach Luft. Ihr Blick wanderte hastig durchs Zimmer. Die Wände schienen zurückzuweichen. Alles um sie herum löste sich auf. Was wollten die Texte von ihr? Eine plötzliche Kälte ergriff sie. Sie schlang die brombeerfarbene Seidendecke eng um ihren Körper.

―――

Den ganzen nächsten Tag fühlte sich Henriette wie in einem Traum, aus dem es ihr nicht gelang aufzuwachen. Auf einem der langen Flure im Büro fiel ihr ein Gemälde von Max Ernst auf, das sie nie zuvor wahrgenommen hatte. Der Titel hieß: *„Die schwankende Frau"*. Auf einem skurrilen, nach links geneigten Gerüst sah man eine nackte, nur mit einem Lendenschurz bekleidete Frau. Das Metallgestänge, auf dem sie stand, wuchs aus einer dunklen Versenkung empor. Die Haare standen ihr zu Berge. Sie wirkte, als würde sie jeden Moment in die Tiefe stürzen. Der Anblick des Gemäldes weckte eine große Unruhe in Henriette. Sie stellte sich vor, wie es wäre, der Fachjury Marie-Claudines Texte vorzutragen. Doch sie hatte das Gefühl, damit eine

Grenze zu überschreiten, hinter die es kein Zurück mehr gab.

Als Henriette wieder zuhause war, beschloss sie, ein klar strukturiertes Konzept zu entwickeln. Sicher war sie einfach nur panisch geworden, wegen des Stiftungstreffens. Sie hatte sich alles nur eingebildet. Entschlossen ging sie auf den Papierstapel zu und zog einen Text hervor. Henriette las den kurzen Spruch, der darauf geschrieben stand, und erstarrte.

*Zu erreichen, was nicht dein, ist niemandem vergönnt.*
*Du kannst viele Wege gehen. Alle führen zurück zum eignen Schicksal.*
*Dies zu erkennen, ist der einzige Pfad.*

*Das Streben nach Erfolg, wo soll es enden?*
*Niemand wird dich erkennen.*
*Erfolg kommt, wenn er nichts mehr bedeutet.*

*Doch lässt du dich füttern und gierst nach der Welt,*
*die dir nicht gehört,*
*der Absturz ist tief.*

*Und beginnst du von Neuem,*
*du brauchst tausend Jahre,*
*bis du zurückkehrst,*
*wo einst du so glücklich begonnen hast.*

*__Aufzeichnung 27/02 Marie-Claudine__*

## 6 Neue Wege

Ludwig Naumer schwamm mit kräftigen Zügen in Richtung Seemitte. Das Wasser des Waldsees war eisig und klar. Was für ein friedlicher Ort das hier ist, dachte er und versenkte seinen Blick in das satte Grün der Bäume, die dicht bis ans Ufer reichten. Er war froh, dem Trubel in Berlin für kurze Zeit entronnen zu sein. Anfang August war das Wetter schon morgens angenehm warm. Zwölf neue Stipendien sollten dieses Jahr vergeben werden. Im Kopf ging Ludwig nochmals die Liste der Kandidaten durch, die in die engere Auswahl gekommen waren. Er lächelte. Immerhin waren drei seiner fünf Favoriten vom Kuratorium zu einem Gespräch eingeladen worden. Dabei hatte er als Betreuer der Abteilung „Internationales" nur Beraterfunktion, aber keine Stimme.

Wendig wie ein Seehund durchpflügte Ludwig das kalte Wasser. Als er sich genügend ausgetobt hatte, drehte er sich auf den Rücken und plätscherte noch einige Minuten bedächtig umher. Das weiche Seewasser tat ihm gut. Er schwamm zum schilfigen Ufer zurück und watete zu seinem Liegeplatz zwischen den Bäumen. Eine zitternde Rothaarige stand etwas entfernt von ihm bis kurz über die Knie im Wasser. Ludwig war offensichtlich nicht der Einzige, der so früh zum See gegangen war.
„Brrr, kalt", schimpfte die Rothaarige vor sich hin und klapperte mit den Zähnen. Ludwig schmunzelte in sich hinein. Wie sie da stand und sich Schritt für Schritt weiter vorankämpfte, sah sie bezaubernd aus. Die morgendlichen Sonnenstrahlen tauchten den See in ein warmes Licht. Die Stimmung hatte etwas Märchenhaftes.

Ludwig schaute auf die Uhr seines Mobiltelefons. Es war Neun.

Ihm blieben noch zwei Stunden, bevor die Kuratoriumsanhörung beginnen würde. Gemächlich zog er sich an und schaute der Rothaarigen zu, wie sie friedlich vor sich hin planschte. Sie hatte sich wohl an die Kälte des Wassers gewöhnt. Er zog seine Arbeitsunterlagen aus der Mappe, um sich den Ablauf des Stipendiaten-Vorsprechens nochmals anzuschauen. Doch anstatt ihn sorgfältig Punkt für Punkt durchzusehen, zog es seinen Blick immer wieder zu der Schwimmerin. Sie näherte sich dem Ufer und blieb im seichten Wasser stehen, wie um sich von der Sonne trocknen zu lassen. Mit ihrer schlanken Figur, dem roten Badeanzug und den feuchten Haaren, erinnerte sie ihn an einen kleinen durchnässten Vogel. Arme und Beine waren mit einer dichten Gänsehaut überzogen, die Spitzen ihres steif gewordenen Busens zeichneten sich durch den Badeanzug ab. Die Rothaarige kletterte schlotternd ans Ufer und wickelte sich in ein großes Frotteetuch.

Widerstrebend riss sich Ludwig von ihrem Anblick los und joggte zum Kongresshaus zurück. Der graue Kasten stach hinter einer Gruppe von Bäumen hervor. Das Gebäude sah aus wie eine alte Kaserne. In dem dunklen Frühstücksraum roch es nach einem Gemisch aus Kaffee, Suppe und ranzigem Fett.

„Einen Cappuccino zum Mitnehmen, bitte. Was gibt es zu essen?"

„Belegte Brötchen, Bockwurst mit Senf oder Soljanka", knurrte eine hagere Brünette, die hinter einer verkratzten Theke aus braunem Holzimitat stand, und ihn feindselig anstarrte. Aus einer mattgewordenen Glaskanne goss sie eine dünne Brühe in einen Plastikbecher und verzierte sie mit einer dicken Schicht Schlagsahne.

„Ja, wollen Sie jetzt was essen oder nicht?", raunzte die Frau und reichte ihm den Becher. „Zucker steht auf dem Tisch." Sie zeigte auf eine Schüssel, aus der zwei verklebte Kaffeelöffel lugten.

„Das nennen Sie Cappuccino?", fragte er ungläubig.

„Müssen ihn ja nicht trinken. Bisher hat sich hier noch keiner beschwert", konterte die Bohnenstange mit einer so kratzigen Stimme, als hätte sie früher als E-Bass einer Band fungiert.

„Da haben Sie recht. Wissen Sie was, ich hab mich umentschieden.

Geben Sie mir bitte einen Tee."

Die Brünette nahm beleidigt den Kaffee zurück und kippte ihn schwungvoll ins Waschbecken.

„Schon mal was von Verschwendung gehört? Unsereins kann sich so was nicht leisten. Macht fünf Euro zwanzig."

Ludwig beeilte sich, aus dem Raum zu kommen und stieg die abgenutzten Treppen des muffigen Gebäudes nach oben. Er ging zurück in das Gästezimmer, das sie ihm zugewiesen hatten. Es hatte große Ähnlichkeit mit einem begehbaren Schrank. Die Nacht darin war fürchterlich gewesen. Ludwig nahm einen Schluck Tee und stellte ihn angewidert auf den Nachttisch, die einzige Ablagefläche im Raum. Der Tee schmeckte, als wäre er in einem feuchten Keller direkt neben den Kohlen gelagert worden. Ludwig trank Wasser aus dem Hahn und suchte hungrig in seiner Tasche nach etwas Essbarem. Außer einer zerquetschten Banane, hatte er nichts dabei. Er schlang sie in wenigen Bissen hinunter, bevor er Hemd und Anzug aus der Reisetasche holte und sich umzog.

Als er mit deutlich schlechterer Laune wieder in die Eingangshalle zurückkam, begrüßte er die eintreffenden Kuratoriumsmitglieder und bat sie in den dunklen, fensterlosen Erdgeschossraum, in dem die Anhörung stattfinden sollte. In seiner Kargheit sah der Raum aus wie ein ausgedienter Gerichtssaal. Ludwig sehnte sich nach der Stille des Sees zurück. Hätte er nur dort bleiben und der badenden Rothaarigen weiter zuschauen können. Stattdessen saß er hier in diesem bedrückenden Gebäude, ohne Licht und Vogelgezwitscher.

Ludwig eröffnete die Sitzung. Der erste Kandidat war Fritz Wagner, ein angesehener Autor. Dieser lehnte sich über seine Papiere und rückte seine Brille zurecht. Er las aus einem Text über einen autistischen Elefanten vor. Es war eine empfindsame Story, die vor den Toren eines stillgelegten Kohlebergwerks endete. Wagner war brillant. Er schrieb seine Bücher am liebsten von hinten nach vorne und stellte auch dieses Mal zuerst das Schlusskapitel vor. Die Geschichte verlieh dem Raum noch ein wenig mehr Tristesse, als er ohnehin schon ausstrahlte. Im Saal war es mucksmäuschenstill.

„Diese Art von Schlaflosigkeit, die den Elefanten überfallen hatte, hielt schon über einen Monat an. Schwankend geisterte er weiter durch die verlorenen Gassen. Er sehnte sich nach einem Abgrund, so schwarz wie die Nacht. Alle bedeutungsvollen Handlungen haben System, dachte der Elefant und trampelte den Gitterdraht nieder, der ihn von seinem Weg in die Tiefe trennte."

Die anschließenden Fragen meisterte Wagner mit der Bravour eines spanischen Toreros. Ludwig warf einen Blick auf seine Uhr. Sie lagen noch gut in der Zeit. Auch die drei nächsten Kandidaten schlugen sich ganz passabel. Die Konzentration der Kuratoriumsmitglieder ließ allmählich nach. Beim vierten Kandidaten hatte keiner mehr Fragen. Ludwig bedankte sich bei Wilfried Ross, der seinen Krimi in einem portugiesischen Kloster spielen lassen wollte, und begleitete ihn wieder hinaus. Gerade, als er die Tür wieder schließen wollte, damit sich das Kuratorium über Wilfried Ross' Romanvorhaben beraten konnte, sah er eine rothaarige Frau auf den Eingang zusteuern. Sie steckte in einem klassisch geschnittenen, anthrazitfarbenen Zweiteiler.

Verblüfft stellte Ludwig fest, dass sie das zur Dame gemauserte Vögelchen vom See war. Bekleidet wirkte sie sehr viel selbstbewusster als im kalten Gewässer. Für einen kurzen Moment geisterte wieder die zitternde Badenixe durch seinen Kopf.

„Herr Naumer? Guten Tag. Ich bin Henriette Ohms", stellte sie sich selbstsicher vor, als sie vor ihm stand.

„Oh, Sie sind das."

Ihrem Verhalten nach zu schließen, hatte sie ihn morgens am See gar nicht bemerkt. Als er ihr die Hand reichte, erhielt er einen leichten elektrischen Schlag. Irritiert zog er seine Rechte zurück, dann hatte er sich wieder in seiner Gewalt. Auch sie starrte ihn für den Bruchteil einer Sekunde erschrocken an. Ludwig fiel nichts ein, was er sagen konnte. Er fühlte sich beklommen.

„Frau Ohms, Sie sind in zehn Minuten dran. Das Kuratorium muss sich nur erst noch beraten. Haben Sie noch Fragen?"

„Danke, nein."

Ihre Stimme klang plötzlich belegt. Auch in Ludwigs Hals schien sich ein Frosch verirrt zu haben. Er räusperte sich diskret. „Nun, dann wollen wir mal weitermachen. Ich bitte Sie, sich hier draußen noch ein wenig zu gedulden. Aber bestellen Sie besser keinen Kaffee. Er ist ungenießbar. Der Tee übrigens auch", sagte er und schloss die Tür.

―――

„Ich bin Sinologin und habe während meines Studiums zwei Semester in China studiert. Seit nunmehr drei Jahren lerne ich eine spezielle Qigongmethode bei einem großen Lehrer. Da ich diese Jahrtausende alte chinesische Lehre als wichtiges Kulturgut erachte, habe ich beschlossen, ein Buch darüber auf den Markt zu bringen", stellte sich Henriette Ohms dem Kuratorium vor.

Sie hatte eine schöne Stimme, doch irgendwie wirkte sie fahrig und unkonzentriert. Sie schien nicht nur im Wasser zu zittern. Eigentlich war es hier nicht besonders kühl. Henriette Ohms klappte ihren Laptop auf und startete eine Powerpoint-Präsentation mit Bildern zu Akupunkturpunkten und Meridianlaufbahnen. Auf einigen alten Zeichnungen waren Winde und lodernde Feuer innerhalb oder außerhalb eines menschlichen Körpers zu sehen. Henriette pries die Bilder wie eine Werbefachfrau ihre Prospekte. Als Ludwig in die Runde blickte, nahm er mehrere verschlossene Gesichter wahr. Je länger sie über ihr Projekt sprach, desto mehr kam es Ludwig so vor, als würden nur schillernde Seifenblasen an ihm vorüberziehen. Etwas fehlte. Das Buchprojekt wirkte dünn wie ein leerer Buchdeckel. Wo war ihre Vision geblieben? Ludwig war bestürzt. Gerade ihr Projekt hatte er dem Kuratorium für das Nachrückverfahren besonders empfohlen. Im Antrag hatte das Vorhaben wesentlich konkreter geklungen.

Das Kuratorium wirkte zunehmend genervt, wie Ludwig mit einem schnellen Blick feststellte. Die Stimmung sank auf den Gefrierpunkt. Ludwig wagte einen Blick zu Henriette Ohms. Auch sie schien zu spüren, dass etwas nicht stimmte. Sie fuhr sich mehrfach zerstreut durch die lockigen Haare und legte ihre Hand schließlich auf der rechten Seite zwischen Hals und Nacken ab. Ludwig Naumer starrte sie einen winzigen Moment zu lange an und so entging ihm, dass Marcel Votlan sein Mikro angestellt hatte und sich, die Arme vor der Brust gekreuzt, in Pose warf.

„Werte Frau Ohms. Die Zeit drängt. Gestatten Sie mir deshalb ein paar Fragen zu Ihrem Projekt", unterbrach er grob ihren Vortrag.

„Wenn ich Sie richtig verstanden habe, wollen Sie ein Buch über einen chinesischen Meister auf den Markt bringen. Ich frage mich aber, von welchem Markt Sie da eigentlich sprechen. Verzeihen Sie diesen Ausdruck, aber ist so ein QIGONGMEISTER," er ließ sich das Wort auf der Zunge zergehen, „nicht ein Mensch, der die Energie, in welcher Form auch immer, zu beherrschen versteht, ein Mensch also, der, physikalisch gesehen, von sich behauptet, Infrarotstrahlung, elektromagnetische Wellen oder, man könnte auch sagen, den Fluss subatomarer Teilchen in Bewegung setzen und verändern kann?"

Votlan bewegte dabei seine Hände Figuren formend vor dem Gesicht.

„Aber ist das Ganze nicht eine recht spekulative Angelegenheit? Und ist so ein Mensch nicht eine äußerst fragwürdige Gestalt? Ich nehme ja an, Sie wollen keine Science-Fiction schreiben, sondern ein Sachbuch. Wer soll das denn lesen? Wer interessiert sich in Deutschland für einen chinesischen Meister, einen SHIFU? Und da schließt sich auch gleich meine zweite Frage an. Es würde mich interessieren, wie Sie den Begriff eines Meisters definieren und welche Kriterien und Kategorien Sie anwenden wollen, um einen Meister und dessen Meisterschaft als solche überhaupt identifizieren und klassifizieren zu können. Ich habe zufällig nach meinem Physikstudium auch einige Semester Sinologie studiert, bevor ich mich der Literaturwissenschaft zugewandt habe ..."

Ludwig hatte davon noch nie gehört.

„ ... und ich wollte mich nochmals bei Ihnen erkundigen, was das Wort Shifu, also Meister, in China für eine Bedeutung hat. Werden nicht sogar Busfahrer von ihren Gästen als Shifu bezeichnet?"

Ludwig erstarrte. Er hätte Votlan, als dieser aufgestanden war, sofort unterbrechen müssen. Wenn er nicht einschritt, würde es eine mittlere Katastrophe geben. Ein Blick auf die Autorin schien dies nur zu bestätigen. Ihm fiel auf, wie zerbrechlich Henriette Ohms wirkte.

„Herr Votlan, verehrtes Kuratorium, darf ich Sie an dieser Stelle stoppen? Ich bitte darum, Frau Ohms erst einmal die Gelegenheit zu geben, ihren Vortrag zu Ende zu führen, bevor wir die Fragerunde eröffnen. Ich denke, das dürfte unseren zeitlichen Rahmen nicht weiter beeinträchtigen."

Die Kuratoren, alle außer Votlan, stimmten Ludwig nickend zu.

Henriette Ohms holte tief Luft, lächelte zaghaft in die Runde und fuhr fort. Nach einigen Sätzen unterbrach sie sich jedoch und wandte sich Votlan zu.

„Wie schade, dass Sie Ihr Sinologiestudium nicht zu Ende gebracht haben. Denn dann wüssten Sie, dass diese spekulative Angelegenheit, von der Sie hier gesprochen haben", Henriette dehnte das Wort SPEKULATIV wie einen Expander, „auf einer fünftausend Jahre alten Methodik beruht, die auch die Grundlage der traditionellen chinesischen Medizin darstellt."

Sie hatte scharfe Krallen. Warum hatte sie das getan? Ludwig war entsetzt. War sie verrückt? Wie konnte Sie in einer Prüfungssituation Votlan derartig herausfordern?

„Quaksalbertum", fuhr Votlan auf und wedelte aufgeregt mit Armen und Händen. „Die Antelope-Foundation hat in der Literaturförderung einen einzigartigen Ruf. Wollen wir uns jetzt plötzlich zum Förderer der literarischen Exoten- und Paradiesvogelszene aufschwingen?"

Eilig fasste Ludwig nach seinem Mikrophon. Sein Nachbar, Bernd Landmann, war schneller. Er drückte auf das Sprechsignal seines Tischmikros.

„Lieber Marcel Votlan. Unsere junge Kollegin hier ..."

Landmann drehte sich zu Henriette Ohms und lächelte ihr gewinnend zu. „hat ein zugegebenermaßen neues Fachgebiet gewählt. Eines, das natürlich auch die Naturwissenschaft berührt, in der Sie selbst Experte sind. Aber das ist es ja gerade, was man immer wieder von den Stiftungen verlangt, nämlich, dass sie Neues und Innovatives erkennen und fördern. Ich habe noch im Ohr, wie Sie letztes Jahr auf der Jahresversammlung der Stiftung tönten, dass hier immer nur die gleichen Gesichter und Genres eine Chance bekämen. Nun können Sie zeigen, wie weit Ihr eigener Radius in punkto Neuland reicht."

„Geschätztes Kuratorium, lassen Sie uns diese Diskussion bitte bei unserer Abstimmung führen und den Vortrag erst einmal zu Ende bringen. Frau Ohms, ich möchte Sie bitten, uns zum Abschluss Ihre Projektskizze vorzulesen, die Sie bei der Antelope-Foundation eingereicht haben. Aus dieser Skizze geht sehr genau hervor, um was für ein Vorhaben es sich handelt."

Ludwig nahm ein wütendes Blitzen in Henriette Ohms' Augen wahr. Ihr innerer Widerstand war geradezu körperlich spürbar. Dabei hatte er es doch nur gut gemeint. Was machte sie so wütend? Als Henriette schließlich ihr Konzept vorlas, atmete Ludwig erleichtert auf. Wie er vorausgesehen hatte, entspannte sich die Runde wieder. Selbst Marcel Votlan stellte sein unruhiges Füßescharren ein. Für einen kurzen Moment wirkte er sogar überrascht. Doch Ludwig spürte, dass sie das Kuratorium noch nicht gänzlich für sich gewonnen hatte. Traurig schaute er zu ihr hinüber und wollte sie gerade bitten, zum Ende zu kommen, als sie zaghaft in die Tasche griff und ein weiteres Papier herauszog.

„Beenden möchte ich meinen Vortrag mit einem kurzen Erfahrungsbericht, der es vielleicht besser vermag als ich selbst, die innere Kraft und Bedeutung der Qigongmethode wiederzugeben, die ich in meinem Buch vorstellen will. Der Text stammt von einer langjährigen Schülerin dieses Systems und beschreibt eine bestimmte Qigongform, die als Tanz mit Musik praktiziert wird." Henriette holte tief Luft.

*Der Qigongtanz ist für mich ein Tanz der Jahrtausende. Er lässt in mir eine
Erfahrung entstehen, die nicht an unsere Zeit gebunden ist.*

*Ich gebe meinen Körper der Bewegung, dem frei fließenden Atem hin.
Im Tanz sind Klarheit, Natürlichkeit, Schlichtheit von großer Bedeutung.
Wenn nichts Überflüssiges mehr in der Bewegung sich zeigt,
sie zu ihrer größten Einfachheit und Natürlichkeit zurückkehrt,
dann entsteht ein Tanz von großer Stille und Klarheit.*

*Hin und wieder will eine offene Bewegung sich noch ein wenig weiter öffnen, will
eine Verbeugung die Welt noch ein wenig tiefer und ehrfurchtsvoller begrüßen.*

*Ich lerne eine Haltung und Philosophie, die einer anderen Lebenszeit
entstammt und tiefe Weisheit in sich birgt.
Doch diese Weisheit war bereits in mir enthalten. Ohne mir dessen
bewusst zu sein, begreift mein Innerstes die universellen Lebensprinzipien.*

Henriette löste ein Ticket am Bahnschalter. Die Zugabteile waren mit je ein oder zwei Personen besetzt. Doch sie hatte das dringende Bedürfnis, ihren eigenen Gedanken nachzuhängen und sich nicht unterhalten zu müssen. Endlich, kurz vor dem Gepäckwagen, fand sie ein leeres Abteil und setzte sich ans Fenster. Wie gerne hätte sie sich jetzt an Marcs Schulter ausgeweint. Marc hatte es gut. Er saß im Flugzeug nach Peking und würde schon in wenigen Stunden landen. Er würde durch China ziehen, das köstliche Essen genießen und nur mit Menschen zusammensein, welche die chinesische Kultur schätzten und bewunderten. Was er wohl zu ihrer Anhörung sagen würde, wenn sie ihm davon berichtete?

Als sich der Zug endlich in Bewegung setzte, stierte Henriette zum Fenster hinaus. Die Landschaft, die an ihr vorüberzog, nahm sie kaum wahr. Wie sollte es jetzt weitergehen? So eine Blamage wie bei diesem Vortrag wollte sie nicht noch mal erleben. Plötzlich liefen ihr Tränen über die Wangen. Es war aber auch alles schief gegangen. Sie dachte an die letzten Tage zurück. Fieberhaft hatte sie daran gearbeitet, ihr Konzept fertigzustellen. Immer wieder hatte sie versucht, Kontakt zu Marie-Claudine aufzunehmen. Vergeblich. Henriettes Brief war mit dem Vermerk: „Empfänger unbekannt verzogen" zurückgekommen, ihre Emails waren unbeantwortet geblieben. Als sie sich bei einigen langjährigen Qigongschülern nach Marie-Claudine erkundigt hatte, war es ihr vorgekommen, als hätte sie in ein Wespennest gestochen. Und eine wütende Nathalie hatte ihr vorgeworfen, mit ihrer Aktion das Qi der ganzen Gruppe durcheinandergebracht zu haben. Henriette verstand nicht, wie allein die Erwähnung von Marie-Claudines Namen alle derart in Aufruhr versetzen konnte. Ein Geräusch ließ Henriette zusammenzucken. Als sie sich zur Tür umwandte, traute sie ihren Augen kaum. Der Mann, der soeben ihre Abteiltür öffnete, war Ludwig Naumer. Schnell wischte sie sich eine Träne von der Wange. Sie hoffte, dass ihre Augen nicht allzu gerötet waren. Ludwig Naumer setzte sich auf den freien Platz ihr gegenüber und schenkte ihr ein warmes Lächeln.

„Na, alles gut überstanden?", begann er das Gespräch.

Eine merkwürdige Unsicherheit befiel sie in seiner Nähe. Schon während des Vortrags war es ihr aufgefallen. Jetzt war es wieder so. Die natürliche Eleganz seines Wesens, die durch seinen Anzug noch unterstrichen wurde, stand in krassem Kontrast zu dem schäbigen Polstersitz, auf dem er Platz genommen hatte. Vermutlich war es gleichgültig, wie er sich kleidete. Ludwig Naumer würde noch in durchlöcherten Jeans und fleckigem Hemd anziehend und kompetent wirken. Doch Henriette wollte von so einem perfekten Mann nicht noch weiter an ihr Versagen erinnert werden. Konnte er nicht erste Klasse reisen oder wenigstens in den Speisewagen gehen und sie in Ruhe lassen? Was machte er überhaupt hier im Zug?

„Gibt es heute keine Anhörungen mehr?", fragte sie verwundert.

„Doch. Die Anhörungen laufen bis heute Abend und morgen noch den ganzen Tag über weiter. Aber ich habe zwei wichtige Termine in Berlin. Deshalb muss das Kuratorium ohne mich auskommen. Was nicht weiter tragisch ist, denn ich habe kein Stimmrecht."

Henriette fiel nicht ein, was sie noch sagen konnte. Auch er schien merkwürdig befangen zu sein. Henriette blickte wieder zum Fenster hinaus. Aus den Augenwinkeln sah sie, wie er eine Zeitung aus der Tasche zog. Dann richtete er das Wort erneut an sie:

„Ihr Ansatz und übrigens auch dieser Text, den Sie am Ende vorgelesen haben, klingen sehr vielversprechend. Das ist wirklich ein schönes Projekt. Aber mir schien es, als hätten Sie Ihr Konzept nur sehr ungern vorgetragen. Hatte das einen bestimmten Grund?"

Ludwig Naumer schien ein Mann zu sein, dem nichts entging. Wie sollte sie darauf antworten? Sie konnte ihm unmöglich von ihren ganzen Problemen erzählen.

„Solche Anhörungen und Prüfungssituationen sind für mich immer wie ein Roulettespiel. Ich komme herein, habe mich vorher vorbereitet und mir eine genaue Strategie ausgedacht, wie ich vorgehen werde. Manchmal passt es und alles fließt ganz wunderbar. Aber manchmal betritt man einen Raum und noch bevor man den ersten Satz gesagt hat, spürt man schon, dass man auf die falsche Farbe gesetzt hat. So war es heute für mich. Und als Sie mir vorschlugen, dass ich mein Konzept noch genauer vorstellen möge, da fand ich es einfach nicht mehr passend. Ich glaube, ich hatte Angst, dass man das Projekt zerpflücken und mich damit so verletzen würde, dass ich es zum Schluss gar nicht mehr würde machen können."

Henriette fiel Ludwig Naumers bestürzter Blick auf. War sie zu ehrlich gewesen? Aber warum hatte er auch gefragt?

„Ja, ich mag solche Prüfungssituationen auch nicht. Aber Sie haben sich doch gut geschlagen. Und zumindest müssen Sie nicht lange auf das Ergebnis warten. Wir werden Ihnen vermutlich schon in vier Wochen die Entscheidung des Kuratoriums mitteilen können", sagte er sanft und wechselte elegant das Thema.

Endlich fuhr der Zug in den Berliner Hauptbahnhof ein. Ludwig Naumer stand auf. Er nahm seinen Koffer aus der Gepäckablage und wandte sich ihr wieder zu.

„Danke nochmals für Ihre ehrliche Antwort. Ich würde mich übrigens sehr freuen, wenn Sie mich mit Ihrem Projekt auf dem Laufenden halten würden", bat er zum Abschied und reichte ihr die Hand.

Wieder durchzuckte ein feiner Schlag ihren Körper, als sich ihre Handflächen berührten.

## 7 Chinareise

Marc Lantinger ging ein letztes Mal durch die Reihen der Sitze. Er nahm seinen Teilnehmern die ausgefüllten Einreisedokumente für die Passkontrolle ab.

„Wir müssen als Gruppe unbedingt zusammenbleiben und zügig gehen, beim Zoll bilden sich schnell Schlangen", schärfte er ihnen ein.

Er schlenderte zu seinem Sitz zurück. Bisher war alles gut verlaufen. Die achtzehn Teilnehmer seiner Reisegruppe hatten sich pünktlich in Frankfurt am Flughafen eingefunden. Marc öffnete das Gepäckfach über seinem Sitz und zog eine Hochglanzbroschüre seiner Reiseagentur samt Reiseleiterinformationen mit den vermerkten Zeiten und Anlaufstationen aus seiner Tasche.

„Ist da auch unser Programm für Peking mit drin?", piepste eine Stimme vom Sitz hinter ihm. Eine wissbegierige ältere Dame blickte ihn unverwandt an. Mit ihren blondgefärbten Dauerwellen und ihrem kleinen rundlichen Körper erinnerte sie Marc an eine toupierte Ente. Marc konnte sich ihren Namen noch immer nicht merken und warf verstohlen einen Blick auf seine Teilnehmerliste, während sie sprach.

„Gehen wir nicht auch in die Peking Oper? Ich freue mich schon so darauf."

„Ja, natürlich, Frau Feist. Gleich nach unserem Abendessen im Hotel."

„Ich habe vor vielen Jahren in Berlin mal eine chinesische Ballettoper gesehen. Das war damals ein einzigartiges Erlebnis. Sie hieß ‚*Das rote Frauenbataillon*'", erzählte sie.

Marc hatte mit ihrem Namen wohl richtig getippt.

„Ach, eines von Maos Revolutionsstücken. Nun, das ist heute Abend etwas anderes, Frau Feist. Da sehen wir die traditionelle Oper ‚*Der erste Kaiser*'. Sie handelt vom Leben Qin Shi Huangs, des gelben

Kaisers, der China erst vereinigt, dann aber durch seine Tyrannei Land und Leute wieder verloren hat."

„Das klingt ja barbarisch", sagte sie befriedigt.

„Ja, ausgesprochen grausam", bestätigte Marc.

„Darf ich in der Oper neben Ihnen sitzen?", fragte sie mit süßlicher Stimme.

„Mal sehen, was sich da machen lässt", antwortete Marc höflich und nickte ihr zu.

Mit einem glücklichen Lächeln wandte sie sich wieder ihrem Reiseführer zu. Marc blätterte in den Unterlagen und hing seinen eigenen Gedanken nach. Er freute sich schon auf seine freien Stunden in Peking. Nach der Oper würde er die Gruppe ins Hotel zurückbringen und am späten Abend die Stadt alleine genießen können. Er war mit seinem Zeitungsfreund Zhigang auf einen Drink verabredet. Sie kannten sich aus ihrer gemeinsamen Studienzeit in Nanjing. Sicher würden sie wieder durch die Hutongs, die kleinen Straßen mit den ebenerdigen Altbauhäusern und ihren romantischen Innenhöfen nahe der Verbotenen Stadt spazieren. Zwar waren viele von ihnen in den letzten Jahren den Abrisskommandos zum Opfer gefallen, aber einige der Gassen waren auch renoviert und die graugestrichenen Häuser zu kleinen Läden und Restaurants umgebaut worden. In diesen engen Gassen, von denen manche bis ins dreizehnte Jahrhundert zurückreichten, konnte man noch ein wenig von dem alten China erahnen, wie es einmal gewesen war. Doch die Zeiten der traditionellen Hutongs waren unwiederbringlich vorbei. Jedes Mal, wenn Marc wiederkam, hatte sich dort etwas verändert. Marc dachte an Henriette. Auch in ihrem Leben schien sich ständig etwas zu verändern. Nur er selbst schaffte den Absprung irgendwie nicht.

Um Marc breitete sich eine aufgeregte Hektik aus. Die Maschine war gelandet. Es schien, als hätten sich die Passagiere der hinteren Sitzreihen fest vorgenommen, zuerst aus dem Flugzeug zu stürmen. Marc hatte einige Mühe, seine Gruppe zusammenzuhalten und zum Reisebus seiner Firma zu bugsieren, wo Jiangjing, der örtliche Reiseleiter, bereits auf sie wartete. Marc erkannte den gelbblauen Bus seines Unternehmens und den davor stehenden Kollegen schon von weitem. Als er einstieg, sah er am Innenspiegel des Reisebusses eine kleine Mao Zedong-Ikone an einem roten Faden baumeln. Sie waren in China angekommen. Marc schaltete sein Handy wieder ein und stellte fest, dass Zhigang versucht hatte, ihn telefonisch zu erreichen. Auch eine SMS hatte er geschickt. Er drückte auf: „Nachricht lesen".

*Komm 20.00 Uhr ins Restaurant bei der Theaterakademie. Ich muss zum Tempel. Wichtig, dass du mitkommst. Ruf auf keinen Fall an!!! Z.*

Warum so früh? Und warum in einen Tempel? Zhigang wusste doch, dass Marc heute mit seiner Gruppe in die Oper gehen würde. Hatte er es etwa vergessen? Und warum, verdammt noch mal, sollte er ihn nicht anrufen? Komische Nachricht, dachte Marc, doch ihm blieb keine Zeit, weiter darüber nachzudenken. Er musste mit seiner Stadtführung beginnen. Marc steckte das Mobiltelefon in seine Tasche, setzte die Sonnenbrille auf und griff nach dem Mikrofon vor dem Beifahrersitz. Als sie in Richtung Innenstadt fuhren, erläuterte er seinen Reisegästen die Sehenswürdigkeiten und den Aufbau der Stadt. Wie immer machte es ihm Spaß, mit seiner Gruppe durch Peking zu fahren. Hier kannte er sich aus.

Der Bus fuhr auf breiten, verpesteten Straßen, vorbei an Reihen gesichtsloser Hochhäuser. Vor wenigen Jahren hatte Marc hier noch Wiesen und Bäume gesehen. Doch die Stadt dehnte sich aus wie ein aufquellender Hefeteig. Zwischen den Neubauten erhaschte Marc von Zeit zu Zeit einen Blick auf schmale Gassen, in denen sich kleine Geschäfte angesiedelt hatten und in denen das eigentliche Leben stattfand. Hier sah man Chinesen auf Hockern vor den Läden sitzen, geschäftige Fahrradfahrer riesige Taschen oder Möbelstücke auf ihrem Rad transportieren und Frauen hinter fahrbaren Ladentheken Fleisch- oder Obstspieße verkaufen.

„Beijing heißt soviel wie ‚Nördliche Stadt' und ist in Ringstraßen angelegt. Dadurch ist die Stadt sehr übersichtlich", erläuterte Marc und machte seine Gruppe auf die Besonderheiten Pekings aufmerksam.

Der Bus passierte das gravitätische Gebäude der Pekinger Kunstakademie. Er fuhr vorbei am Seidenmarkt, auf dem man neben Seidenjacken auch bestickte Dudous, die traditionellen chinesischen Dessous, kaufen konnte, und bog in eine kleine Straße ein, in der sich ein Devotionalienladen neben dem anderen reihte.

„Wir machen jetzt einen Abstecher in die Verbotene Stadt mit dem Kaiserpalast, in der zuletzt auch Mao Zedong gewohnt hat, und dann geht's weiter ins Hotel. Ist Ihnen übrigens schon die Mao Zedong-Ikone hier im Bus aufgefallen? Dazu gibt es eine nette Geschichte. Bei einem Autounfall wurde ein Wagen stark beschädigt und sein Fahrer schwer verletzt. Der andere Fahrer hingegen, in dessen Fensterscheibe ein Mao-Bildchen hing, kam mitsamt seinem Auto ohne Schaden davon. Seither findet man in vielen chinesischen Autos diese kleinen Ikonen und Mao Zedong wurde zum Schutzheiligen der Autofahrer ernannt."

„Jede Kultur hat eben ihre eigenen Götter", warf Frau Feist ein und auf ihrem Gesicht erschien ein entengleiches Lächeln.

Während der Redepausen überlegte Marc, was Zhigangs Nachricht wohl bedeutete. Er hatte ein selten ungutes Gefühl. Wenn er doch wenigstens mit Zhigang sprechen könnte. Was sollte er tun? Sollte er seine Gruppe während der Oper wirklich alleine lassen? Er konnte sich einfach nicht entscheiden.

Als sie im Hotel ankamen, wartete ein üppiges Abendessen auf sie. Marc machte sich über die gerollten Teigfladen mit Pekingente her. Doch es blieb wenig Zeit, all die Köstlichkeiten zu genießen. Gleich ging es weiter im Programm. Auf dem Weg zur Oper las er Zhigangs Nachricht erneut. Irgendetwas hatte es damit auf sich, sonst hätte Zhigang ihm niemals solch eine SMS geschrieben. Sie kannten sich lange genug. Marc dachte fieberhaft nach. Er hatte sich noch immer nicht entschieden. Vielleicht wäre es das beste, einfach das zu tun, worum Zhigang ihn gebeten hatte, Reisegruppe hin oder her. In letzter Sekunde teilte Marc seinem Kollegen Jiangjing mit, dass er die Gruppe erst nach der Oper wieder abholen würde, da er etwas Dringendes zu erledigen habe. Der erstaunte Blick seines Kollegen sprach Bände. Er schien nicht gerade erfreut zu sein, sich alleine um die Gruppe kümmern zu sollen. Wahrscheinlich glaubte er ihm nicht. Erst als Marc ihm einen Umschlag mit Spesengeldern zusteckte und versprach, ihm alle Informationen über die Reiseteilnehmer zu geben, war Jiangjing endlich bereit, die Gruppe so lange zu übernehmen.

„Nein, das können Sie mir nicht antun, Marc", hörte er die schrille Stimme der alten Dame aus dem Flugzeug. Dass er während der Oper nicht anwesend sein würde, löste bei Frau Feist heftige Panikreaktionen aus. Offenbar sah sie ihn schon als ihren persönlichen Betreuer an. Er kannte solche Menschen. Sie waren in Reisegruppen immer wieder zu finden. Menschen, die Angst hatten vor der Fremde. Menschen, die es nicht wagten, einen Schritt alleine zu unternehmen. Ihre natürliche Neugierde schien von übergroßen Ängsten verzehrt zu werden.

„Im Flugzeug haben Sie mir versprochen, dass ich neben Ihnen sitzen darf", flehte sie mit weinerlicher Stimme.

„Frau Feist, Sie müssen sich keine Sorgen machen. Ich sagte, ich sehe, was sich machen lässt. Ich habe extra meinen Kollegen Jiangjing hierher gebeten. Er wird Sie ganz wunderbar durch das Geschehen führen. Er kennt sich in Opern hervorragend aus. So viel Wissen könnte ich Ihnen gar nicht bieten", versuchte Marc sie zu beruhigen.

„Aber er ist Chinese."

„Nun ja, Frau Feist, wir sind ja auch in China. Und natürlich kennt ein Chinese seine Kultur am allerbesten. Und wie Sie heute Nachmittag schon gehört haben, spricht er fantastisch Deutsch."

„Sie sessen heute big Opernstar", warf Jiangjing wenig hilfreich in die Runde.

Konnte er sich denn nicht wenigstens die wichtigsten Wörter des deutschen Grundwortschatzes merken? Frau Feist machte ein unglückliches Gesicht. Doch ihre Erwiderung ging im hell erklingenden Gong des Theaters unter, der die Zuschauer auf ihre Plätze rief. Marcs Gewissen piekte ihn mit feinen Nadeln. Er wusste nur zu gut, dass Frau Feist recht hatte. Er sollte die Gruppe nicht verlassen. Und diese für Touristen ausgerichtete Oper hatte auch noch Überlänge. Das konnte heiter werden. Aus den Augenwinkeln nahm Marc wahr, wie Franzi Feist nach Jiangjings Jackett-Zipfel griff und sich verkrampft daran festhielt.

---

Marc mochte das Lokal, das Zhigang für das Treffen vorgeschlagen hatte. Sie hatten sich schon auf einer seiner früheren Reisen dort getroffen. Als Marc die Eingangstür öffnete, wehte ihm ein herrlicher Duft von gebratenem Fleisch, Knoblauch und Ingwer entgegen. Er ging an der kleinen Theke vorbei und steuerte auf eine schmale verwinkelte Treppe zu, die nach oben ins Freie führte. Marc sah sich suchend um, konnte Zhigang aber nirgends entdecken. Deshalb setzte er sich an einen der Tische, mit Blick auf die kleine Gasse. Er bestellte zwei Flaschen Tsingtao-Bier, eine gleich für Zhigang mit, und als Snack dazu panierte Pilze und süß eingelegte Lotuswurzelscheiben.

„Marc!" Zhigang stand direkt neben ihm. Marc hatte ihn gar nicht kommen sehen.

„Zhigang, wie schön. Komm setz dich, ich hab uns schon mal ein Bier und was zu Essen kommen lassen." Marc schob sich eine klebrig süße Lotusscheibe in den Mund. Zhigang lächelte entschuldigend.

„Wir können nicht bleiben", sagte er zu Marc gewandt, so, dass nur er es hören konnte. Er drehte sich zu der Bedienung um, die auf ihn zugeeilt kam.

„Stell das für uns zurück und setz es auf meine Rechnung. Wir kommen später wieder, wir müssen noch was erledigen", sagte er. Im Stehen nahm er einen Schluck Bier, stellte das Glas auf dem Tisch ab und bat Marc, ihm zu folgen.

„Wie viel Zeit hast du?", fragte Zhigang, als sie die enge Treppe hinuntergstiegen.

„In zwei Stunden ist die Oper aus. Warum?"

„Ich möchte dich um einen Gefallen bitten."

„Was gibt's?"

„Nicht hier", sagte Zhigang und steuerte auf die kleine Küche des Restaurants zu. Im Küchenfenster hingen kopfüber drei knusprig gebratene Enten. Sämtliche Ablageflächen des Raums waren mit riesigen Schüsseln und Blechtöpfen vollgestellt.

Marc fragte sich, was sie hier in der Küche zu suchen hatten. Zhigang nickte dem Koch zu, der mit zwei großen Woks gleichzeitig hantierte und in den aufsteigenden Dampf von gebratenem Rind eingehüllt war. Wortlos drängte er sich an dem Koch vorbei und ging zu einer schmalen, offen stehenden Tür hinaus. Als Marc sich hinter Zhigang an den Woks vorbeizwängen wollte, fühlte er heiße Fettspritzer auf sich niederprasseln. Der Koch stand inzwischen vor einem Teller Cocktailtomaten, die er mit einer dicken Schicht weißen Zuckers bestreute. Zhigang durchquerte den Hof und kletterte über eine brüchige graue Steinmauer. Marc kam kaum hinterher. Ich sollte wieder mehr Sport machen, dachte er, als er zum dritten Mal ansetzte, um über die Mauer zu kommen. Mühevoll zog er sich an ihr hinauf.

„Wo schleppst du mich eigentlich hin?", fluchte er mit säuerlicher Miene. „Ich sehe schon aus wie ein Schwein."

„Ich muss zum Lama Tempel", flüsterte Zhigang und machte ein unglückliches Gesicht.

„Zum tibetischen Tempel? Jetzt?"

„Ja. Nicht so laut!", bat Zhigang. „Es geht um meinen Kollegen Foto-Wu. Er ist verschwunden. Du würdest mir einen großen Gefallen erweisen, wenn du mitkommst."

„Wie verschwunden?"

„Verhaftet."

„Hast du keinen Kontakt zu ihm?"

„Nein. Er wird noch immer festgehalten. Aber wir wissen nicht, wo man ihn hingebracht hat. Wir kommen nicht an ihn heran."

Marc war verwirrt. Warum hatten sie ausgerechnet diesen Weg

durch die Küche und über die Mauer gewählt? Er fühlte sich, als wäre er in einem Jackie Chan-Film gelandet. Doch hier war nicht Hongkong. Hier war Peking, das Zentrum der chinesischen Politik und Macht. Er betrachtete seinen Freund genauer. Zhigang wirkte verändert. Entschiedenheit, gepaart mit tiefer Unruhe, lag in seinen Zügen. Wovor hatte er Angst? Und welche Rolle hatte er Marc zugedacht? Ihm war nicht nach Abenteuer zumute. Jedenfalls nicht nach so einem. Zudem war die Zeit für einen Tempelbesuch reichlich knapp. Marc musste seine Gruppe von der Oper abholen. Es war schon hart genug, dass er sie überhaupt alleine gelassen hatte. Wenn er nicht rechtzeitig zurückkäme, würde er in ernstliche Schwierigkeiten geraten. Marc schaute an sich hinunter und klopfte den grauen Staub der Mauer von seiner Anzughose.

„Ich sehe aus wie ein Schwein", fluchte er.

„Ja, das sagtest du schon. Los, komm, wir müssen uns beeilen. Ich erzähl dir alles auf dem Weg dorthin", drängte Zhigang.

„Ich weiß nicht, das schaffen wir zeitlich doch gar nicht."

Marc fühlte sich überrumpelt. Doch Zhigang schien es wichtig zu sein, ihn dabei zu haben. Zudem steckte er schon mitten drin. Er war bereits über die Mauer gesprungen, also konnte er auch mit zu diesem Tempel fahren.

„Na gut, lass uns gehen", gab Marc schließlich nach.

Auf dem Weg zum Taxi, das am Ende der kleinen Gasse auf sie wartete, erklärte Zhigang, was er vorhatte. Er wollte im Tempel nachforschen, was mit seinem Kollegen Foto-Wu passiert war. Einen Westler dabei zu haben, würde ein gewisses Maß an Sicherheit bringen. Man würde sie nicht verhaften, zumindest nicht gleich. Und auch die Mönche wären einem Westler gegenüber vielleicht ein wenig gesprächiger. Zhigang lächelte. Doch durch das dünne Lächeln hindurch konnte Marc die tiefe Verzweiflung spüren, die das Leben seines Freundes überschattete. Es war, als wäre sie durch jede Pore seiner Haut in ihn eingedrungen und hätte nach und nach seinen gesamten Körper und Geist belegt. Marc hätte gerne etwas Aufmunterndes gesagt, aber ihm fiel nichts ein. In China unter Beobachtung zu stehen, konnte viel bedeuten – sicher aber nichts Gutes.

„Vielen Dank für das Qigongbüchlein, das du mir besorgt hast. Es war bestimmt nicht leicht, das aufzutreiben", wechselte Marc das Thema.

„Ach, nicht der Rede wert."

Zhigang machte eine wegwerfende Handbewegung und stieg ins Taxi.

„Und was brauchst du jetzt?", fragte er, als Marc auf dem Rücksitz Platz genommen hatte.

„Übrigens brauche ich tatsächlich wieder etwas. Diesmal bin ich auf der Suche nach guten Qigongmeistern hier in Beijing oder von mir aus auch irgendwo in den Bergen. Was meinst du, ist es schwierig, sie aufzustöbern?"

Sekundenlang überzog ein dunkler Schatten Zhigangs Gesicht. Stirnrunzelnd blickte er in Richtung Fahrer. Das Qigongthema schien ihm nicht zu behagen. Dann grinste er und wechselte vom Chinesischen ins Englische.

„Woher kommt denn plötzlich dein reges Interesse an Qigong? Das machen doch nur die Alten und Kranken. Bist du krank – oder verliebt? Wie alt ist sie denn? Hat sie noch Zähne?"

Marc spielte den Entrüsteten. Doch er war froh, dass Zhigang seinen Humor nicht eingebüßt hatte. Diese Eigenschaft hatte er schon häufig in Asien wahrgenommen. Die Verhältnisse, in denen die Menschen lebten, konnten noch so schlecht sein, sie strahlten eine Leichtigkeit und Hoffnung aus, die Marc in seinem eigenen Land nur selten erlebte. Je größer die Not, desto größer schien ihre Fähigkeit zu sein, auch ganz kleinen unbedeutenden Ereignissen mit Freude und Humor zu begegnen.

„Qigong in China ist so ein Thema für sich. Es hängt viel davon ab, für welche Richtung du dich interessierst. Unter den Tausenden von Stilen gibt es nur rund hundert, die von der Regierung anerkannt wurden. Bei diesen Stilen wirst du kein Problem kriegen", riss Zhigang ihn aus seinen Gedanken. „Dennoch ist die Sache mit Qigong hier sehr undurchsichtig. Mal wird es gefördert, dann wieder eingeschränkt. Und einige große spirituelle Qigongzirkel mit Millionen von Anhängern müssen schon seit Anfang der Neunziger Jahre immer wieder mit Repressionen rechnen. Andererseits scheint die Regierung darum bemüht zu sein, den Peking-Stil des Qigong zu verbreiten. Zudem wurde ein in inneren Qigongkreisen sehr angesehener Meister kürzlich von der Regierung beauftragt, die Verbreitung des Qigong und der daoistischen Lehren zu fördern und zu kontrollieren. Und wenn du morgen früh um fünf Uhr aufstehst und in den Behai-Park gehst, dann ist da alles voll mit Menschen, die verschiedene Formen und Stile praktizieren. Ob etwas Brauchbares dabei ist, kann ich dir allerdings nicht sagen. Ich werde mal sehen, was sich herausfinden lässt, bis du auf dem Rückweg wieder hier vorbeikommst", bot Zhigang an und senkte seine Stimme.

„Eins verstehe ich dabei nicht, was hat das Spirituelle denn mit Qigong zu tun, ich dachte hier in China seid ihr eher auf die reinen Körperübungen getrimmt?", hakte Marc nach.

„Du hast dich wohl zu viel um das Jadetor der Liebe gekümmert? Qigong fördert zwar die Sexualkraft, aber die Qigonglehren haben auch einen spirituellen Hintergrund. Je nach Schule stehen sie dem Daoismus, dem Buddhismus oder beiden nahe. Das ist das eigentlich Bedeutende an den Lehren. Dies wird im Westen vermutlich nicht richtig wahrgenommen. Und hier in China würde es ohnehin am liebsten totgeschwiegen werden, das ist schon richtig.

„Was ist mit den Qigongmeistern passiert, die in den letzten Jahren ins Gefängnis gewandert sind?", wollte Marc wissen.

„Vermutlich hatte die Zentralregierung wieder Angst vor dem Einfluss von Sekten und spirituellen Gruppen. Du weißt ja, wie wir Chinesen sind. Ganz China leidet an einem Sekten-Trauma. In unserer Geschichte gab es immer wieder spirituelle Zirkel, welche die Machthaber gestürzt haben. Das ist alles lange her, aber Chinesen vergessen nichts."

„Von den Meistern, die Hals über Kopf das Land verlassen haben, dürften wohl die wenigsten wieder zurückgekehrt sein, oder?", fragte Marc.

„Stimmt. Und es wird auch schwer herauszufinden sein, wie viele der Verhafteten noch immer in den Gefängnissen sitzen. Das sieht man ja an Foto-Wu. Marc, du solltest, wenn du morgen in den Park gehst, mit deinen Fragen sehr vorsichtig sein. Wo es gute Meister gibt, da gibt es auch gute Spione. Und erwarte nicht zu viel. In diesen Kreisen hält man sich gerne bedeckt", sagte Zhigang leise.

Sie waren vor dem Lama-Tempel angekommen. Suchend wanderten sie durch die prachtvollen Hallen. Die roten Gebäude des Yonghegong-Tempels waren von einem besonderen Baustil geprägt, hier vereinten sich die Kultur der Han-Chinesen, der Mandschuren, Mongolen und Tibeter. Marc kannte die Tempelgeschichte von seinen Reiseleitungen her. Heute betrat er die Anlage jedoch aus einem völlig anderen, sehr beunruhigenden Grund. In der Falun-Halle, neben dem holzgeschnitzten Arhatenberg, trafen sie auf einen Mönch, der Reliefbilder reinigte. Doch er hatte nichts über einen inhaftierten Fotografen gehört. Der Mönch schickte Marc und Zhigang in die Halle der Tausend Weisheiten, in der sie den Ordensbruder antreffen würden, der am Tag von Wus Verhaftung im Eingangsbereich tätig gewesen war.

Sie beeilten sich, weiterzukommen. Wieder ging von Zhigang diese geradezu greifbare Unruhe aus, die Marc schon zuvor an ihm wahrgenommen hatte. Als sie in der Halle ankamen, war niemand zu sehen. Ratlos schauten sie sich um. Wo sollten sie jetzt suchen? Sie verloren wertvolle Zeit. Marc empfahl, zuerst die Gebäude mit den wertvollsten Kulturgütern abzuklappern, da er bei früheren Besuchen mit seinen Reisegruppen dort öfter mal auf Mönche getroffen war. Er zog Zhigang zur Halle des Leuchtenden Buddhas.

„Übrigens wird alles Spirituelle hier in China schon bald wieder ziemlich viel Ärger bekommen", berichtete Zhigang.

„Meine Agentur hat herausgefunden, dass es neue Gesetzesregelungen geben wird, welche die Wiedergeburt und damit auch die spirituellen Gruppen und Zirkel insgesamt stärker kontrollieren werden. Der Schlag gilt vor allem Tibet und dem Lama-Oberhaupt. Aber natürlich werden alle Anhänger des tibetischen Buddhismus und auch die anderer Religionen darunter zu leiden haben.

Foto-Wu ist genau an dem Abend, als das Wiedergeburtengesetz verabschiedet wurde, in Untersuchungshaft gekommen. Ich weiß nicht, was im Tempel los war, ich kam zu spät. Aber es müssen eine Menge Menschen hier gewesen sein. Ein mir bekannter Journalist meinte, dass er Wu gesehen hätte. Er glaubt, dass Wu von einer Chinesin verhaftet wurde. Über diese Frau kursieren hier in Peking eine Menge Gerüchte. Sie ist schon zu Lebzeiten zu einer Legende geworden. Unvorhersehbar wie ein Regenschauer taucht sie auf. Sie kommt und geht und hinterlässt ihre Spuren. Es ist, wie wenn du plötzlich auf dem dünnen Ast eines Baumes sitzt, dich krampfhaft an irgendwelchen Zweigen festklammert und in die Tiefe eines Abgrundes starrst. Dabei hat sie fast niemand je in Aktion gesehen. Durch ihr leises Auftreten stellt sie eine Bedrohung da, die weit stärker ist, als es eine offensive Drohgebärde je sein könnte. Sie nagt an den Wurzeln deiner Existenz, die du mühsam aufgebaut hast. Wenn sie auftaucht, lässt der gesellschaftliche Absturz nicht lange auf sich warten. In diesem Ton, spricht man über sie. Du merkst daran, dass die Menschen Angst haben. Und sie haben allen Grund dazu. Ich hoffe sehr für meinen Kollegen, dass der Journalist sich getäuscht hat. Aber wie auch immer, als es passierte, als Foto-Wu verschwand, war er jedenfalls auf dem Weg zum Tempel. Seit er verschwunden ist, werde auch ich überwacht. Deshalb das Versteckspiel vorhin. Und wenn sie dich mit mir zusammen sehen, dann werden sie auch dich nicht mehr aus den Augen lassen. Aber keine Sorge, als Ausländer kann dir nichts passieren."

Sie betraten den Pavillon, in dem die prachtvolle Sandelholzstatue von Shakyamuni stand. Bei Sonnenuntergang wirkte der Kopf der Statue wie hell erleuchtet. Aus einer Nische der Halle schauten neunundneunzig Drachen auf sie herab. Sonst war niemand zu sehen.

„Komm lass uns weitergehen, für mich wird die Zeit allmählich knapp", sagte Marc. „Warum wurde dein Kollege festgenommen?"

„Er wollte Fotos machen."

Marc und Zhigang traten ins Innere der Halle der Zehntausend Buddhas. In der Mitte des Raumes thronte der lachende Buddha Milefo. Marc schätzte die aus hellem Sandelholz gefertigte Statue auf fünfundzwanzig bis dreißig Meter. Der Geruch von brennendem Wachs stieg ihm in die Nase. In einer Ecke zündete ein Mönch mehrere langgliedrige Kerzen an. Zhigang ging auf ihn zu und verneigte sich. Marc blieb ein wenig entfernt von beiden stehen. Zhigang berichtete von seinem Kollegen und nannte den Tag, an dem Foto-Wu auf dem Weg zum Tempel gewesen war. In wenigen Worten beschrieb der Mönch, was er an diesem Tag erlebt hatte. Marc hörte aufmerksam zu. Doch plötzlich spürte er ein Ziehen in seinen Gedärmen. Offensichtlich gefiel seinem Körper die Essensumstellung nicht. Er entschuldigte sich und steuerte auf eine Toilette in der Nähe der Halle zu. Eine Chinesin mit halblangem Haar und durchtrainierten Beinen verschwand bei seiner Ankunft auf der gegenüberliegenden Seite im Damenklo. Auch sie schien es eilig zu haben.

Als Marc die Tür zu der Anlage öffnete, wehte ihm ein verheerender Gestank entgegen. Es war ganz offensichtlich keine Touristentoilette. Das alte Klo war noch nie mit Wasser in Berührung gekommen. Es sah aus wie ein offener Pferdestall, mit einfachen Bodenlöchern und braun verkrusteten Wänden. Im Halbdunkel des Raumes hoffte Marc, in die Öffnung zu treffen und den durchdringenden Gestank, der wie eine dicke Gaswolke daraus emporwuchs, ohne Schaden zu überstehen. Kaum dass er draußen war, schnappte er befreit nach Luft.

Er ging zu Zhigang zurück, der noch immer mit dem Mönch im Gespräch war. Sie unterhielten sich über das neue Reinkarnationsgesetz und dessen mögliche Folgen. Marc verstand nicht viel von dem, was sie sagten. Er hörte auch kaum zu. Für ihn wurde es Zeit zu gehen. Er warf einen Blick auf seine Uhr. Schon jetzt würde es an ein Wunder grenzen, wenn er noch rechtzeitig zum Theater zurückkäme. Aber wie konnte er Zhigang hier alleine lassen?

„Zhigang, es tut mir leid, aber es ist Viertel vor zehn. Ich muss zurück in die Oper."

Zhigang nickte ihm zu.

„Geh nur, Marc. Ich denke, ich komme hier alleine klar. Es scheint alles ruhig zu sein. Danke, dass du mitgekommen bist. Du warst mir eine große Hilfe."

„Na, nun übertreib mal nicht. Aber viel Erfolg. Ich melde mich wieder, wenn ich aus Tibet zurück bin."

„Fahren Sie nach Lhasa?", fragte der Mönch.

„Ja. Ich bin Reiseleiter und mache mit meiner Gruppe eine Rundreise."

„Dürfte ich Sie um einen Gefallen bitten?"

Er fragte ausgesucht höflich.

„In Deutschland und in der Schweiz gibt es verschiedene Tibetvereinigungen. Sie stehen in Kontakt mit unseren Mönchen in Lhasa und tauschen von Zeit zu Zeit Informationen aus. Doch es wird immer schwieriger, Informationen aus Tibet herauszubringen. In unseren Briefen wird über nichts weiter berichtet, als über die Ereignisse, die in den letzten Wochen in Lhasa geschehen sind."

„Warum schicken Sie Ihre Informationen nicht als Email?"

„Wir versenden die Briefe mit Originalunterschrift, das hilft, falls jemand die Glaubwürdigkeit der Berichte anzweifelt. Wären Sie bereit, einen solchen Brief weiterzuleiten?"

„Ich weiß nicht. Ich muss jetzt auch leider dringend los, meine Reisegruppe wartet", entgegnete Marc ungeduldig und schaute auf seine Uhr.

„Ich möchte Sie nicht drängen. Bitte denken Sie in Ruhe darüber nach. Und wenn es Ihnen recht ist, wird jemand während der Reise auf Sie zukommen und Sie noch einmal darum bitten. Sie können es annehmen oder ablehnen. Ganz wie Sie wünschen. Aber bitte sagen Sie es nicht weiter. Wäre das so für Sie in Ordnung?"

„Ja, gut", sagte Marc. Er nickte den beiden zu und beeilte sich, den Pavillon zu verlassen. Sollte er tatsächlich irgendwelche Information aus Tibet herausschmuggeln?

Als Marc zum Taxistand eilte, fiel sein Blick wieder in Richtung Toiletten. Die Chinesin mit den halblangen Haaren verließ mit entspanntem Gesicht das stinkende Klosett. Konnten Geruchsnerven derart abstumpfen? Marc wunderte sich, wie sie es in diesem übelriechenden Bakterienlager hatte aushalten können. Es erschien ihm geradezu absurd. Plötzlich fiel ihm die Chinesin wieder ein, die Zhigang in Zusammenhang mit von Foto-Wus Verhaftung erwähnt hatte. Ein Schauer lief ihm über den Rücken. Was hatte die Frau bloß so lange auf dem Klosett gemacht? Er hoffte, dass ihn die ruhige Stimmung im Tempel nicht getäuscht hatte. Er fühlte eine unbestimmte Bedrohung. Zhigang wusste nichts von dieser Frau. War es falsch gewesen zu gehen? Marc fragte sich, warum er nicht bis zum Ende geblieben war. Deprimiert blickte er durch die Scheiben des Autos. Inzwischen war es ihm völlig gleich, wann er an der Oper ankommen würde. Immer wieder schweiften seine Gedanken zum Lama-Tempel zurück. Wie belanglos es doch war, eine Reisegruppe vor der Oper warten zu lassen, im Vergleich zu dem, was mit Zhigang passieren könnte. Doch sie waren fast da. Der Taxifahrer war so schnell durch die Stadt gehetzt, dass Marc pünktlich ankam.

## 8 Die Entdeckung

Henriette stand von ihrem Meditationskissen auf und blies die Kerze aus. Eine angenehme Klarheit und Weite erfüllte ihren Körper. Leise spielte die chinesische Erhu-Musik ihres Meisters. Sonderlich zeremoniell veranlagt war Henriette eigentlich nicht. Sie bevorzugte es, sich nur eine Decke um die Schultern zu legen und sich ohne irgendwelche rituelle Verrichtungen in die Stille zu begeben. Nathalie aber hatte ihr ein Gespräch mit Wu Xiang Fei in Aussicht gestellt. Deshalb hatte sie die heutige Meditation mit besonderer Sorgfalt durchführen wollen. Doch während der Meditation waren plötzlich wieder Bilder von der Autorenanhörung und dem Gespräch im Zug vor ihrem inneren Auge aufgetaucht. Es hatte sie viel Mühe gekostet, ihre Erinnerungen zu vertreiben. Henriette nahm einige tiefe Atemzüge und schaltete die Meditationsmusik aus. Einer von Marie-Claudines Texten fiel ihr in die Hände.

*Wenn die Bewegung kommt in der Stille, dann ist sie leicht und beschwingt. Nichts Äußeres nehme ich wahr – nur mich selbst.*
*Ich werde bewegt. Nicht meine Muskeln sind es. Nein, die Form gestaltet sich selbst.*

*Spiralenförmig gleitet meine Hand auf und ab. Verbindet mein Herzfeld mit meinem Bauch, wo tiefe Kraft in mir ruht.*
*Leicht und fein dreht sich die Hand. Die Bewegung ist fast wie ein Träumen, so schwingend und gleitend im Raum.*

*Ich werde weich, empfinde wie ein Embryo im Mutterleib. Bewegt von Wellen, denen ich sanft nachgebe, mich in sie fallen lasse, darin verliere.*
*Dünn bin ich, durchscheinend hell. Schwerelos. Aufgelöst im Raum.*

*Von weit her dringt ein Impuls zu mir durch. Ruft mich zurück.*
*Ruft lange. Ruft, bis mein Zerflossensein zurückkehrt in die Form.*
*Fester wird, sich wieder abtrennt vom Raum.*

*Noch einmal genieße ich das fließende Qi. Dann löse ich mich und sammle die*
*Kraft in meinem Bauch. So verharre ich lange.*
*Ziehe das Qi vom Gesicht in den Nacken. Verweile. Und öffne*
*ganz langsam und sanft meine Augen.*

**Aufzeichnung 17/04 Marie-Claudine**

Erstaunlich, wie anhaltend sich diese Texte in Henriettes Gedankenwelt festsetzten. Vielleicht war es das, was Wu Xiang Fei meinte, wenn er davon sprach, dass nur wenige Leute dazu bestimmt seien, ein Buch über ihn zu schreiben. Marie-Claudines Aufzeichnungen waren wirklich sehr eigentümlich. Sie führten hinein in eine mysteriöse innere Welt. Erklärt wurde nichts, gar nichts. Henriette war da ganz anders. Beim Schreiben hatte sie sich die schlichte sachlich-kompakte Art zu eigen gemacht, die auch ihren Charakter selbst auszeichnete. Ihre beiden Schreibstile konnten unterschiedlicher nicht sein. Marie-Claudines Berichte waren wie in Nebel gehüllte Gebirgsspitzen. Sie nahmen einen mit auf eine Reise, bei der man auf wilden Leoparden und Tigern ritt oder in die stille Einsamkeit einer fahl leuchtenden Mondlandschaft eintauchte.

Henriettes Texte aber hatten die kristallene Klarheit eines Bergsees. Sie liebte wohlstrukturierte Arbeitsbücher, durch die sie ihre Leser hindurchführen konnte wie durch ein stilles Haus mit vielen Zimmern.

Auch das Qigongbuch stellte sie sich als Anleitungsband vor. Körperhaltungen, Energieleitbahnen, Bewegungsabläufe und Checklisten für Qi-Phänomene sollten in den einzelnen Innenräumen ihres Hauses Gestalt annehmen. Für Menschen, die tiefer in die asiatische Lehre eindringen wollten, würde sie in einem zweiten Teil einen Weg durch die philosophischen und spirituellen Räume bahnen.

Pünktlich um acht wählte Henriette die Nummer in Los Angeles. Sie war ziemlich aufgeregt. Schon nach dem zweiten Klingeln war Wu Xiang Fei am Apparat. Henriette riss sich zusammen und begrüßte ihren Meister ehrerbietig.

„Ni hao, guten Tag, wie geht es dir? Und deiner Familie? Sind alle gesund?", fragte Wu Xiang Fei. Eine Welle innerer Wärme durchflutete Henriette bei seinen Worten. Sie hoffte, er würde ihr Informationen für das Buch geben. Henriette nahm einen Stift zur Hand, um das Wichtigste mitzuschreiben.

„Der Begriff Qigong wurde erst Mitte des zwanzigsten Jahrhunderts eingeführt", hörte sie ihn durch den Hörer sagen. Im Hintergrund vernahm Henriette das gleichmäßige Motorenbrummen einer vielbefahrenen Straße. Wu Xiang Fei musste das Fenster in seinem Hotelzimmer weit geöffnet haben.

„Aber die Methode ist schon sehr alt. Vielleicht schon 5.000 Jahre alt. Sie existierte schon lange bevor der Buddhismus und der Daoismus in China Fuß fassten. Die Lehre hatte viele Namen. Der Weg, der Wu-Glaube, der Pfad zwischen Himmel und Erde. Die Weisheiten der Lehre wurden in die daoistische Weltsicht mit aufgenommen. Die Techniken wurden verfeinert."

Henriette schrieb aufmerksam mit.

„Du musst gut auf dich achtgeben, Henriette", wechselte er plötzlich das Thema. „Welche Übungen machst du? Wie oft übst du?", erkundigte sich Wu Xiang Fei. „Kennst du die Übung des Goldenen Lotus? Die kannst du täglich praktizieren. Am besten nicht weniger als drei Stunden am Tag."

Drei Stunden!? Henriette glaubte, sich verhört zu haben. Sie wollte schon widersprechen. Mit ihrer Arbeit und dem Buchprojekt hatte sie mehr als genug zu tun. Doch dann besann sie sich. Wu Xiang Fei würde ihr dies nicht vorschlagen, wenn es für sie und die Aufgabe nicht wichtig wäre.

„Wie kommst du mit deinem Projekt voran?", fragte Wu Xiang Fei.

„Ich habe inzwischen die Texte von Marie-Claudine gelesen", berichtete sie ihm.

„Gut"

„Marie-Claudine aber konnte ich nicht finden. Ich wollte ..."

Henriette stockte. Durfte sie ihre Bitte, ein eigenes Buch schreiben zu wollen, erneut vorbringen? Aus den Lehren des Qigong wusste sie, dass es energetisch gesehen heikel werden konnte, etwas, das bereits entschieden war, nochmals zu besprechen oder gar anzuzweifeln und verändern zu wollen. Der Qifluss konnte dadurch gestört werden. Sie hatte Wu Xiangs Feis Aufgabe angenommen. Und plötzlich spürte sie, dass es kein Zurück mehr gab. Doch diese Aussicht behagte ihr nicht. Sie fühlte sich wie gespalten. Da war die Aufgabe, aber da war auch ihre Vision. Und um nichts in der Welt wollte sie ihr eigenes Projekt aufgeben. Es wäre ihr wie ein Verrat an sich selbst erschienen.

„Suche den Kontakt zu Marie-Claudine nicht im Yang, sondern im Yin, nicht im Außen, sondern im Innen", sagte Wu Xiang Fei mit veränderter Stimme. Er musste etwas von ihren Gedanken wahrgenommen haben.

„Das Wollen", so erläuterte er „bestimmt im Leben eines Menschen alles. Eine alte chinesische Weisheit besagt: Nicht wollen, nicht aktiv sein – und alles kann geschehen. Viel wollen, viel handeln – und nichts wird sich ereignen, das von Belang und Dauer ist."

Wu Xiang Fei hatte gut reden. Dennoch bemühte sich Henriette darum, mehr zu üben. Sie merkte, wie gut es ihr tat und wie die Übungen ihr Wohlbefinden verbesserten. Drei Stunden jedoch erreichte sie so gut wie nie. Und trotz allen Übens war Henriette seltsam unzufrieden. Sie spürte, dass sie, seit sie das Buchprojekt verfolgte, nichts mehr richtig im Griff hatte. Alles entglitt ihr. Doch anstatt etwas aktiv verändern und regeln zu können, wie sie es gewohnt war, hatte Wu Xiang Fei ihr Untätigkeit verordnet. Zäh wie ein Kaugummi zog sich ihr Leben dahin. Ihres Tatendrangs und ihrer Lebendigkeit beraubt, fühlte sie sich wie ein Tiger im Käfig. Sie begriff nicht, was mit dem Nichtstun gewonnen werden konnte.

Henriette dachte an Marc, der bald in Lhasa ankommen musste. In Tibet war dieses passive Abwarten sicherlich leichter als hier in der westlichen Welt. Das Leben dort entsprang einem eigenen Rhythmus. Seit Jahrtausenden waren die Menschen anders geprägt, folgten anderen Mythen und Lehren. Ein Hausbau, so hatte sie in einem Film über Tibet gesehen, konnte sich verzögern, weil die Bauarbeiter tagelang damit beschäftigt waren, die Würmer von den Steinen zu entfernen, damit man sie nicht zertreten würde. Sie stellte sich vor, wie sie selbst gemeinsam mit Marc Würmer retten würde.

Sie vermisste Marc ziemlich. Aber das war typisch für sie beide. Als er in Berlin gewesen war, hatten sie es kaum geschafft, sich zu treffen. Die lange Zeit seiner Abwesenheit davor hatte eine Distanz zwischen ihnen geschaffen, die nur langsam überwunden werden konnte. Erst in den letzten Tagen vor seinem Aufbruch hatte sie seine Nähe gespürt. Doch nun war er wieder auf Reisen. So war es immer. Ob er wohl etwas über Qigong für sie herausfinden würde?

Zum Nichtstun verdammt, beschloss Henriette, zum Friseur zu gehen. Eine neue Frisur würde ihre Laune vielleicht verbessern. Sie hatte Glück und ergatterte einen freien Termin bei Anna, der Starfriseurin des Ladens. Direkt nach der Arbeit fuhr sie nach Schöneberg und betrat den Salon.

„Bitte kommen Sie mit, ich wasche Ihnen schon mal die Haare, bis Anna sie abholt", sagte eines der Mädchen und führte sie ins Nebenzimmer, in dem vier große weiße Waschbecken standen.

Es war herrlich zu spüren, wie das warme Wasser über Haare und Kopfhaut lief. Mit einem pinkfarbenen Handtuch um den Kopf, nahm sie auf einem freien Frisierstuhl vor der Spiegelwand Platz. Henriette zog eines der Magazine aus dem Zeitschriftenstapel des Salons und blätterte darin. Ihr Blick fiel auf einen Reisebericht über Taiwan. Interessiert betrachtete sie die schönen Fotos eines daoistischen Tempels, welcher der Göttin Mazu geweiht war.

„Ich mache dir heute mal eine etwas andere Frisur, okay? Man trägt die Locken jetzt etwas dichter", wurde sie von Anna begrüßt, die sogleich um sie herumtanzte.

„Was liest du denn da? Ach, den Artikel mit den Ritualen."

„Ja, ganz erstaunlich, was ihr hier für Zeitschriften habt. Es geht um taiwanesische Zeremonien daoistischer Schamanen."

„Ja, eine Kollegin von mir hat ihre alten Magazine hierhergebracht. Und die meisten Kunden sind ganz begeistert davon, mal nicht nur unsere üblichen Blättchen vorzufinden."

„Ich finde das auch gut", bestätigte Henriette.

Sie überließ sich Annas fachkundigen Händen und begann zu lesen. Der Text floss ungewöhnlich leicht und mit großer Präzision dahin. Henriette war so in ihn vertieft, dass sie ihre Frisur ganz vergaß. Sie hatte kaum gemerkt, wie die Friseurin geschnitten hatte, da war Anna auch schon fertig. Sie zog die Trockenhaube heran und stülpte sie über Henriettes Kopf. Unter der glühenden Hitze der Haube begann Henriette zu träumen. Die Worte des Artikels lösten eine dichte und mit Energie gefüllte Wirkung in ihr aus. Was wäre, wenn sie nun selbst auf Reisen ginge und diesen farbenprächtigen Tempel besuchte? Es müsste herrlich sein, diese fremden daoistischen Rituale hautnah mitzuerleben. Sie roch förmlich den Duft von Kerzen und Sandelholz-Räucherstäbchen und hörte den Klang der Schamanentrommeln und der Erhu. Doch plötzlich hielt Henriette den Atem an und setzte sich kerzengerade auf. Irgendetwas an diesem Artikel irritierte sie. Sie blätterte die Seiten vor, bis zum Ende des Beitrags. Da fiel es ihr wie Schuppen von den Augen. Diese Sprache, die Art und Weise der Beschreibung kam ihr merkwürdig bekannt vor. Sie traute ihren Augen kaum, als in einem kleinen extra Kästchen als Autorin eine gewisse Marie C. Meyer angegeben war. Sollte die Journalistin etwa Marie-Claudine sein? Ihre Marie-Claudine? Rechts oben auf dem Titelblatt war als Angabe Heft 3 /2007 vermerkt. Es handelte sich um die Sommerausgabe des vierteljährlichen Magazins. Nachdenklich starrte Henriette vor sich hin. Hatte sie hier ganz unerwartet Marie-Claudine gefunden? Anna kehrte die roten Locken vom Fußboden auf. Henriette nahm es kaum wahr. Sie suchte nach dem Impressum der Zeitschrift. Weder der Name, noch eine Emailadresse von Marie-C. Meyer war hier erwähnt. Sie schien keine fest angestellte Redakteurin zu sein. Der Alarm der Trockenhaube riss Henriette aus ihren Gedanken. Anna befreite sie aus ihrer heißen Vakuumwelt und hob einen Handspiegel an Henriettes Hinterkopf.

„So, fertig", sagte die Friseurin.

Henriette blickte in den Spiegel. Sie sah traumhaft aus. Mit ihren Gedanken war sie jedoch noch immer bei dem Artikel.

„Was für ein Wunder! Kann ich diese Zeitschrift hier mitnehmen?", fragte sie Anna an der Kasse und eilte aufgeregt aus dem Laden.

## 9 Kalligraphie

Wu Xiang Fei saß an seinem Schreibtisch im Berliner Qigongzentrum. Auf dem hellen Holzboden zeichnete sich der langgezogene Schatten eines Fensterkreuzes ab. Wu Xiang Fei ließ sich die Sonne auf den Rücken scheinen. Wie ein Vogel beim Futterpicken bewegte er seinen Nacken zur Entspannung auf und ab und summte beschwingt vor sich hin. Nathalie stellte das kleine Holztablett mit Kanne und Tassen vor ihn hin und blinzelte Wu Xiang Fei aus verschlafenen Augen an. Sie war müde. Erst gestern waren sie aus Los Angeles zurückgekommen. Aber der Meister wirkte, als würden Zeit und Anstrengung spurlos an ihm vorübergehen.

Ein Gedanke jedoch schien ihn zu beschäftigen. Wu Xiang Fei sprach in letzter Zeit häufiger von Marie-Claudine. Nathalie wusste, dass sich Marie-Claudine jahrelang geweigert hatte, ihren Weg anzunehmen. Nathalie konnte es nicht verstehen, aber Marie-Claudine wollte sein wie alle anderen. Dabei hatte sie von Anfang gewusst, dass sie nicht so war. Sie suchte nach etwas, das sie nicht finden konnte und niemals finden würde, weil es ihr nicht bestimmt war. Was für ein Schafskopf diese Marie-Claudine doch war. Aber Nathalie sollte es recht sein. Wer weiß, vielleicht würde Marie-Claudine sonst bereits auf ihrem Posten sitzen. Wu Xiang Fei hatte mehrfach angedeutet, dass er Marie-Claudine an seiner Seite haben wollte. Es war zum Verzweifeln. Dabei hatte Nathalie ihn jahrelang begleitet. Aber immer wieder schien er andere Personen ihr vorzuziehen. Sie fühlte sich gedemütigt. Auch konnte sich Nathalie nicht daran erinnern, wann sie das letzte Mal von ihm gelobt worden war. Sie tröstete sich damit, dass Wu Xiang Fei Menschen immer nur dann lobte, wenn sie besonders schwach waren und es nötig hatten. Es war seine Art, ihnen wieder Stärke und Energie zu geben. Dies erzählte Nathalie auch immer wieder Wu Xiang Feis Schülern. Doch tief in ihrem Innern glaubte sie nicht wirklich daran.

Nathalie wandte sich ihrem Meister zu, der einen Bogen Seidenpapier aus dem massiven Teakholzschrank nahm und ihn feinsäuberlich auf den chinesischen Lacktisch legte. Wu Xiang Fei ergriff sein Pinselset mitsamt Tusche und Tuschstein. Nathalie beeilte sich, ihm ein Glas frisches Wasser vom Waschbecken in der Ecke zu holen. Er nahm es ihr aus der Hand, goss etwas davon auf den Tuschstein und verrieb die Tusche zu einer feinen cremigen Farbe. Die hohe Kunst der Kalligraphie, so wusste Nathalie von ihm, bestand darin, Spontaneität, Gedanken und Seelenkraft im Bild zu konzentrieren, damit diese später auf den Betrachter übergehen konnten. Nathalie liebte die chinesische Kultur. Als Kind war sie praktisch in New Yorks China Town aufgewachsen. Eine alte Chinesin hatte sie hin und wieder betreut und viel Zeit mit ihr in dem chinesischen Viertel verbracht.

Nathalie beschwerte das Seidenpapier an zwei Seiten, zog es glatt und legte ihre Hände auf die verbleibenden freien Ecken, um die Spannung zu halten. Fasziniert sah sie zu, wie Wu Xiang Fei die Ärmel seiner chinesischen Jacke hochkrempelte und den in Tusche getauchten Pinsel vorsichtig aufs Papier aufsetzte. Als der Pinsel den Untergrund berührte, erwachte dieser zum Leben. Wie eine Katze, die auf ihre Beute lauert, holte er in einem tiefen Atemzug Luft, schwang sich zum Auftakt nach oben. Verharrte. Und setzte geschmeidig zum Sprung in Gegenrichtung an. Ein freigelassener Wilder, so tanzte der Pinsel stürmisch übers Papier. Seine Haare streiften den Boden, hinterließen dunkel bewegte Spuren auf blütenreinem Weiß. Ungestüm fegte er vorwärts, rauschte zur Seite, drehte eine Pirouette und schwang langsam zurück. Die Tusche des Pinsels ergoss sich in feinem Fließen über das knittrige Reispapier. Hellere und dunklere Schwarztöne schmiegten sich dabei sanft zu acht kalligraphischen Zeichen zusammen. Noch eine letzte Drehung, ein feuriger Farbwirbel dann verharrte der Pinsel wieder still in der Luft. Das Werk war vollbracht.

„Ja, du hast recht", brach Wu Xiang Fei die aufgeladene Stille und trug sein Tuscheset zum Waschbecken. Er drehte den Hahn auf und spülte gemächlich die schwarze Farbe aus Pinsel und Tuschstein.

„Marie-Claudine ist von uns weggegangen, bevor ihr der endgültige Durchbruch zu sich selbst gelang. Aber sie ist zäh und weise. Und sie hat gut kultiviert. Sie kann es schaffen."

Wu Xiang Fei hatte Nathalies Gedanken aufgegriffen, ohne dass sie auch nur ein Wort davon ausgesprochen hatte.

„Aber, wenn Marie-Claudine ihre Position nicht einnimmt, sondern sich auf gleicher Ebene mit anderen misst, muss sie vieles erdulden."

War das eine Anspielung? Nathalie presste ihre Hände gegeneinander, bis sie schmerzten. Dann entspannte sie sich wieder. Marie-Claudine würde sicher nicht zurückkommen. Nathalie hatte schon begabtere Qigongschüler scheitern und viel zu früh aufgeben sehen. Sie konnten die chinesische Struktur des Qigongzirkels nicht aushalten, die autoritär und stark hierarchisch gegliedert war. Nathalie lächelte in sich hinein. Sie waren gegangen, nur um nach Jahren wieder zu Wu Xiang Fei zurückzukommen. Doch dann befanden sich viele von ihnen in einem schlechteren Zustand als zuvor. Sie waren wenig im Gleichgewicht und dadurch leicht aus der Bahn zu werfen. Und Wu Xiang Fei, der das alles vorhersehen konnte, durfte nicht eingreifen.

„Was macht Henriette?", fragte der Meister unvermittelt.

Henriette. Ausgerechnet. Nathalies Miene verfinsterte sich.

„Ich habe nichts mehr von ihr gehört. Aber ich weiß nicht, ob sie die Sache bewältigen kann. Sie wusste noch nicht einmal, dass du Aufgaben überträgst. Außerdem hätte sie am liebsten den ganzen Keller des Archivs auf den Kopf gestellt, um an mehr Informationen und Texte von Marie-Claudine heranzukommen."

Wu Xiang Fei lachte fröhlich. Er nickte mit dem Kopf weiter vor sich hin.

„Es ist gut, wenn sie sich entwickelt. Es ist eine große Aufgabe. Sie wird es nicht leicht haben. Du musst sie unterstützen. Wenn du hier in Berlin bist und wir nicht auf Reisen sind, dann sollst du ihre Sekretärin sein und ihr zuarbeiten."

Nathalie verfärbte sich dunkelrot vor Zorn, entgegnete aber nichts. Würde ihr, nachdem Marie-Claudine endlich verschwunden war, nun Henriette den Platz streitig machen? Gewaltsam drängte sie die Gefühle gegenüber Henriette zurück. Es ist eine Prüfung, er meint es nicht so, versuchte sie sich einzureden. Er will nur testen, ob meine Demut Fortschritte macht. Und ob ich meinen Weg weiter gehe. Wu Xiang Fei riss Nathalie aus ihren Gedanken. Er deutete auf die Kalligraphie.

„Sie ist für Marie-Claudine. Mehr kann ich im Moment nicht für sie tun. Schick die Kalligraphie noch heute zu ihr. Es hängt vieles davon ab.

„Aber ich habe ja noch nicht einmal ihre Adresse", protestierte Nathalie.

„Du wirst sie herausfinden. Die Information ist schon da. Wende dich an Henriette. Und wenn du Marie-Claudine diese Kalligraphie zukommen lässt, dann teile ihr mit, dass immer ein Platz an meiner Seite für sie frei ist – und Nathalie!" Er machte eine bedeutsame Pause.

„Es ist an der Zeit, deinen Unmut und deine Zweifel zu überwinden. Du schadest ansonsten der Sache und auch deiner persönlichen Kultivierung. Du darfst das Widerstreben noch nicht einmal denken."

Mit diesen Worten ging Wu Xiang Fei aus dem Raum. Nathalie seufzte. Ihre gute Laune versank wie ein leckendes Boot in einem dunklen schlammigen Morast.

Widerwillig suchte Nathalie nach Henriettes Telefonnummer. Doch dann überlegte sie es sich anders. Nein, sie würde sich nicht die Blöße geben, etwas von Henriette zu erbitten. Sie hatte ihre eigenen Wege, um Marie-Claudines Adresse ausfindig zu machen. Sollte doch jede selbst sehen, wie sie ihre Aufgabe löste. Auf einen Tag mehr oder weniger würde es mit der Kalligraphie schon nicht ankommen. Wu Xiang Fei hatte ja selbst gesagt, dass Marie-Claudine es auch allein schaffen könne.

## 10 Tibet

„Herr Lantinger! Marc!", hallte es durch den Raum. „Herr Lantinger, können Sie mir sagen, wie lange wir hier Pause machen?"

Die Reisegruppe hatte Peking per Zug verlassen und sich auf den Weg nach Lhasa begeben. In der Nähe der Bahnstation gab es ein schönes Restaurant, in dem sie zu Mittag essen würden. Marc drehte sich um und wartete, bis Frau Feist mit ihren dick geschwollenen Beinen vor ihm stand. Ihre blonden Locken ringelten sich so tadellos um den Kopf, als wären sie angenäht. Atemlos wiederholte sie ihre Frage.

„Ich würde so gerne nach draußen gehen und einige Fotos machen. Können Sie mich begleiten?", schob sie, noch immer prustend, nach.

„Franzi, Sie müssen sich nicht beeilen. Wir sind hier auf den Dächern der Welt. Hier gibt es keine Zeit." Marc lächelte. „Wir werden gleich alle ein hoffentlich gutes Essen bekommen. Wenn Sie wollen, halte ich Ihnen einen Platz neben mir frei."

Gertrude Feist strahlte ihn an. Marc wusste, wie sehr sie für diese kleine Aufmerksamkeit empfänglich war. Seit jenem Tag in der Oper, als er sie alleine gelassen hatte, folgte sie ihm wie ein ängstlicher Schatten überall hin. Er legte seine Sonnenbrille und ein Notizbuch auf den groben Holztisch, zog seine graue Wolljacke aus und hängte sie über die Stuhllehne auf dem Nebenplatz. Es war Zeit für ein zweites Frühstück. Die Restaurants waren in Tibet mittlerweile hauptsächlich in Händen von Han-Chinesen. Doch hier waren sie in einem der noch verbliebenen tibetischen Gasthäuser gelandet.

„Diesmal gibt es echt tibetisches Essen. Mal sehen, wie es Ihnen schmeckt", pries Marc die Speisekarte an.

Er empfahl Gemüsesuppe mit Tsampa, dem gerösteten Gerstenmehl, oder Yakdörrfleisch mit Haferfladen.

„Überhaupt sind in Lhasa zwei Drittel der Einwohner inzwischen

Han-Chinesen. Wer hier kein Chinesisch spricht, sondern nur Tibetisch, kann kaum mehr sein eigenes Brot kaufen."
Als das Essen kam, gab Marc bekannt:
„Heute besuchen wir den Jokhang. Der Jokhang gilt als der wichtigste Tempel der Tibeter und liegt inmitten der Altstadt. Die Chinesen haben ihn für touristische Zwecke geöffnet. Die dort noch lebenden Mönche werden stark kontrolliert. Sie müssen sich regelmäßig patriotischen Erziehungsmaßnahmen unterziehen. Und jeden religiösen Text, mit dem sie sich beschäftigen, müssen sie erst durch die chinesische Religionsbehörde genehmigen lassen. Das Tempelgebäude ist jedoch überwältigend."

Frau Feist kam aufgeregt an ihren Platz gelaufen.
„Marc, die Gegend hier ist fantastisch." Sie strahlte.
„Schauen Sie mal diese tollen Fotos an."
Marc nahm ihre Kamera und klickte sich durch die Bilder. Ein leuchtend blauer Himmel mit einer weich geschwungenen Gebirgslandschaft wurde von Fotos mit den Teilnehmern der Gruppe abgelöst. Auch die Auslage des kleinen Ladengeschäfts, gegenüber ihrem Restaurant, hatte Frau Feist exzellent eingefangen. Marc betrachtete amüsiert die ausgestellten Lebensmittel. In der Ladentür neben den Waren hatte Frau Feist eine Chinesin aufs Bild gebannt, die gerade im Begriff war, zu gehen. Er wollte schon weiterklicken, doch die Frau kam Marc irgendwie bekannt vor. Sie erinnerte ihn an die Chinesin in Peking, die aus der Toilette des Lama-Tempels gekommen war. Der gleiche gelassene Ausdruck lag auf ihrem Gesicht. Marc erschrak. War es wirklich dieselbe Frau? Was für ein Zufall! Oder war es gar kein Zufall? Vielleicht wurde er bereits überwacht. Diese Vorstellung ließ ihn erschaudern.

„Schöne Fotos, aber bitte entschuldigen Sie mich für einen Moment. Ich will noch schnell nach nebenan, bevor wir weiterfahren."

Er steuerte auf den kleinen Laden im Nachbarhaus zu. Und blickte sich, die Landschaft betrachtend, nach allen Seiten um. Die Chinesin war nirgends zu sehen. Vielleicht wurde er schon paranoid und hatte sich die Ähnlichkeit nur eingebildet. Er ging in den Verkaufsraum hinein – auch hier war sie nicht – und kaufte zwei Postkarten mit Mandala-Bildern und Briefmarken. Eine davon würde er Henriette schicken.

Marc sah auf die Uhr. Allmählich wurde er wegen noch etwas anderem unruhig. Der örtliche Reiseleiter, der sie hier abholen sollte, war noch immer nicht da. Der Busfahrer hatte ihm schon vor zwanzig Minuten ein Zeichen gegeben, dass sie weiterfahren mussten. Was sollte er tun? Dass das ausgerechnet hier vor Lhasa passieren musste, wo er sich nicht auskannte. Er nahm sein Mobiltelefon und wählte die Nummer des Reiseleiters. Nichts. Nun gut, er würde noch zehn Minuten warten, dann würden sie aufbrechen. Er wollte nicht Gefahr laufen, Ärger mit dem tibetischen Busfahrer zu bekommen. Denn dieser hatte sicher schon eine weitere Route mit einer anderen Gruppe geplant. Zudem war es den Tibetern nicht erlaubt, zu Touristen Kontakt aufzunehmen. Und nun würden sie ohne ihren han-chinesischen Vermittler fahren müssen. Er gab dem Busfahrer ein Zeichen und kehrte in die Halle zurück.

„Meine Damen und Herren, wir fahren weiter. Bitte packen Sie zusammen und suchen Sie sich einen schönen Platz im Bus", verkündete Marc.

Als er nach draußen ging, ruderte der Busfahrer schon von Ferne aufgeregt mit den Armen. Er wollte los. Marc schätzte ihn in seinem bunten Baumwollhemd und den mitgenommen grauen Hosen auf über vierzig. Mit gemischten Gefühlen ging Marc auf ihn zu. Doch sehr zu seinem Erstaunen sprudelte der Fahrer in recht akzeptablem Hochchinesisch hervor:

„Ich bin sehr glücklich wegen der Deutschen. Unser Gottkönig weilte letzten Monat bei Ihnen. Sie haben ihn in Ihrem Land empfangen und wollen ihm bald die Ehrendoktorwürde für seine Vermittlung zwischen Religion und Wissenschaft verleihen. Damit unterstützen sie auch unsere Kultur. Ich bin Norbu Lopoe", jauchzte er glücklich und strahlte jeden Reisegast, der sich vor dem Bus einfand, mit seinen dunklen leuchtenden Augen einzeln an.

„Es ist für uns Tibeter sehr wertvoll, zu wissen, dass wir Freunde haben. Und ich bin stolz darauf, heute eine deutsche Gruppe fahren zu dürfen", beteuerte er zu Marc gewandt. Doch Marc hörte kaum zu. Ihm lag noch immer die Chinesin von Frau Feists Foto im Magen.

„Könnten wir in eine chinesische Kontrolle geraten?", fragte Marc.

„Ja, auf den Wegen nach Lhasa hinein wimmelt es nur so von Kontrollposten in grüner oder weißer Uniform."

Marc nahm einen besorgten Unterton wahr.

„Die Chinesen sind derzeit nicht so gut auf Deutsche zu sprechen. Sollten wir nicht lieber auf meinen chinesischen Kollegen warten?", fragte Marc.

Der Busfahrer schüttelte den Kopf. „Ich muss weiter", sagte er nachdrücklich.

„Und wenn wir in eine Kontrolle kommen, was dann?", hakte Marc nach.

„Dann ... ist es sicher nicht so gut."

Weiter wollte der Fahrer sich nicht äußern. Als zehn Minuten verstrichen waren, ohne dass der chinesische Reiseleiter gekommen war, wollte auch Marc nicht länger warten.

Während der Fahrt unterhielten sich Marc und Norbu Lopoe trotz offiziellen Kontaktverbots angeregt miteinander. Dabei sprach der Busfahrer so leise, als hätte er Angst, er könnte jeden Moment entdeckt werden. Doch sie hatten Glück, von Kontrollposten war weit und breit nichts zu sehen. Als sie in die Stadt hineinfuhren, tauschten sich die beiden über das neue Gesetz zur Kontrolle der Wiedergeburten aus.

„Wenn unsere Würdenträger, nach dem Tod einer hohen spirituellen Persönlichkeit, feststellen wollen, ob sie wiedergeboren wurde, dann gehen sie zum heiligen See."

Als Marc Norbu Lopoe fragend ansah, fuhr dieser flüsternd fort.

„Sie befragen den See."

„Und wie machen sie das?", erkundigte sich Marc neugierig.

„Sie blasen auf Schneckenmuscheln und vollziehen ihre Rituale. Es ist eine sehr heilige Aufgabe. Nur auserwählte Persönlichkeiten sind eingeweiht."

„Wurden so auch der Dalai Lama und der Pantschen Lama gefunden?"

„Ja, aber unsere Orden suchen auch nach anderen Reinkarnationen. Die Mönche ziehen, wenn sie die Zeichen für eine neue Wiedergeburt erkannt haben, durchs Land, um unsere Tukus, die Seelenkinder verstorbener Äbte und Lamas, zu begrüßen."

„Was wird sich in Tibet durch das chinesische Wiedergeburtenverbot verändern?", fragte Marc vorsichtig.

Gehetzt sah Norbu Lopoe sich im Bus um, bevor er noch leiser antwortete.

„Die Menschen sind sehr besorgt. Und vor allem die jüngere Generation hier in Lhasa, aber auch in anderen Städten, ist nicht mehr bereit, sich noch länger alles gefallen zu lassen. Einige Mönche beraten darüber, wie es weitergehen kann. Sie diskutieren, wie man die Chinesen daran hindern kann, unsere Kultur und unseren Glauben noch weiter zurückzudrängen. Doch beim Diskutieren wird es diesmal nicht bleiben."

Norbu Lopoe zeigte auf einen Straßenzug voller Karaokebars, an dem sie soeben vorbeifuhren und schnaubte schmerzlich.

„Sie verbieten die Reinkarnation und bringen uns *ihre Hochkultur*."

Marc wusste, dass die Karaokebars zumeist chinesische Bordelle waren.

Er nickte nachdenklich. Er hätte sich gern noch weiter mit dem Fahrer ausgetauscht, doch der Bus hielt soeben vor ihrem Hotel. Als Marc dem Fahrer zum Abschied ein großzügiges Trinkgeld gab, sah er ein kleines Bildchen des Dalai Lama in Norbu Lopoes Geldbeutel stecken. Marc staunte.

„Ist das nicht gefährlich, wenn man dich mit diesem Bild erwischt?"

In Norbu Lopoes Gesicht trat ein ernsthafter Zug, doch seine Augen begannen zu leuchten.

„Viele sind deswegen gefoltert worden. Manche sind auch gestorben. Aber das wird uns nicht abhalten. Er griff sich unter die Jacke und zog einen zerknitterten Umschlag hervor.

„Wenn du bereit bist, dann nimm diesen Brief mit in dein Land. Er stammt von unseren Mönchen und berichtet über das, was hier passiert. Schick ihn an die Adresse, die darauf geschrieben ist. Die Menschen draußen müssen davon erfahren."

Überrascht blickte Marc auf den Umschlag. Er war an einen Tibet-Verein in der Schweiz adressiert. Der Mönch in Peking hatte schnell gehandelt. Der Busfahrer war also die Kontaktperson, die ihn ansprechen sollte. Marc fragte sich, ob die Verspätung des chinesischen Reiseführers etwas mit diesem Brief zu tun haben konnte. Misstrauisch blickte er zu Norbu Lopoe. Doch dieser sah ihn vertrauensvoll an. Wie sollte er sich entscheiden? Was stand für ihn dabei auf dem Spiel? Unschlüssig schaute er dem Busfahrer in die Augen. Er dachte an Zhigang und an den chinesischen Fotografen, der noch immer in Untersuchungshaft war oder vielleicht schon unauffindbar in irgendeinem Arbeitslager oder einer Umerziehungsanstalt saß. Zhigang hätte die Bitte des Tibeters niemals abgelehnt. Marc griff nach dem Brief und steckte ihn nach kurzem Zögern in seine Tasche.

„Ich schau, was ich für dich tun kann. Viel Glück!", wünschte Marc zum Abschied.

„Danke, ich werde es brauchen."

Er sah dem Fahrer beunruhigt nach, bis dieser mit seinem Bus nicht mehr zu sehen war. Dann wandte er sich wieder seiner Reisegruppe zu.

In seinem Hotelzimmer zog Marc den Brief wieder heraus. Falls er in eine Kontrolle geraten würde, wäre ein Brief an einen Schweizer Tibet-Verein keine gute Adresse. Er sollte die Blätter lieber zwischen seine Reiseleiterunterlagen schieben. Marc notierte den Schweizer Adressaten in seinem Adressbuch und riss den Umschlag auf. Der Brief enthielt sechs Schriftseiten in tibetischer Sprache und einige Bilder. Auf zwei der Fotos waren Mönche zu sehen, die vom chinesischen Militär festgehalten wurden. Das Motiv auf dem dritten Foto war nur schwer erkennbar. Es zeigte einen Mönch, der sich am Boden krümmte und von Ferne eine Frau mit langen Haaren. Wieder kam ihm die Frau auf dem Foto bekannt vor. Marc musste sich unbedingt noch einmal die Fotos von Frau Feist zeigen lassen. Sahen Chinesinnen auf Bildern eigentlich alle gleich aus?

## 11 Konzert

Beim Staubsaugen stieß Henriette gegen ihren kleinen Glastisch neben dem Sofa. Der Stapel Papiere von Marie-Claudine kam dabei ins Rutschen und eines der Blätter legte sich sanft auf das glänzende Fischgrätenparkett. Henriette setzte ihre Arbeit fort. Sie wollte endlich fertig werden. Schließlich hatte sie sich vorgenommen, später noch bei dem Musikfestival mit Enrico Luengo vorbeizuschauen, auch wenn sie keine Karte dafür gewonnen hatte. Judith, ihre Nachbarin, und einige Kollegen aus der Schuhfabrik würden auch dort sein. Sie stellte den dröhnenden Staubsauger ab und drehte das Radio laut. Sie lud sich ihren pinkfarbenen Eimer samt Putzzeug auf den Arm und steuerte aufs Badezimmer zu, als das Telefon klingelte.

„Ahhh."

Henriette hastete daran vorbei, um ihre Last abladen zu können, drehte sich hektisch um und hechtete zum Telefon. Als sie abhob, war es zu spät.

„Dann eben nicht", schimpfte sie missgelaunt und eilte ins Bad zurück. Sie hatte eben damit begonnen, das Waschbecken zu schrubben, als es erneut läutete. Mit halbnasser Hand griff sie zum Telefon und drückte die Taste. „Ohms", meldete sie sich. „Warte mal kurz", bat sie und stellte das Radio wieder leise. Erst dachte sie, es wäre Marc. Aber es war erst halb vier. Er konnte noch nicht wieder von seiner Reise zurück sein.

„Frau Ohms, guten Tag, hier ist Ludwig Naumer von der Antelope-Foundation."

Henriette war unangenehm berührt. Sie hatte ihn geduzt. Sie spürte, wie ihr die Röte ins Gesicht schoss und hoffte, dass man ihre Verlegenheit nicht über ihre Stimme wahrnehmen konnte.

„Herr Naumer, hallo, wie schön, von Ihnen zu hören."

Sie setzte sich aufs Sofa und wischte die feuchte Hand an ihrer Hose ab. Während Henriette sich fragte, was er von ihr wollte, angelte sie nach dem heruntergefallenen Blatt von Marie-Claudine. Sie warf einen kurzen Blick darauf. Es war die Aufzeichnung 7/03 über das Glück. Hoffentlich ein gutes Omen. Sollte ihr diese Marie-Claudine doch auch einmal Glück bringen.

**Glück**
*Frei sein wie ein Kind, mit offenem Herzen, ist Ziel meiner Übung.*
*Genaues Hinhören, Achtsamkeit, Ausdauer machen mich wach.*
*Im Glück sind mein Geist, meine Seele, mein Körper verbunden.*
*Nun heißt es: loslassen und empfangen, nehmen und geben,*
*öffnen und schließen.*

„Frau Ohms, ich habe eine gute Nachricht für Sie. Sie haben das Stipendium bekommen. Herzlichen Glückwunsch!"

„Wie? Oh, damit habe ich gar nicht gerechnet. Ähm, ja also ... vielen Dank", stotterte Henriette.

„Ich werde das Projekt während Ihres Stipendiums betreuen. Wenn Sie irgendwelche Fragen und Probleme haben, können Sie sich gern an mich wenden. Sie bekommen das alles noch schriftlich. Ich wollte Sie nur vorab schon mal darüber informieren. Und ich möchte Ihnen empfehlen, die Unterlagen so schnell wie möglich unterschrieben an uns zurückzuschicken. Da die Stiftungsformalitäten noch immer über Amerika laufen, wird es einige Zeit in Anspruch nehmen, bis Sie mit Ihrem Vorhaben beginnen können. Der genaue Zeitpunkt wird von der Stiftung festgelegt und Ihnen dann mitgeteilt werden."

Erstaunt fächelte sich Henriette mit Marie-Claudines Blatt Luft zu. Nach dieser schrecklichen Anhörung letztens, kam ihr der Anruf von Ludwig Naumer wie ein Wunder vor. Sie las Marie-Claudines Text zu Ende:

*Wenn das Herz lacht, öffnet sich mir die Welt. Die Fessel löst sich.*
*Wie beim Yin und beim Yang wird die Fülle bald größer. Läuft über.*
*Ergießt sich. Wird wieder zur Leere und mehrt ihre Form wie*
*Ebbe und Flut im stetigen Rhythmus.*
*Ganz im Moment sein, im Jetzt sich bewegen, löst ein Empfinden von Glück*
*in mir aus.*
*Ich bin verbunden mit allem um mich herum.*
*Es ist ein Geben und Nehmen im fließenden Tausch.*
*Die Leichtigkeit meiner Kindheit kehrt langsam zurück.*
*Mein Herz ist weit und schenkt der Welt seine Freude.*

**Aufzeichnung 7/03 Marie-Claudine**

Als Henriette einige Stunden später zur Wohnungstür hinausgehen wollte, klingelte das Telefon erneut. Es war Marc.

„Hey, der Tag ist ja voller Überraschungen. Wie war die Reise?", sprudelte Henriette hervor.

„Ganz gut. Keine Probleme mit der Gruppe und persönlich hat es mir viel Neues gebracht."

„Marc, sag, warum kommst du nicht für ein Stündchen hier vorbei. Ich habe was zu feiern. Du hast ja sicher ohnehin nichts Essbares zu Hause."

„Ich weiß nicht, ich bin eben erst angekommen. Du kennst das ja mit dem Jetlag. Hast du Geburtstag?"

„Nein, ich habe heute die Zusage für mein Stipendium bekommen."

„Mann, Mann, Mann, gratuliere, dann habe ich ja das passende Geschenk für dich. Ich habe so einiges über die Qigongmeister in Peking herausgefunden."

Nachdem Marc eingewilligt hatte, vorbeizukommen, zog Henriette ihre grüne Samtjacke und die perlmuttfarbenen Schlangenhaut-Schuhe wieder aus und öffnete den Kühlschrank. Zu dem Konzert konnte sie später noch gehen. Sie platzte vor Neugier, auf das, was Marc ihr berichten würde. Sie legte eine kleine Auswahl spanischer Tapas auf einen Teller. Dazu bereitete sie einen Salat mit Walnüssen und Parmesan.

Marc wirkte verändert. Noch braungebrannter als sonst, bildete seine Haut einen schönen Kontrast zu seinem naturweißen Leinenhemd, das über seine Jeans hing. Doch das war es nicht. Henriette bemerkte in seinen Augen einen neuen Ausdruck, den sie lange nicht gesehen hatte, aber von früher kannte. Trotz seiner Erschöpfung wirkte sein Blick eindringlich. Gerade so, als wäre ein Feuer in seinem Innern entbrannt

„Im Behai-Park habe ich nichts erreicht. Die wenigen Chinesen, die so aussahen, als wären sie über das Anfängerstadium hinausgekommen, waren entweder nicht zu einem Gespräch bereit oder sehr einsilbig. Aber mein Freund Zhigang, du weißt schon, der Journalist aus Peking, hat eine ganze Menge Material für dich aufgetrieben."

Marc packte einen Stapel Qigongbücher in Chinesisch und Englisch auf den Tisch.

„Das hier sollen derzeit die besten Qigongbücher sein. Sie wurden zumindest von bedeutenden Qigonglehrern herausgegeben."

„Oh, danke, das ist ja großartig", jubelte Henriette, bis sie bemerkte, dass Marc plötzlich sehr verlegen war und sie nicht anschaute.

„Was ist los?"

„Na ja, Henriette, weißt du, alle waren sich darüber einig, dass es keinen Sinn machen würde, wenn du ihre Bücher ins Deutsche übersetzen würdest, ohne ihr System zu kennen. Um ehrlich zu sein, Zhigang meint, sie hätten gelacht, als sie hörten, dass eine Deutsche, die gerade mal drei Jahre praktiziert, auf die Idee gekommen sei, ein Buch über Qigong zu schreiben. Du kannst nicht auf die Schnelle ein neues System praktizieren", sagte Marc.

Es war zwar Marcs Vorschlag gewesen, auf ein anderes Qigongsystem umzusteigen, doch Henriette wollte nicht undankbar sein.

„Aber du kennst doch die Chinesen", fuhr er fort und steckte sich eine Olive in den Mund.

„Letztendlich sind alle scharf darauf, im Ausland veröffentlicht zu werden. Ich denke, du musst nur einfach selbst hinfahren. Die Zeit ist jedoch sehr ungünstig. Ihre Ablehnung hat sicher auch etwas mit dem neuen chinesischen Reinkarnationsgesetz zu tun. Ich sage dir, in Tibet brodelt es wie kurz vor einer Explosion", redete Marc sich in Fahrt.

Henriette war überrascht, ihn so impulsiv zu sehen. Selbst das köstliche Essen nahm er kaum wahr.

„Sollte der Dalai Lama sterben, so wird es vielleicht keine weitere Reinkarnation mehr geben. Dem Pantschen Lama fällt die Aufgabe zu, den neuen Dalai Lama zu bestätigen. Aber der vom vierzehnten Dalai Lama ernannte Pantschen Lama wurde schon vor vielen Jahren entführt und durch einen neuen ersetzt. Und wie es aussieht, wollen die Chinesen alle weiteren Reinkarnationen hoher Lamas überwachen oder auch unterbinden, was das spirituelle ‚Aus' bedeuten könnte. Man kann sich nicht vorstellen, was das neue Gesetz alles nach sich zieht", echauffierte sich Marc.

Es schien Henriette fast so, als empfände es Marc als persönliche Beleidigung, dass sein geliebtes China diese unerbittliche Seite von sich zeigte. Sie wusste, dass Marc einige Jahre ganz in dieser fremden exotischen Welt mit ihrem eigenen Lebensrhythmus aufgegangen war. Er war in der alten Kaiserstadt Nanjing gewesen und bezeichnete diese Zeit heute noch als die schönsten Jahre seines Lebens. Henriette hatte ihn dort während ihres eigenen Studienaufenthaltes kennengelernt. Marc hatte damals eine chinesische Freundin gehabt und geglaubt, seiner eigenen Welt entfliehen zu können. Doch das Land hatte ihn betrogen. Er war nicht darauf gefasst gewesen, dass China auch Schattenseiten hatte.

„Sieht so aus, als müsste ich doch vor allem mit den Texten von Marie-Claudine arbeiten und ein Buch auf Grundlage ihrer Schriften entwerfen", stellte Henriette resigniert fest. „Dabei habe ich es noch nicht einmal geschafft, mit ihr in Kontakt zu treten. Allerdings habe ich kürzlich beim Friseur einen Artikel in ‚Taiwan International' entdeckt, den Marie-Claudine geschrieben haben könnte."

„Die Esoterikerin? Puh. Naja, also ich bin nächste Woche in Taipeh. Wenn du willst, kann ich mich dort umhören."

„Es ist ja nur so eine Vermutung von mir, weil mich die Sprache des Artikels an Marie-Claudines Texte erinnert hat. Aber danke gerne, vielleicht triffst du sie ja wirklich."

Marc lachte.

„Na, das wäre ja was. Wie sind denn die Texte nun eigentlich? Du machst mich langsam neugierig."

Henriette deutete auf einen dicken Papierstapel.

„Wenn du willst, lese ich dir etwas daraus vor."

Marc reichte ihr zwei Seiten, die obenauf lagen. Er machte es sich auf dem weißen Noppenteppich neben ihrem Tisch bequem und bettete den Kopf auf seine überkreuzten Arme. Henriette legte sich neben ihn und begann zu lesen.

*Wie nur haben die Chinesen die Kraft des Qi erforscht?*
*Es brauchte lange, bis mein Üben mich den tiefen Zielen des Qigong*
*näher brachte.*
*Nicht die Bewegung zählt.*
*Nicht der vergossene Schweiß des harten Trainings.*
*Kein eleganter Schwung des Körpers.*
*Allein die innere Bewegung ist's, das freie Fließen durch den Körper,*
*das zeigt, wer wahrer Könner ist.*

„Ein frei fließender Körper. Klingt ja toll. Diese Frau will ich kennenlernen."

Henriette wusste nicht, ob er es ernst meinte. Doch als sie weiterlas, spürte sie, wie Marc sich mit jedem Satz, den sie vortrug, mehr und mehr veränderte. Was war nur mit ihm los?

*Nach langer Praxis begleitet ein Gefühl des Schwebens meine Schritte.*
*Der Übergang vom Normalbewusstsein in einen weiten Raum.*
*Die rechte und die linke Hemisphäre meines Kopfes steuern mich*
*in nie gekannter Weise.*

*Innen- und Außenwelt sind offen und erweitert.*
*Informationen strömen auf mich ein. Überhäufen mich in ihrer Fülle.*
*Erlauben einen Blick ins eigene Unbewusste.*
*Das daliegt wie ein offenes Buch.*
*Doch was ich sehe, stammt nicht nur aus dieser Quelle.*
*Mir ist, als käme auch das Übel, kämen die Katastrophen dieser Welt. Geht man zu weit, sieht man zu klar – wo soll das enden?*

Seine Aufmerksamkeit, seine Bezogenheit auf Henriette verdichteten sich. Wieder spürte sie die Kraft, die von Marie-Claudines Gedanken ausging. Auf Marc wirkten die Texte noch stärker als auf sie selbst. Er schien förmlich von ihren Worten aufgesogen zu werden. Wie ein Schlafwandler auf dem Weg zum Mond kam er ihr vor. Er hatte sich aufgerichtet und betrachtete sie stumm. Als Henriette aufschaute, blickte er sehnsüchtig zu ihr herüber. Dann küsste er sie. Es war ein leichter flüchtiger Kuss. Unsicher hielt sie die beiden Seiten noch immer in der Hand. Die Worte wirkten wie eine Gefühlsdroge auf ihn. Sollte sie weiterlesen?

Marc schien wie entrückt zu sein. Er war inzwischen näher gekommen und zog sie sanft zu sich heran. Sein entflammtes Gesicht näherte sich ihren Lippen. Er küsste sie erneut. Erst vorsichtig. Dann ungestüm. Sein heißer Atem brannte sich in Henriette ein. War dies real? Henriette hatte es nicht erwartet. Nicht so schnell. Nicht nach so langer Freundschaft. Doch sie merkte, wie sie selbst dem emotionalen Sog der Situation verfiel. Marc zog sein T-Shirt aus, legte es auf den Boden und bettete Henriettes Kopf darauf. Plötzlich schien ihr alles ganz natürlich, so als wäre es fast vorhersehbar gewesen. Immer mehr verschmolzen sie miteinander. Henriette ließ die Blätter, die sie noch immer in ihren Händen hielt, zu Boden fallen. Der Lichtschein ihrer Tischlampe fiel auf die noch ungelesenen Zeilen. Es war, als würden die Worte, ganz unbemerkt von ihnen, durch sie hindurch zum Leben erweckt.

*Das Tor öffnet sich – herein flutet ein weißgold'nes Licht.*
*Ergießt sich über mich.*
*Ich öffne die Kammer meines Herzens und lasse*
*das Licht hinein – bis es*
*mich ganz durchströmt.*
*Ich werde eins mit mir und meiner Umwelt.*
*Verschwimme. Löse mich auf.*
*Gehe über in dich.*
*Gehe in dich hinein.*
*Während auch du in mir bist. Doch bist du gleich wie ich.*
*Es gibt keine Grenzen, keine Unterschiede.*
*Alles ist eins – bin ich.*
*Bin nicht ich.*
*Ist Leere.*
*Ist Nichts.*
*Ist Alles.*

## 12 Formosa, die Insel der Schönheit

Marc saß im Flughafenbus nach Taipeh. Er freute sich, wieder hier zu sein. Seine Reisegruppe würde erst am nächsten Morgen eintreffen. Für den Abend war ein Besuch in der alternativen Theater-Location „Police Station" in Nähe der Chiang Kai Shek Memorial Hall geplant. Dort spielte die angesagte Theatergruppe „Fliegende Fische". Chen Rong Yu, der Regisseur des Stückes, hatte eine Karte für ihn hinterlegt. Vor Jahren hatte Marc Rong Yus Truppe einmal einen Auftritt nach Berlin vermittelt. Seither waren sie gute Freunde.

Marc starrte aus dem Fenster. Auf den Gehsteigen zu seiner Linken sah er ein Dutzend kleiner Essstände mit Fleisch- und Tofu-Spießen und frischen Früchten. Links saß eine langbeinige Taiwanesin in einem Glashäuschen und verkaufte Betelnüsse. Marc dachte an Henriette. Was hatte ihn nach all den Jahren, die er Henriette kannte, dazu gebracht, sie zu küssen? Irgendwie hing alles mit seiner letzten Tibet-Reise zusammen. Ja, das musste es sein. Bei dem Gespräch mit dem Busfahrer war ihm plötzlich klargeworden, wie wenig er selbst lebte. Das Bild des Dalai Lama in Norbu Lopoes Geldbörse hatte ihm bewusstgemacht, dass er seine eigenen Träume und Ziele längst über Bord geworfen hatte. Er hatte aufgehört zu kämpfen.

Die Fahrt vom internationalen Flughafen in Richtung Innenstadt zog sich in die Länge. Kaum hatten sie die Stadt erreicht, standen sie im Stau. Vierzig kleine Motorroller und Mopeds schoben sich vor den Bus an die Ampel. Und Henriette? Sie hätten schon seit Jahren eine Beziehung haben können. Er hatte den Schritt nur nie gewagt. Er glaubte, sie würden nicht zusammenpassen. Was hatte ihn an diesem Abend bei ihr nur geritten, dass er sie wirklich tatsächlich geküsst hatte? Jetzt, da es geschehen war, fühlte er sich merkwürdig erfüllt. Aber es war noch zu neu und zu frisch. Hier in Taiwan würde er Zeit haben, über alles nachzudenken. Am Busbahnhof hinter der Songshan Trainstation stieg Marc aus. Er nahm seine schwarze Reisetasche und machte sich auf den Weg über die große Fußgängerbrücke hin zur Innenstadt. Wie immer wimmelte es hier von Menschen. Als er das erste Mal an dieser Station angekommen war, hatte er geglaubt, mitten in eine Demonstration hineingeraten zu sein. Bis er begriffen hatte, dass diese Ansammlung nichts weiter war als der alltägliche Menschenstrom, der sich hier entlang schob. Vor dem japanischen Mitsukoshi-Kaufhaus wurde Marc von zwei uniformierten Türsteherinnen mit tiefer Verbeugung und einem Willkommensgruß bedacht. Ob er Henriette ein Parfum kaufen sollte? Ach, dazu hatte er noch Zeit genug. Vielleicht würde ihm noch etwas Besseres für sie einfallen. Er lächelte den Türsteherinnen zu und winkte ein Taxi heran. Marc nannte dem Fahrer die Adresse seines Hotels und machte es sich auf dem Rücksitz bequem. In dem kleinen Fernseher auf dem Armaturenbrett des Taxis lief eine chinesische Oper.

Ihm fiel ein, dass er Henriette versprochen hatte, nach Marie-Claudine Meyer Ausschau zu halten. An der Rezeption ließ er sich mit der taiwanesischen Zeitschrift „Taipeh International" verbinden. In der Redaktion wollten sie keine Auskunft geben. Enttäuscht ging er auf sein Zimmer im fünften Stock. Er steckte die Hotelkarte ins Schloss und öffnete die Tür. Am besten war es wohl, einige Expats zu fragen. In der deutschen Gemeinde, die hier in Taiwan lebte, kannte man sich untereinander. Allerdings wusste Marc noch immer nicht, ob es sich bei dieser Journalistin namens Marie-C. Meyer wirklich um Henriettes Marie-Claudine handelte. Marc zog den Waschbeutel aus seiner Reisetasche und schlüpfte in seine Badelatschen. Erst einmal wollte er sich frisch machen. Die Reise hatte alles in allem fast siebzehn Stunden gedauert.

Das weiße Hotelhandtuch um den Bauch gewickelt, verließ er das Badezimmer und warf sich genüsslich aufs Bett. Für seinen Geschmack war das Hotelbett viel zu weich. Er zog das Telefon zu sich heran. In seinem kleinen Taiwannotizbuch ging er die Namen seiner deutschen Freunde und Bekannten durch, die hier in Taipeh lebten. Er würde Till anrufen. Till kannte jeden.

„Mensch Marc, schön dich zu hören. Bist du wieder in der Stadt?"

„Nur kurz. Morgen fahre ich mit meiner Reisegruppe nach Tainan. Ich melde mich aber in zwei Wochen wieder, da bin ich etwas länger hier. Sag mal Till, kennst du eine Marie-Claudine Meyer? Sie scheint hier in Taipeh zu leben."

„Na, Meyer gibt es hier natürliche einige. Aber von einer Marie-Claudine habe ich bisher noch nichts gehört. Warum?"

„Ach, nichts Besonderes. Sie hat einen Artikel in ‚Taipeh International' geschrieben und ich würde sie gern kontaktieren."

„Eine Journalistin. Na, die müsste man doch finden. Ich frag mal rum", versprach Till.

Marc ging die Liste weiter durch. Michaela würde nichts bringen, sie lebte zu weit außerhalb der Stadt. Wolfgang war fast nur mit Taiwanesen unterwegs. Blieben noch Fritz und Regine. Marc wählte die Nummer von Fritz Peter. Fritz zwar ein Ingenieur aus Darmstadt, der seit sieben Jahren auf Taiwan lebte. Der Anrufbeantworter sprang an und teilte ihm mit, dass Fritz bis Ende des Monats in Deutschland war. Auch sein Anruf bei Regine Stein, die in der Bibliothek des Goethe-Instituts arbeitete, brachte keinen Erfolg. Regine freute sich, von Marc zu hören, eine Marie-Claudine Meyer aber kannte sie nicht. Merkwürdig. Ob Marie-Claudine die deutsche Community ganz gemieden hatte? Plötzlich schien es Marc ein vergebliches Unterfangen zu sein, diese Frau finden zu wollen. Marc schaute auf die Uhr. Es war kurz vor halb sieben. Wenn er nicht zu spät kommen wollte, musste er dringend los.

Das ehemalige Polizeigebäude, in dem das Theaterstück spielte, war gut besucht. Als er sich auf seinen Platz in der dritten Reihe setzen wollte, sah er Regine Stein zwei Reihen hinter sich.

„Hey, du hast vorhin gar nicht erwähnt, dass du heute Abend ins Theater gehst", rief sie ihm zu.

„Ja, schön, dich schon jetzt zu sehen", sagte er erfreut. Auch andere bekannte Gesichter nickten ihm freundlich zu. Es war jedes Mal ein Gefühl, wie nach Hause zu kommen, wenn er die muntere

Expatgemeinde Taipehs traf. Marc schaute sich um. Der Saal war bis zum letzten Platz ausverkauft. Das Zuschauerlicht ging aus. Strahlendes Scheinwerferlicht erhellte den Spielraum. Unvermittelt stürzte ein dunkelhäutiger Schauspieler auf die Bühne, einen großen Rucksack in den Armen haltend.

„Zhou, zhou, zhou, wo izi zai zhou, ni yao qu nali? Gehen, gehen, gehen, ich gehe unentwegt. Wohin gehst du?", wiederholte er mehrmals aufgeregt und wanderte dabei in immer verschiedene Richtungen. Das Stück handelte von einem jungen Ureinwohner, der seinen Lebensweg selbst in die Hand nehmen wollte. Doch das Schicksal, in Form von aufdringlichen Ahnengeistern, zwang ihn in alte Traditionen zurück. Die Geister kniffen und zwickten. Sie lenkten ihn zurück zu Pfaden, die ihm längst vorgezeichnet waren. Aus denen es kein Entrinnen gab.

Marc lächelte über diese asiatische Sicht auf die Welt. Immer wieder wunderte er sich darüber, wie das hochgradig amerikanisierte Taiwan seinen Ahnen- und Geisterglauben lebendig erhielt. Nach dem Stück wartete er geduldig, bis die Truppe sich umgezogen hatte und Rong Yu mit seinen Interviews und Pressegesprächen fertig war.

„Mensch, Rong Yu, krasses Ende, Mann. Musstest du die Geister unbedingt gewinnen lassen?" Marc grinste.

Zur Premierenfeier kehrten sie in einen nahe gelegenen Nudelshop ein. Es war eine heitere Runde. Die Premiere war ein voller Erfolg gewesen.

„Hey, Chef, achtzehnmal Rindfleischnudelsuppe", orderte Rong Yu beim Besitzer.

Rindfleischnudelsuppe war die Spezialität des Hauses. Marc schaute fasziniert zu, wie der Koch aus einer langen Teigrolle in Sekundenschnelle einen Strang hauchdünner Nudeln herstellte.

„So möchte ich auch gerne kochen können. Das Essen ist köstlich hier", bemerkte Marcs Tischnachbarin, die seinem Blick gefolgt war, in deutscher Sprache. Sie war ihm von Rong Yu als Ma Li vorgestellt worden. Ma Li hatte das letzte Interview mit dem Regisseur geführt.

„Ma Li wie das Land?", hatte Marc gefragt.

Sie hatte gelächelt. Marc hatte sich ein wenig gewundert, warum diese beeindruckende Frau sich Ma Li nannte, hatte aber nichts gesagt. Marc war mehrfach in Mali gewesen. Mit seiner dürren Landschaft war es ein schönes, aber sehr armes Land. *Mali*, so hatten ihm die Menschen dort erzählt, bedeute in der Eingeborenensprache so viel wie Nilpferd. Marc drehte sich ganz zu ihr um und blickte in das zarte Gesicht der jungen Frau. In ihrem langen braunen Haar schwang ein bunter Metallschmetterling auf und ab.

„Ja, ich liebe die taiwanesischen Nudeln auch", bestätigte Marc wohlig.

Rong Yu hatte eine Runde Schnaps bestellt und prostete nun allen zu.

„Ganbei!", brüllte er über den Tisch und leerte sein Glas.

Mehrere Hände griffen nach den Gläsern und taten es ihm johlend nach. „Ganbei, trinkt! Auf die Fliegenden Fische!"

Marc hatte keine Lust auf Schnaps. Er reichte das ihm angebotene Glas an seine Nachbarin weiter.

„Ganbei!" Er nickte ihr aufmunternd zu.

„Später", sagte sie lächelnd.

Sie schenkte sich etwas von dem grünen Tee ein, der gerade gebracht wurde und reichte eine zweite Tasse an Marc weiter.

„Danke. Na, dann prost!", sagte Marc und blickte sie an. Ein Gefühl von Wärme floss durch seinen Körper.

„Und wie hat dir das Stück gefallen?", richtete sich Ma Li an ihn.

„Ich weiß nicht", antwortete Marc ehrlich. „Ich kann mit diesem Ahnenkult und Ureinwohnergetue nichts anfangen. Ich meine, die sind doch längst alle sinisiert und haben ein echtes Identitätsproblem."

Er spielte darauf an, dass die Ureinwohnerstämme von den Chinesen immer mehr in die Berge getrieben worden waren und ihnen die chinesische Kultur, mitsamt der Mandarin-Sprache, gewaltvoll übergestülpt worden war.

„Ihre Kultur ist seit langem verschüttet. Typischer asiatischer Ahnenkitsch, wenn du mich fragst. Es ist ja schön und gut, dass sie wieder zu ihren eigenen Wurzeln zurückfinden wollen, aber sie tun dabei alle so, als hätte es einen Bruch in ihrer Gesellschaft nie gegeben", sagte er leise zu ihr.

Marc fühlte ihren neugierigen Blick auf sich ruhen.

„Hast du nicht auch manchmal den Wunsch, ganz tief in deine eigene Kultur einzutauchen und alte Wahrheiten auszugraben? Wahrheiten und Gedanken zu finden, die nicht von einer oberflächlichen schnellen Industriegesellschaft als hübsche kleine Schokoriegel verpackt wurden, sondern, die eine alles umfassende, tief grausame, aber dafür umso ehrlichere Wirklichkeit erklären?"

„Nein, ich glaube nicht. Ich denke, ich bin mit Nudeln und Schokoriegeln ganz zufrieden", gab Marc zurück und mühte sich damit ab, mit den Essstäbchen die Nudeln aus der Rindfleischsuppe zu fischen. Als er seine Nudeln zum Mund führte, blickte er geradewegs in zwei geheimnisvoll blaue Augen. Ihm war plötzlich ganz mulmig zumute. In diesen Augen würde ich mich gern verlieren, dachte er. Schlagartig wurde ihm bewusst, dass ihn die Seele, die aus diesen Augen sprach, magisch anzog. Du hast eine Freundin, rebellierte eine Stimme in ihm. Auf diese Frau habe ich gewartet, drängte eine andere. Wie kann das sein? Was fesselt mich so an dieser Frau?

Verwirrt schaute Marc weg. Er war froh, dass Rong Yu in diesem Moment aufstand und eine kleine Ansprache hielt. Die Runde löste sich auf. Rong Yu kam zu Marc auf die andere Tischseite hinüber und legte ihm vertraulich einen Arm auf seine Schulter.

„Kommst du noch mit in den IT-Park? Du weißt schon, die Künstlerkneipe mit der kleinen Galerie."

„Ja klar", sagte Marc

„Und du, Ma Li?", fragte Rong Yu Marcs Tischnachbarin.

„Ich denke, ich gehe besser nach Hause."

Als Marc sie enttäuscht anschaute, warf sie ihm einen beunruhigten Blick zu.

„Schade", sagte er. „Ich hätte mich gerne noch weiter über Schokoriegel unterhalten."

„Mensch Marc, nun komm endlich", schrie Rong Yu, der schon auf dem Weg zu seinem Auto war.

„Wenn du noch länger in Taipeh bist, kannst du dich ja mal bei mir melden."

Ma Li drückte ihm ihre Visitenkarte in die Hand und stieg in ein Taxi. Marc beeilte sich, ihr seine Karte durchs offene Fenster zu reichen und winkte ihr nach. Er steckte ihre Karte in die Brusttasche seines Hemdes und quetschte sich mit Rong Yus Freunden in dessen alten Wagen.

„Nette Frau, diese Ma Li", sagte er zu Rong Yu.

„Klar", erwiderte Rong Yu und gab Gas.

In der Kneipe angekommen, bestellte Rong Yu für alle Bier. Sie setzten sich an einen der kleinen Tische nahe der Theke, an der eine extravagante Chinesin in feinen Handschuhen ihre Gäste bediente.

„Sag mal Rong Yu, wie kommst du bei deinem Stück plötzlich auf Ureinwohner?", fragte Marc. „Ich dachte, deine Eltern stammen vom chinesischen Festland.

„Meine Familie kam schon im sechzehnten Jahrhundert auf die Insel, nicht erst mit Chiang Kai Shek. Wir sind sozusagen echte Taiwanesen. Aber ich habe einige Ureinwohner-Freunde aus verschiedenen Stämmen. Sie müssen zusehen, wie ihre eigene Kultur immer mehr verschwindet. Ob sie von den Tsou, Bunun, Puyuma, Saisiat oder von den anderen Stämmen abstammen, alle berichten das Gleiche. Es ist einfach höchste Zeit, etwas dagegen zu tun. Wenn man nicht aufpasst und nicht endlich handelt, dann sind diese alten Kulturen ein für alle mal verschwunden."

„Sind sie das nicht schon jetzt?" Es war Marcs Stichwort.

„Apropos verschwunden, kennst du vielleicht eine Journalistin namens Marie-Claudine Meyer? Sie schreibt wohl ab und zu für ‚Taipeh International'."

„Sag mal, tickst du nicht richtig?", fragte Rong Yu.

„Ich? Wieso?"

„Du hast doch den ganzen Abend neben ihr gesessen."

„Was? Hey Mann, was erzählst du da?", fluchte Marc und stellte das Bier, das er eben hatte trinken wollen, geräuschvoll auf den Tisch zurück.

„Na, das war Ma Li", bemerkte Rong Yu trocken. Ich hab sie dir doch vorgestellt."

„Ma Li".

Marc dämmerte es. Er zog ihre Visitenkarte aus der Brusttasche. Tatsächlich. Marie-Claudine Meyer, Journalistin, stand hier in chinesischer und auf der Rückseite in englischer Sprache. Er hätte es wissen müssen.

„Mann, ich fasse es nicht", sagte Marc entgeistert. „Meine Freundin Henriette will Kontakt mit ihr aufnehmen", erklärte er Rong Yu. „Warte mal, ich muss Henriette kurz schreiben."

Er stellte das schäumende Bier von sich weg und griff nach seinem Mobiltelefon. Aufgeregt schickte er eine SMS an Henriette.

*Gute Nachrichten: ich habe Marie-Claudine Meyer gefunden*
*Love Marc*

Unruhig stand er auf. Ob sie schon zuhause war, fragte er sich. Was sollte er tun? War das nun wirklich die Frau, die er suchte? Ab morgen würde er seine Reisegruppe am Hals haben.

„Entschuldigt mich mal kurz", sagte Marc und ging auf die Terrasse des Cafés. Er ließ seinen Blick über den dunklen Himmel und das Häusermeer schweifen. Kurzentschlossen rief er Marie-Claudine Meyer an.

## 13 Kein Entrinnen

Das Telefon klingelte. Sie wusste, dass sie nicht rangehen sollte. Trotzdem hob Marie-Claudine ab.

„Hallo, hier ist Marc."

So schnell hatte sie nun doch nicht mit ihm gerechnet.

„Hallo Marc."

Ihre innere Stimme meldete sich zu Wort. Tu es nicht. Rede nicht mit ihm, eilten ihre Gedanken dem voraus, was da kommen würde. Er würde sie treffen wollen. Doch sie konnte sich nicht mit ihm verabreden. Vom ersten Moment an hatte ihr Marc gefallen. Aber die Art, wie er sie angeschaut hatte, als sie nach Hause gehen wollte, hatte sie plötzlich wieder an Eric erinnert. Ein eindringliches Flehen hatte in Marcs Augen gelegen. Wie oft hatte Eric sie so angeschaut! Der Tod von Eric lag noch nicht lange zurück. Zwei Jahre war es erst her, dass er bei einem Autounfall gestorben war. Es kam ihr vor wie gestern. Marie-Claudine horchte in sich hinein. Doch sie nahm nichts wahr. Seit Erics Tod gab es immer wieder Zeiten, in denen sie ihren Körper nicht mehr fassen und empfinden konnte. Meist setzte diese innere Lähmung ein, wenn starke Gefühle im Spiel waren. In diesen Momenten verlor sie jeden Bezug zu sich selbst. Selbst ihre hellseherischen Fähigkeiten, die sich durch ihre Qigongpraxis immer weiter ausgebildet hatten, waren in solchen Momenten verschwunden. Doch im Grunde war sie froh darüber, dass sie nichts mehr sehen und spüren musste.

Drei Tage vor Erics Tod hatte sie eine Veränderung an seinem Körper und in seiner Aura wahrgenommen. Sie hatte gewusst, dass er sterben würde. Sie konnte es damals nicht verhindern. Heute würde sie wissen, was zu tun wäre. Aber für Eric kam jede Erkenntnis zu spät. Deshalb war sie aus Berlin weggegangen. Jede Straße, jeder

Grashalm in Berlin verband sie mit Eric.

Auch Marc kam aus Berlin. Sein typischer Berliner Slang, sein Humor, waren ihr, ohne dass sie ihn kannte, vertraut. Sie liebte diese kühle, ein wenig raue Art. Aber als sie nach Taiwan gegangen war, hatte sie mit der Berliner Vergangenheit endgültig abgeschlossen. Sie wollte nicht mehr zurück.

„Ich bin im IT-Park und habe deine Visitenkarte in der Hand. Ich musste dich einfach anrufen. Ich möchte unbedingt mit dir sprechen", machte sich Marc bemerkbar.

Er will zu mir nach Hause kommen. Ein markerschütterndes Alarmorchester erfüllte Marie-Claudines Körper. Er war schnell. Schon im Nudelshop war seine Aura immer mehr mit der ihren verschmolzen und hatte einen verliebt rosafarbenen Ton angenommen. Ach wäre das aufregend, Marc zu treffen. Nein, widersprach sie sich selbst. Es wäre wahnsinnig. Sie spürte eine unbestimmte Angst, die sie nicht richtig fassen konnte.

„Gut, Marc, erzähl mal, was gibt's?"

„Ich würde gern kurz bei dir vorbeischauen", bat Marc. „Ich weiß, es ist schon spät. Auch nur für eine halbe Stunde."

War sie etwa dafür nach Taiwan gegangen, war sie dafür geflohen? Sie hatte sich von allem frei gemacht. Jetzt holte sie die Liebe zu ihrer alten Heimat in Form von Marc unerbittlich ein. Sie durfte es nicht zulassen. Marie-Claudine spürte, wie sie flatterig wurde. Sie fand dieses Schicksal in blauen Jeans und weißem Leinenhemd unwiderstehlich. Nein, ich werde ihn nicht treffen. Ich darf mit allem, was mich nach Berlin zurückziehen könnte, nichts mehr zu tun haben. Ich könnte es nicht ertragen.

„khm", räusperte sich Marc.

Was für ein herrlich kehliger Laut. Der Ton drang in Marie-Claudines Körper ein und brachte ihn zum Vibrieren. Eine heiße Welle durchflutete sie. Sie hob das Telefon ein Stück von ihrem Ohr weg. Nein. Ich will nicht. Ich darf nicht nachgeben. Mit ihren Augen suchte sie den Raum nach Zeichen ab. Es musste doch etwas geben, das sie zurückhalten würde. Die Vase ihrer Großmutter, ein Taschentuch, die

Krawattennadel ihres Vaters. Aber da war nichts. Die Gegenstände hielten sie nicht auf.

„Ich wohne ziemlich weit draußen, in den Bergen. Willst du es mir nicht lieber am Telefon erzählen?" Es war ein letzter Versuch.

„Marie, ich möchte dich sehen. Nur kurz, dreißig Minuten."

Er hatte Marie gesagt.

„Hm", seufzte Marie-Claudine. Sie wusste, dass sie ihm schon verfallen war. Sie konnte nicht Nein sagen.

„Na schön. Dann komm. Meine Adresse hast du ja."

„Bis gleich."

Marie-Claudine strich sich über die Stirn. Ruf ihn an! Es wäre ein Fehler, ihn jetzt zu sehen. Sie wählte Marcs Nummer, aber sein Mobiltelefon war abgestellt. Es war zu spät. Ihr blieb keine Wahl. Sie ließ das Telefon sinken, als wäre es ansteckend.

Sie liebte doch ihr Leben in Taipeh. Das feucht-warme Wetter behagte ihr ebenso wie die lebensfrohen Menschen. Das quirlige Treiben der Stadt war anregend. Hier hatte sie Frieden gefunden. Die Inselbewohner waren Gruppenmenschen. Früher oder später wäre sie Teil einer taiwanesischen Familie geworden. Der eine oder andere Mann hatte schon bei ihr angeklopft. Und jetzt kam einfach so ein Berliner daher und gefährdete ihr neu aufgebautes Leben. Fassungslos schleppte sie sich ins Badezimmer. Sie nahm ihre Bürste. Gegen ihren Willen kämmte sie sich das Haar, bis es ihr leicht und geschmeidig um die Schultern fiel und putzte sich die Zähne. Unruhig ging sie im Badezimmer auf und ab. Eine Kakerlake huschte aufgescheucht über die bunten Kacheln.

Es klopfte an der Tür. Er musste geflogen sein. Zaghaft öffnete sie.

„Komm rein", bat sie ihn steif.

Wie fröhlich er wirkte. Konnte er ihre Nervosität nicht spüren, nicht sehen, dass sie nicht wollte? Aber sie wollte es ja. Sie beobachtete, wie Marc sich neugierig umschaute.

„Wow, was ist das denn hier für eine Gegend, in der du wohnst?

Ich hätte nicht gedacht, dass es in Taipeh noch traditionelle Hofhäuser gibt. Selbst der Taxifahrer kannte die WaYao Kang-Straße nicht. Er wollte mir nicht glauben, dass eine Ausländerin tatsächlich hier wohnt."

„Ja, in den anderen Hofhäusern leben noch zwei alte taiwanesische Familien und im letzten Haus ein Musiker, der Musik im Stil des Amistammes komponiert. Das Gute daran ist, die Häuser sind hier zwar im Kreis angeordnet und miteinander verbunden. Aber man kriegt von seinen Nachbarn nicht viel mit. Außer natürlich, wir sitzen alle draußen vor der Tür. Du kannst dich ruhig umschauen", sagte Marie-Claudine.

„Oh, ist das schön hier. Das passt zu dir", schwärmte Marc.

Sie hatte die einfache Holzeingangstür offen gelassen, sodass der Sternenhimmel vom Hof her in die schmale Küche hereinschien. Marie-Claudine liebte das schwere ebenerdige Steinhaus mit seinem geschwungenen Dach aus grauen Ziegeln. Sie führte Marc in ihre beiden Zimmer mit den kleinen Fenstern, die sie mit Fliegengittern bedeckt hatte. Die Wände waren dick und klamm. Von einem der Zimmer führte eine Treppe in einen dunklen feuchten Keller, den sie jedoch selten benutzte. Unter der niedrigen Decke des Hauses konnte ein Mann wie Marc gerade noch aufrecht stehen.

„Setz dich doch." Marie-Claudine bot Marc einen Kissenplatz auf dem Boden an. Stühle gab es nicht. Sie stellte eine Schale mit Obst auf den niedrigen Tisch.

„Bitte, bedien dich", sagte sie leise. Sie hatte Angst. Eine unglaubliche Stille machte sich zwischen ihnen breit. Was würde Marc in ihr Leben bringen? Warum wollte er sie heute noch sehen? War es magnetische Anziehung oder war da noch etwas anderes? Etwas, das sie aus der Bahn werfen würde, wenn sie nicht auf sich aufpasste? Ich lasse mich auf nichts ein.

Es kam noch schlimmer, als sie befürchtet hatte. Es passierte zu viel auf einmal. Marc drückte ihr einen teuren Wein in die Hand.

„Für dich!" hauchte er und räusperte sich.

Als sie die Flasche geöffnet und Gläser gebracht hatte, schenkte

Marc ein und überraschte sie mit einer Nachricht aus Berlin.

„Du wunderst dich vielleicht, warum ich so gedrängt habe, gleich bei dir vorbeizuschauen. Aber morgen fahre ich mit meiner ersten Reisegruppe vierzehn Tage lang über die Insel. Ich komme nur für fünf Tage zurück, um die nächste Gruppe abzuholen. Ich wollte nicht so lange warten", erklärte er. Da sie nichts dazu sagte, sprach er weiter.

„Als du weg warst, habe ich deine Visitenkarte gelesen – und als ich deinen Namen sah, musste ich mich einfach melden. Machst du Qigong?"

Marc warf die Frage einfach so in den Raum. Verblüfft schaute sie ihn an. Sie brachte nur ein kurzes Nicken zustande. Da fuhr er schon fort.

„Dann bist du also doch die Frau, die ich gesucht habe. Eine Freundin von mir in Berlin möchte gerne ein Qigongbuch schreiben. Ihr Qigonglehrer hat ihr deine Texte gegeben. Seither versucht sie, Kontakt zu dir aufzunehmen."

„Meine Texte aus dem Qigong?", fragte sie erstaunt.

„Ja", bestätigte Marc.

„Meine Texte aus der Zeit mit Wu Xiang Fei?"

Marie-Claudine war überrascht. Konnte man sie nicht einfach in Ruhe lassen? Ihr alter Schmerz und damit auch ihre Abwehr kehrten zurück. Es war Eric gewesen, der sie zu Wu Xiang Fei gebracht hatte. Mit ihm zusammen hatte sie ihre ersten Qi-Erfahrungen gemacht. Ihm zuliebe hatte sie tagtäglich praktiziert. Nach seinem Tod konnte sie nicht mehr üben. All die schönen gemeinsamen Erlebnisse im Qigong standen ihr plötzlich wieder vor Augen. Nach Erics Beerdigung wollten mehrere Qigongschüler sie in die Gruppe zurückholen. Aber unter ihnen fühlte sie sich besonders schuldig. Sie konnte es nicht ertragen, dass sie Erics Tod nicht verhindert hatte.

Würde ihr die Qigonggruppe nun überall hin folgen? Marc ist gar nicht wegen mir gekommen, sondern wegen des Buches, wurde ihr plötzlich klar. Sie kämpfte mit den Tränen. Es ist besser so, ermahnte sie sich. Viel beunruhigender war es jedoch, dass Wu Xiang Fei dieser Freundin einfach ihre ganz intimen Texte ausgehändigt hatte und dass diese Frau nach ihr gesucht und sie auch gefunden hatte. Marie-Claudine war Marc sogar geradewegs in die Arme gelaufen. Warum hatte sie ausgerechnet heute zu diesem Theaterstück von den „Fliegenden Fischen" gehen müssen? Warum hatte sie Marc unbedingt ihre Visitenkarte aufdrängen müssen? Er hatte sie noch nicht einmal danach gefragt. Ihr Los wäre einfach an ihr vorübergegangen. Aber nein, sie hatte nach ihm greifen, es in ihr Leben ziehen müssen. Am liebsten hätte Marie-Claudine die halbvolle Rotweinflasche genommen und sie gegen die Wand geschleudert. Es half nichts. Nun war es geschehen. Sie konnte das Rad nicht mehr zurückdrehen. Rasch erhob sie sich. Als Marc ihr den Weg freigeben wollte, stießen sie gemeinsam gegen den Tisch. Ein Glas kippte um und der rubinrote Wein ergoss sich auf das weiße Tischtuch. Schau, wie du aus dem Gleichgewicht geraten bist, schimpfte Marie-Claudine sich selbst. Sie betrachtete den dunkeln Fleck. Wie ein Mahnmal stach er von seinem hellen Hintergrund ab. Marie-Claudine suchte nach Salz, um es auf den Fleck zu streuen. Aber was soll überhaupt diese Buchidee? Was will Wu Xiang Fei von mir? Er war es, der meine Texte damals nach Erics Tod zurückgehalten hat. Die wirklichen Gründe dafür hatte Wu Xiang Fei ihr nie genannt. Auf ihre Frage hin, hatte er nur genickt und „später" gesagt. Die Küche roch nach Alkohol. Marie-Claudine schaute zu, wie Marc mit dem Putzschwamm, den er sich von der Spüle geangelt hatte, emsig den vergossenen Wein vom Boden aufwischte. Wie gewonnen, so zerronnen, dachte sie wehmütig. Marc hätte ihr gefallen. Niedergeschmettert blickte sie ihn an.

„Ich will nichts mit dem Buch zu tun haben."

„Aber es sind doch deine Texte."

Er unterbrach das Wischen und schaute auf.

„Die Texte sind nicht wichtig. Sie haben ihre Bedeutung für mich schon lange verloren."

Als Marc ihr widersprechen wollte, schüttelte sie stumm den Kopf. Sie konnte und wollte es ihm nicht erklären. Er würde sie ohnehin nicht verstehen. Marc nahm sie gar nicht wahr. Er hatte nur dieses Buch im Kopf. Sie wollte, dass er wieder ging.

„Na gut. Von mir aus kannst du deiner Freundin ausrichten, dass sie mit den Texten machen kann, was sie will. Aber mein Name darf bei einer Veröffentlichung auf keinen Fall auftauchen", entschied Marie-Claudine. „Ich muss jetzt ins Bett."

„Na, dann geh ich wohl besser", sagte Marc.

Er legte den weingetränkten Lappen in die Spüle und drehte den Wasserhahn auf.

„Tut mir leid wegen der schönen Tischdecke. Ich bringe dir eine neue vorbei, wenn ich wieder in Taipeh bin."

„Danke. Nicht nötig. Und überhaupt, es war ja nicht deine Schuld."

„Ich bestehe darauf."

„Gut, wie du meinst."

Marie-Claudine wollte keine Diskussionen mehr. Sie drehte sich, um ihm voran auf den Hof zu gehen. Sie hielt es nicht länger mit ihm aus. Als sie über die etwas erhöhte Türschwelle stieg, spürte sie, wie sich zwei kräftige Arme von hinten um ihren Körper schlangen. Erschrocken machte sie sich los und ging ein paar Schritte ins Freie. Die dunkle Nacht umfing sie. Sie spürte, wie Marc ihr folgte. Wieder legten sich seine Hände um ihren Körper. Diesmal konnte sie sich nicht lösen. Sie wurde von hinten zu ihm herangezogen. Wieder versuchte sie zu gehen. Sie spürte, wie sie sanft zu ihm umgedreht wurde. Er lächelte.

„Hab ich dich erschreckt?"

Wie zärtlich sein Blick war. Wie weich seine Berührung. Marie-Claudine schaute nach unten.

„Nein."

Für einen kurzen Moment schloss sie die Augen. Als sie die Lider wieder öffnete, verschmolz ihr Blick mit seinem. Sie spürte ein quecksilbriges Sirren im Bauch. Es gab kein Zurück mehr. Sie wollte auch gar nicht. Sie verharrten schweigend. Schauten sich an. Was für ein Wahnsinn, dachte sie glücklich. Eine Träne kullerte über Marie-Claudines Wange.

„Marie", flüsterte Marc.

Er wischte die Träne mit den Fingern fort und zog sie enger in seine Arme. Er ist so sanft, dachte sie. Sie legte ihren Kopf auf seine Brust, roch seine männlich duftende Haut und hörte den aufgewühlten Schlag seines Herzens. Als sie wieder aufblickte, fanden sich ihre Lippen. Suchend, zärtlich. Marie-Claudines Körper gab nach, wurde weich wie das Wachs einer lodernden Kerze. Als sie in den Himmel blickte, sah sie die Sterne. Was für eine schöne Nacht, dachte sie. Diese Stunde fühlte sich so bedeutsam an.

———

Der Zärtlichkeit folgte die Leidenschaft. Ihre Körper wurden drängender. Eine vibrierende Energie baute sich übergangslos zwischen ihnen auf. Marie-Claudine seufzte leise. Marc antwortete mit einem rauen Lachen. Er nahm ihre Wangen zwischen seine Hände. Beim nächsten Kuss zog er sie zu sich hinauf. Sie stand auf Zehenspitzen, als er sie schwungvoll vom Boden abhob und vorsichtig wieder aufsetzte. Was für eine besondere Frau, ging es ihm durch den Kopf. Gierig wanderte er mit seinen Händen über ihren Körper. Verweilte auf dem schmalen Rücken, den Oberschenkeln, ihrem aufregenden Po. Die Lust machte sich in ihren Körpern breit, kreiste wie eine schneller werdende Spirale und zog sie mit sich in eine andere Welt. Die Umgebung löste sich auf. Es gab nur noch sie beide. Marcs Finger streiften ihren Rücken hinauf, gruben sich ein in Marie-Claudines Achseln und tasteten sich jubilierend zu ihren kleinen festen Brüsten vor. Ihre Brustspitzen zeichneten sich steif vor Erregung unter dem T-Shirt ab.

„Marie", stammelte Marc.

Ihm wurde schwindelig vor Lust.

———

„Marc", hauchte Marie-Claudine. Sie spürte, wie er seine fordernden Hände unter ihr T-Shirt gleiten ließ und ihre Brüste hungrig umschloss. Wieder drehte er sie. Sie schmiegte ihren Rücken fest an seinen Oberkörper und umfasste mit nach hinten gebogenen Armen seinen bebenden Hintern. Unter dem Druck seiner Hände schwollen ihre Brüste weiter an. Ungestüm warf sie den Kopf in den Nacken und lehnte ihn gegen seine Schulter. Mit ihren Händen wühlte sie sich durch seine dunklen Haare.

„Komm", flüsterte sie und zog ihn mit sich ins Haus.

Eine erregende Sturmwoge brach über sie herein. Auf ihrem Bett fielen sie übereinander her und liebkosten sich. Marie-Claudine seufzte. Gehetzt und leidenschaftlich streiften sie einander die Kleidungsstücke vom Leib. An Aufhören war nicht mehr zu denken. Schicksal hin oder her. Mit jeder Faser ihres Körpers wollte Marie-Claudine, was zwischen ihnen geschah. Sie spürte ihren nackten Körper auf seinem, roch seine Lust, schmeckte das Salz auf seiner Haut. Sein Atem war heiß, seine Hände kraftvoll. Das Empfinden wurde dichter. Ihr Körper öffnete sich für Marc und floss auf ihn zu. Als sie miteinander verschmolzen, tauchte ihr Bewusstsein ab, in einen anderen Raum. Gemeinsam verflüssigten sie sich, wurden zu reiner Energie. Ihre Körper glänzten.

In ihrem Kreislauf der Begierde, stiegen sie zusammen höher, wuchsen in den Himmel, durch sämtliche Himmelsschichten hindurch, dem betörendsten Klang des Lebens entgegen. Und da, inmitten ihrer tiefsten Vereinigung und atemberaubendsten Lust, stieg ein Bild in ihr auf. Aus den blaugrünen Tiefen eines klaren Sees, arbeitete sich heiter lächelnd eine steinalte Gestalt nach oben, brach durch die Wasseroberfläche, explodierte und löste sich auf in einem Regenbogen, der als leuchtendheller Lichtregen verschwand. Marie-Claudine wurde fortgespült von ihrem orgiastischen Rausch. Alles um sie herum erbebte. Marcs und Marie-Claudines Säfte der Lust ergossen sich ineinander. Der Geruch der Liebe mischte sich mit dem blühender Orangenbäume. Es darf niemals aufhören, betete Marie-Claudine. Es war eine Offenbarung. Sie liebten sich bis in den frühen Morgen hinein. Die Vögel in dem kleinen Bambuswäldchen hinter dem Haus begannen zu zwitschern und die ersten Sonnenstrahlen fielen auf die Kante des Bettes.

„Ich muss gehen", riss Marc sich endlich von ihr los und suchte nach seiner Armbanduhr.

„Meine Reisegruppe kommt um acht Uhr zwanzig am Flughafen an."

„Das wird knapp", hauchte Marie-Claudine und bestellte ihm ein Taxi. Und schon – so schnell wie alles gekommen war – war es auch wieder vorbei. Als Marc in seinen Kleidern steckte, zog er sie noch einmal zärtlich zu sich heran.

„Was bist du wunderbar."

Dann war er draußen.

———

Als sich Marie-Claudine später am Morgen auf ihren Motorroller setzte, um ins Büro zu fahren, war sie noch immer berauscht. Liebestrunken brauste sie in Richtung Innenstadt. Ihre langen Haare flatterten im Wind. Sie fuhr entlang des Drachenbergs, unter dem für eine kurze Strecke der schmutzige Danshui-Fluss zu sehen war, der weiter unten ins Meer mündete. Marcs Berührungen hallten noch immer in ihrem Körper nach. Sein Geruch klebte an ihrer Haut. Nie zuvor hatte sie solch eine Liebesnacht erlebt. Es war auch mit Eric schön gewesen. Mit Marc war es anders. Ihre Verbindung war so reich, als wäre sie Jahrhunderte alt. Als sie sich letzte Nacht geliebt hatten, waren sie nicht mehr nur Marc und Marie-Claudine gewesen. Es war, als würden sie sich schon ewig kennen. Marie-Claudine lächelte in sich hinein. Ihre Anziehungskraft war magisch. Was würde nun kommen? Würde sie ihn wiedersehen? Die kleinen Fischrestaurants entlang der Uferstraße, an denen sie vorüberrollte, wirkten um diese Tageszeit wie ausgestorben. Einige hölzerne Fischerboote lagen träge am Ufer. Marie-Claudine warf einen Blick auf den nach totem Fisch riechenden Fluss. Als sie auf das bräunlich-trübe Wasser sah, durchfuhr sie plötzlich eine Erkenntnis.

Seit sie mit Marc geschlafen hatte, war ihr früheres Selbst zu ihr zurückgekehrt. Sie spürte, dass ihre hellsichtigen Fähigkeiten wieder stärker geworden waren.

Entsetzt hörte sie ihrer inneren wissenden Stimme zu, die sie vor einer Verbindung zu Marc warnte. Aber warum? Marie-Claudine spürte den kühlenden Fahrtwind auf ihrer Haut. Sie brauste vorbei am Zhongshan-District, dem Stadtteil, der unter Expats so beliebt war. Plötzlich fiel ihr dieses mysteriöse Bild ein, das mitten im Liebesspiel aufgetaucht war. Woher war diese uralte Erscheinung gekommen? Wer war sie? Kannte sie die Gestalt von irgendwoher? Etwas an diesem Bild war ihr unheimlich. Sie erschauderte. Sie hatte den Verdacht, dass die Warnung vor einer Beziehung zu Marc etwas mit diesem Bild zu tun hatte.

Marie-Claudine näherte sich weiter der Innenstadt. Sie erreichte die vielbefahrene Chongching North-Road, die sie wie ein offener Schlund in sich aufnahm. Überall funkelten und blinkten die Werbetafeln und Leuchtreklamen der belebten Geschäftsstraße. Rechts und links von ihr holte sie eine Flut von Motorrollern ein. Eine Mutter zerrte ihr kleines Kind über den sechsspurigen Boulevard. Hinter ihr hupte ein Auto. Noch immer konnte Marie-Claudine nicht fassen, was gestern geschehen war. Ihre Gedanken liefen rückwärts und gaben die Bilder und Ereignisse frei, die sich in ihrer Erinnerung festgesetzt hatten. Die überstürzte Verabschiedung am Morgen, die Süße der Nacht, der Weinfleck auf dem Tisch, ihre Texte, Marcs Stimme am Telefon.

Die morgendliche Sonne brannte auf ihrer Haut. Die Zeichen um sie herum deuteten ganz unerwartet auf einen kommenden Unfall hin. Zehn Minuten lang fuhr sie weiter, ohne dass etwas passierte oder sie auch nur eine Gefahrenquelle ausmachen konnte. Als die Straße sich zu einer Kurve bog, wurde sie vom Sonnenlicht geblendet. Jetzt! dachte Marie-Claudine und bremste scharf, als tatsächlich ein Lieferwagen unversehens aus einer Ausfahrt fuhr. Sie verfehlten einander nur um Millimeter. Auf der offenen Pritsche hatten zwei Chinesen mit einer Leiter und einem beeindruckenden Sortiment verschiedener Farbeimer gemütlich beisammen gesessen. Jetzt hielten sie sich mit aller Kraft am Wagengitter fest und starrten entsetzt auf Marie-Claudine, die sich gerade noch abfangen und vor einem Sturz bewahren konnte. Der Fahrer des ramponierten Lieferwagens tuckerte ungerührt weiter. Er hinterließ eine rote Spur auf der Straße. Ein Eimer musste umgefallen sein. Wie gebannt starrte Marie-Claudine auf das Rot der Farbe. Da war es wieder, das Zeichen. Inmitten des Flecks tauchte die alte Gestalt auf, die ihr in der Nacht zuvor erschienen war, und verlor sich beim Höhersteigen im Sonnenlicht. Das Blut gefror ihr in den Adern. Du spielst mit deinem Leben, hämmerte es unvermittelt in ihrem Kopf. War das die Botschaft, welche die Gestalt ihr mitteilen wollte? Marie-Claudine zwang sich, auf den Verkehr zu achten. Der Schock saß ihr in allen Gliedern. Endlich bog sie in eine kleine Seitenstraße. Sie atmete auf. Es wurde sofort ruhiger. Die Straßen waren so eng, dass ein Auto kaum hindurch kam.

Marie-Claudine stellte ihren Roller vor dem alten grauen Gebäude ab, in dem sich ihr Büro befand. Mit zitternden Beinen stieg sie die weißgefliesten Treppen in den dritten Stock hinauf. Für einen Moment lehnte sie sich gegen die kalte Fliesenwand des Treppenhauses. Was immer es mit Marc auf sich hat, mein und vielleicht auch sein Leben steht dabei auf dem Spiel. Was für ein Unsinn, schalt sie sich selbst. Waren dies nicht ihre überstarken Verlustängste, die sie seit Erics Tod immer wieder befielen?

Drinnen im Büro braute sich Marie-Claudine einen Chrysanthementee zur Beruhigung. In ihrem Schreibtischfach angelte sie nach einer Schachtel mit Snacks. Sie entschied sich für eine Tüte mit getrocknetem Tintenfisch und stopfte sich die gummiartigen Fischstränge aufgeregt in den Mund.

„Hey Ma Li", begrüßte sie ihr Kollege Chen Xiao Xiong. „Hier, deine Post", sagte er und überreichte ihr einen Stapel Briefe, die er aus dem Postfach geholt hatte. Er ging weiter in sein Büro nebenan.

„Danke", rief sie ihm mit vollem Mund abwesend hinterher. „Es gibt noch Tee."

Als sie die Post durchsah, erlebte sie einen weiteren Schock.

„Das wird ja immer besser", prustete sie.

Auf einer langen dünnen Rolle, die an sie adressiert war, entdeckte sie den Stempel des Qigongzentrums von Wu Xiang Fei. Das Päckchen kam aus Berlin. Nun hatte sie der Qigongzirkel also wieder in seinen Klauen. Berlin hatte sie endgültig zurückgeholt. Resigniert riss sie die Rolle auf und puhlte den Inhalt unsanft heraus. Auf einem kleinen Notizzettel stand:

*Hallo Marie-Claudine, hier schicke ich dir ein Fu-Zeichen von Wu Xiang Fei. Du sollst es ehren. Es ist zu deinem Schutz.*
*Nathalie*

Marie-Claudine knüllte den Zettel zusammen und schleuderte ihn wütend in ihren Papierkorb.

„Zum Schutz, ha" keuchte sie, unschlüssig, ob sie die Rolle nicht gleich mit in den Müll werfen sollte.

„Den Schutz hätte ich gestern Abend besser brauchen können – oder vorhin."

Sie nahm das Papier und rollte es auf. Wu Xiang Fei hatte ihr eine Kalligraphie geschickt. Die Zeichen darauf konnte sie nicht entziffern. Auf einem kleinen Blatt waren die Schriftzeichen nochmals leserlich für sie aufgeschrieben worden. Mit einem Mal kam ihr alles absurd vor. Worauf hatte sie sich nur eingelassen? Waren es doch nicht nur ihre Verlustängste? Spürte sie etwa wie damals bei Eric, wieder ein aufkommendes Unheil? Und spürte Wu Xiang Fei es auch? Aber dieses Mal war es anders. Bei Eric hatte sie die Zeichen ganz deutlich an seinem Körper erkennen können. Als wäre ein Teil seiner Aura in sich zusammengebrochen. Aber dieses Mal bildete sich die Information am Himmel ab. Ein Unheil schwebte in weiter Ferne. Sie wusste selbst nicht, warum es ausgerechnet etwas mit ihr und Marc zu tun haben sollte. Manchmal argwöhnte Marie-Claudine, dass sie in all den Jahren intensiver Qigongpraxis abergläubisch geworden war und ihr Fühlen und Denken nicht mehr mit der Wirklichkeit in Einklang stand. Seit sie die Hellsichtigkeit erlangt hatte, hatte sie sich jedoch noch nie getäuscht. Wenn Wu Xiang Fei ihr eine Kalligraphie schickte, war sie wohl in größerer Gefahr, als sie glaubte. Marie-Claudine versuchte, ihre Ahnungen zu verdrängen.

„Alles klar bei dir?", kam es aus dem Nebenzimmer.

„Weiß noch nicht, mal sehen."

Vor Jahren hatte Marie-Claudine schon einmal eine Kalligraphie von Wu Xiang Fei erhalten. Daran erinnerte sie sich jetzt. Feierlich und ernst hatte Wu Xiang Fei ihr die Schriftzeichen erläutert. Sie sah noch, wie das freudige Sprechen und Lachen der Qigonggruppe um sie herum verstummt und einem Schleier von Kälte und Neid gewichen war. Damals hatte sie sich so sehr gewünscht, dass Wu Xiang Fei wie bei den anderen auch, vom Glück im Leben, einer harmonischen Familie oder beruflichem Erfolg sprechen würde. Doch der Inhalt ihrer Kalligraphie war völlig anderer Natur gewesen. Laut dieser Kalligraphie war ihre Aufgabe im weltlichen Bereich bereits erfüllt. Sie sollte die hohe Bestimmung ihrer Seele erkennen und darüber meditieren. Wu Xiang Fei sprach von einem spirituellen Weg. Das letzte Zeichen hatte so viel bedeutet wie „neu geboren werden". Die Kalligraphie lag jetzt fein säuberlich verpackt in ihrem kleinen Keller. Marie-Claudine hatte lange nicht mehr an sie gedacht. Über die Zeichen hatte sie nie meditiert. Sie wollte nicht in einem Kloster landen oder spirituell neu geboren werden. Die Aufgabe schien ihr nicht nur zu hoch, sondern schlichtweg zu eintönig zu sein. Dennoch hatte sie der Inhalt dieser Kalligraphie nicht losgelassen. Wochen später hatte sie geträumt, dass sie mit Freunden am Meer war. Auch Meister Wu war aufgetaucht. Ihr Meister hatte sie aus dem Wasser geholt und ihr bedeutet, schleunigst vom Meer fortzugehen und auf einen Berg zu steigen. Schweißgebadet war sie aufgewacht.

Marie-Claudine nahm eine weitere Handvoll Tintenfischstränge und knabberte nachdenklich an ihnen herum. Voller Furcht blickte sie auf den kleinen Zettel mit den Schriftzeichen. Wenn sie richtig übersetzte, so bedeuteten die Zeichen, dass sie sich auf einem Berg befinden würde, ganz hoch oben. Und dass sie darauf achten solle, immer in der Mitte zu bleiben. Warum nur schickte Wu Xiang Fei ihr diese Kalligraphie? Und warum gerade jetzt? Welche Gefahr sah er? Wieder dachte sie an Marc. Sie untersuchte die Umschlagrolle nach weiteren Briefen. Nichts. Aber, was immer es auch war, sie wollte nicht mit ihrem Leben bezahlen. Und dann ganz plötzlich kam ihr der Gedanke, dass es vielleicht doch noch nicht zu spät war. Sie konnte sich frei entscheiden, konnte gehen. Wäre sie damals bei Eric früher gegangen, dann würde er heute vielleicht noch leben. Es war ihre Schuld, dass Eric so schwach geworden war. Drei Tage vor seinem Tod hatten sie gestritten. Marie-Claudine hatte ihre Kräfte durch das Qigong so weit entwickelt, dass jeder Satz, den sie gegen ihn richtete, so stark war, dass er Eric energetisch geschwächt haben musste. So etwas durfte es nicht noch einmal geben. Sie war eine Gefahr für ihre Umwelt. Und ihre Umwelt war auch eine Gefahr für sie selbst. Sie durfte Marc nie wiedersehen.

Hastig stöberte sie in ihrem Computer nach den anstehenden Abgabeterminen für ihre Texte. Sie stürzte zu Xiao Xiong ins Nebenzimmer. Er saß konzentriert vor seinem Computer. Als sie hereinkam, blickte er sie erwartungsvoll an.

„Also doch nicht alles klar", konstatierte er.

„Nein, ich muss für einige Zeit allein sein. Ich bin jemandem begegnet, der mir gefährlich werden könnte."

Auf Xiao Xiongs bestürzten Blick hin, fuhr sie fort. „Keine Sorge, nichts Kriminelles, nur eine Liebesgeschichte. In zwei Wochen kommt Besuch. Ein Berliner, den ich besser nicht wiedersehen sollte. Er wird sich sicher nach mir erkundigen. Wir haben einen sehr intensiven Abend zusammen verbracht."

„Frauen! Wer soll sie verstehen? – Wenn du willst, kannst du bei mir wohnen."

Marie-Claudine schüttelte den Kopf.

„Nein, das ist zu nah. Ich möchte keinen Fehler machen. Wenn ich ihm nochmals begegne, gibt es kein Zurück mehr."

„Warum fährst du nicht in die Berge? Wir könnten mal wieder einen schönen Bericht über Dorftraditionen, Ureinwohner oder von mir aus auch übers Zhongqiujie gebrauchen."

„Über das Mondfest? Ja, das wäre schon eher etwas", seufzte Marie-Claudine. „Ich glaube, das mache ich."

Sie hastete zu ihrem Schreibtisch zurück. In den folgenden Stunden schrieb sie wie besessen vier Artikel hintereinander weg und sandte die Beiträge, ohne sie noch einmal zu überarbeiten, ihren Auftraggebern zu. Wenn sie es schaffen wollte, dann hatte sie ein straffes Programm vor sich. Als es draußen dunkelte, stand ihr Entschluss fest. Sie bestellte sich ein Busticket nach Yu Shan, dem höchsten Berg Taiwans. Wu Xiang Fei hatte es sicherlich in übertragenem Sinn gemeint, aber warum sollte sie seine Kalligraphie nicht einfach wörtlich nehmen und auf einen hohen Berg steigen?

## 14 Rauschende Leitung

Als Henriette die SMS bekam, lächelte sie glücklich. Sie konnte es kaum erwarten, sie zu lesen. Ein wildes Kribbeln machte sich in ihrem Körper bemerkbar, als sie an Marc dachte. Aufgeregt klickte sie auf: SMS lesen.

*Gute Nachrichten: Ich habe MCM gefunden*
*Love Marc*

Das ist die beste Botschaft seit langem, jubelte sie. Sie hatte die Mittagspause durchgearbeitet und einen anstrengenden Büro-Tag hinter sich gebracht. Aber plötzlich fühlte sie sich wieder ganz frisch. Marc hatte Marie-Claudine aufgespürt. Und so schnell. Es war ein Wunder. Aufgeregt wählte Henriette seine Nummer. Bei Marc war belegt.
„Mit wem spricht er denn jetzt noch?", rätselte sie. Sie schaute auf die Uhr und rechnete. Es war Viertel nach drei. In Taiwan musste es kurz nach elf sein.
Henriette knurrte der Magen. Sie ging zum Italiener nach nebenan und bestellte sich eine Pizza Quattro Staggione zum Mitnehmen. Im Stechschritt lief sie zurück in ihre Wohnung. Sie musste sich beeilen. Sonst würde er schon schlafen. Noch mit der Pizzaschachtel in der Hand wählte sie erneut Marcs Nummer, dabei puhlte sie, ohne den Deckel richtig zu öffnen, ein Eckchen Pizza aus der Schachtel und knabberte daran herum. In Taiwan war es jetzt kurz vor Mitternacht. Marc hatte sein Handy abgestellt.
„Zu spät, oh nein." Sie war enttäuscht.
Wenn sie Marc sprechen wollte, würde sie wohl bis morgen warten müssen. Frustriert ging sie in die Küche und holte sich einen Teller

und Besteck. Lustlos öffnete Henriette die speckig gewordene quadratische Schachtel. Sie hatte ihren Appetit verloren. Zweimal biss sie noch in die Pizza, dann klappte sie den Deckel wieder zu. Sie beeilte sich, wieder aus dem Haus zu kommen, um schnell noch einige Besorgungen zu machen.

Als sie von ihrer Einkaufsrunde und einem Besuch bei ihrer Nachbarin zurückkam, beschloss sie gleich zu Bett gehen. Wie gerne hätte sie neben Marc gelegen. Ihr Schlaf war unruhig. Sie wälzte sich in ihren Kissen. Einmal wachte sie auf. Prickelnde, heißblütige Erregtheit erfüllte den Raum um sie herum und erfasste ihre Glieder. Eine Woge glühender Leidenschaft durchzog Henriettes Körper. Doch sie spürte deutlich, dass dies nicht ihre Lust war und sie nichts mit den eigenen Empfindungen zu tun hatte. Sie kam eindeutig von außen. Wie eine erotische Welle wurde sie von irgendwoher zu ihr herübergetragen. Sie dachte an Marc. Was tat er gerade? Hatte er Sex? Henriette war plötzlich ganz aufgewühlt. Am liebsten hätte sie ihn sofort angerufen. Sie wusste, dass es nicht ging. Sein Handy war abgestellt. Schlaflos quälte sie sich durch eine endlose Nacht. Gleich früh am nächsten Morgen rief sie an. Ohne Erfolg. Was war nur mit ihr los? Hatte diese nächtliche Begierde wirklich etwas mit Marc zu tun gehabt? Es konnte nicht sein. Trotzdem, sie musste ihn unbedingt sprechen. Doch den ganzen Tag über und auch die nächsten Tage blieb Marcs Mobiltelefon abgestellt.

Henriettes Aufregung schlug in Verzweiflung um. Sie fühlte sich dürstend wie in einer Wüste. Sie musste endlich seine Stimme hören. Gab es denn außerhalb Taipehs keinen Empfang auf der Insel? Ureinwohnergebiet hin oder her, dies konnte in einem Hightech-Land wie Taiwan nicht möglich sein. Immer wieder wählte sie seine Nummer. Seit Marc weggefahren war, hatte es keine Sekunde gegeben, in der sie nicht an ihn gedacht und von ihm geträumt hatte. Endlich erhielt sie eine zweite SMS.

*Danke für deine vielen Anrufe*
*Du darfst MCs Texte verwenden, aber sie namentlich nicht nennen*
*Ich war in Kontakt mit MC – wollte ich dir nur mitteilen*
*Marc*

„Endlich!"
Henriette fühlte sich wie erlöst. Er hatte also mit ihr gesprochen. Marc ist doch ein super Freund, ging es ihr durch den Kopf. Nach seiner Nachricht war ihre Verstimmung verflogen. Begierig las sie die SMS wieder und wieder. Allerdings konnte Marc wirklich entsetzlich trocken sein. Sie wünschte sich mehr. Viel mehr.

―――――

„Mang, mang, langsam, langsam", schimpfte Gao Song Ling, Henriettes chinesischer Kollege aus Peking. Er schlich im Schneckentempo die vielbefahrene Potsdamer Straße entlang. Gemeinsam mit einem weiteren Schuhmanager und mit An Yu war er für Verhandlungen drei Tage nach Berlin gekommen. Henriette hatte vom Schlangengeist die ehrenvolle Aufgabe erhalten, ihnen europäisches Kulturgut zu zeigen.

Heute Abend stand „Le Sacre du Printemps" von Strawinsky mit den Berliner Philharmonikern und irgendwelchen tanzenden Jugendlichen auf dem Programm. An Yu folgte Gao Song Lings Beispiel und verlangsamte ebenfalls ihren Schritt. Dabei ging die Aufführung bereits in zehn Minuten los. Das macht der Gao mit Absicht, dachte Henriette. Seit der Links-Schuh-Katastrophe nannte sie ihn nur noch „Supergau", denn seither piesackte er Henriette, wann immer er konnte. Und auch diese An Yu, mit ihrem eigenwilligen Verhalten, war ihr nicht geheuer.

Da sie die drei Chinesen ohnehin nicht dazu bewegen können würde, schneller zu gehen, zog Henriette das Handy aus der Tasche und versuchte es bei Marc. Wieder war sein Telefon ausgeschaltet. Als sie endlich die hell erleuchtete Philharmonie erreicht und die Tickets vorgezeigt hatten, warf sich Henriette erschöpft auf ihren Platz. Gerade rechtzeitig. Just in diesem Moment begannen die Philharmoniker zu spielen, während in rasendem Tempo hundert Jugendliche stürmisch über die Bühne fegten. Vom ersten Moment an waren Henriette und die drei chinesischen Gäste von dem Geschehen gefesselt. Gao Song Ling starrte mit leicht geöffnetem Mund auf die Bühne und wischte sich hin und wieder über die Augen. Der Klang von Strawinskys wilden Rhythmen war berauschend. Ein anderer Klang lenkte Henriette ab. Oh, nein, mein Handy, wie peinlich, dachte sie.

Hastig zog sie es aus der Tasche. Es war Marc. Ausgerechnet jetzt, wo es so spannend war und eines der Mädchen der Gottheit rituell geopfert werden sollte.

„Ich ruf dich gleich zurück", flüsterte sie halblaut in den Hörer und zog dabei empörte Blicke auf sich. Schamrot im Gesicht stand sie auf und zwängte sich unter missbilligenden Kommentaren die Stuhlreihen entlang und aus dem Saal hinaus. Aber wohin? Sie rannte auf die Damentoilette und rief Marc zurück.

„Hallo Marc, schön dich endlich zu hören", sagte sie etwas atemlos.

„Ich bin gerade in der Philharmonie und schaue mir „Le Sacre du Printemps" von Strawinsky an."

„Henriette, hey. Dann will ich mal nicht länger stören. Diese Bergregionen in Taiwan sind ohnehin schwierig bezüglich Empfang."

In der Tat rauschte die Leitung wie Meerwasser bei eintreffender Flut.

„Nein, nein, es ist ohnehin gleich Pause, wir können gern reden", log Henriette. „Wie geht es dir?"

„Die Gruppe ist leider ziemlich grauenvoll. Ansonsten geht es mir bestens. Und dir?"

„Du fehlst mir so."

Henriette wartete, dass Marc reagierte. Doch er sagte nichts.

In einer der Toiletten plätscherte eine Wasserspülung. Henriette stellte die Handtasche auf dem Waschbecken ab und sah sich im Spiegel ihrem eigenen ängstlichen Gesicht gegenüber. Verunsichert fuhr sie fort.

„Sonst geht's mir auch gut. Ich hab tolle Neuigkeiten. Ich habe einige erstklassige Qigong-Adressen in Taiwan ausfindig gemacht. Mit einem alten chinesischen Qigong-Meister, der seine eigene Lehre entwickelt hat, habe ich vor einigen Tagen telefoniert. Er lebt irgendwo in den Bergen in der Nähe von Chiayi. Stell dir vor, er war ein Freund und Schüler des berühmten Tai Chi-Lehrers Cheng Man Ch'ing."

„Aha, wer ist denn Cheng Man Ch'ing, sollte man den kennen?"

Marc wirkte irgendwie abwesend.

„Ich dachte, dass er dir vielleicht ein Begriff wäre. Wir können uns seine Bilder ja gemeinsam anschauen. Er hat lange in Taiwan und in den USA gelebt. Seine Gemälde hängen im Nationalen Palast-Museum in Taipeh. Er ist bekannt für seine meisterhafte Kunst, die er im Qi-Zustand gemalt hat."

„Aha. Sagt mir trotzdem nichts. Aber gut."

Henriette bemühte sich, ihre Irritation zu verbergen. Sicherlich bildete sie sich nur ein, dass Marc reichlich abweisend war. Das ist ihm nicht bewusst, dachte sie. Vielleicht kann er gerade nicht privat reden.

„Marc, stell dir vor, es gibt sogar einen daoistischen Schamanen, irgendwo im Landesinnern. Ich darf ihn morgen anrufen. Allein diese Stationen aufzusuchen, wäre ein wirklich bedeutender Schritt für mein Buch. Und vielleicht klappt ja nun noch eine Zusammenarbeit mit dieser Marie-Claudine", sagte Henriette.

„Hast du meine Nachricht bekommen?"

„Ja danke, Marc. Fantastisch. Du kannst dir gar nicht vorstellen, was für ein Geschenk du mir damit gemacht hast. Wie hast du diese Marie-Claudine denn überhaupt gefunden?"

„Schon gut, übertreib nicht." Marc klang gereizt. „Das war purer Zufall."

Was war nur los mit ihm? Plötzlich kam Henriette die merkwürdige Begierde der letzten Nacht wieder in den Sinn. Irgendetwas musste mit Marc passiert sein. Er hat eine andere. Er wird mich verlassen, schrie es in Henriette. Es ist meine Schuld. Kein Mann hält es länger als drei Tage mit mir aus. Nein! Er muss doch verstehen, dass wir zusammengehören.

Eine der Kartenabreißerinnen öffnete eine Toilettenkabine und beeilte sich wieder nach draußen zu kommen. Sie hatte dort heimlich geraucht. Als sie mit ihrer Tabakfahne an Henriette vorbeikam, warf sie Henriette einen mitleidigen Blick zu.

„Es gibt keine Zufälle, Marc", sagte Henriette und schaute ihr traurig nach.

———

„Ja, ich glaube es auch schon fast", erwiderte Marc und räkelte sich. Der Sessel seines kleinen Hotelzimmers war wirklich bequem. Oh, Gott, wie sag ich es Henriette nur? Soll ich es gleich am Telefon ansprechen? Nein, das wäre nicht fair. Schuldbewusst kratzte sich Marc am Hals. Er hatte Angst, Henriette wiederzusehen. Ob sie seine Anspielung in der SMS wohl verstanden hatte? Bewusst hatte er es neutral ausgedrückt: „Hatte Kontakt." Was war er doch für ein elendiger Feigling. Andererscits war es ja auch eine außergewöhnliche Situation. Noch nie zuvor war ihm etwas Derartiges passiert. Erst hatte er sich in Henriette verliebt. Er war sich ganz sicher gewesen mit ihr. Bis aus heiterem Himmel Marie-Claudine aufgetaucht war. Zwischen ihnen hatte es sofort gefunkt. Was hätte er tun sollen?

„Sie ist jedenfalls wirklich Journalistin. Ich hab sie bei einer Theaterpremiere getroffen. Ich hab dir ja schon geschrieben, dass du ihre Texte alle verwerten kannst, aber dass sie nicht genannt werden will."

Er versuchte, dem Gespräch eine andere Wendung zu geben.

„Danke. Das ist echt ein Knüller. Und Marc, ich freue mich schon so auf dich."

Oh, nein, sie ahnt wirklich nichts. Vielleicht wäre es doch besser, Henriette gleich alles zu beichten, dachte Marc.

„Henriette, du, ich muss dir noch was sagen", setzte er zerknirscht an.

„Ja, aber sag mal, Marc", sprudelte Henriette im selben Moment hervor. „Es geht natürlich nicht, dass ich ihre Texte einfach so verwende, ohne mit ihr gesprochen zu haben."

Marcs Stimme überschlug sich. „Henriette! Sie will keine Zusammenarbeit. Sie will nichts mit dem Buch zu tun haben. Verstehst du? Das ist ihre Bedingung."

---

Henriette hörte wie Marc während des Sprechens aufgeregt hin und herging. Er wirkte plötzlich sehr nervös und angespannt.

„Mensch, Marc, was ist denn los mit dir? Sie wird meinen Anruf schon verkraften. Bitte gib mir ihre Telefonnummer. Marc? Marc?"

Henriette wisperte es fast in den Hörer und schaute sich erschrocken um, als die Tür zum Damenklo schwungvoll geöffnet wurde. Eine Putzfrau schob sich zur Tür herein und stellte einen Teller für Münzen neben dem Waschbecken ab. Laut klimpernd legte sie selbst einige Münzen darauf.

Dabei warf sie Henriette einen auffordernden Blick zu und machte sich laut schnaufend an den Mülleimern zu schaffen. Wieder wurden ihre und Marcs Zweisamkeit unsanft gestört.

„Na gut, wenn du dir unbedingt eine Abfuhr holen willst", sagte Marc gerade.

Warum war er so resigniert? Henriette verstand es nicht. Er macht sich so viele Gedanken, dachte sie zärtlich.

„Danke Marc. Übrigens hab ich endlich meinen Urlaub genehmigt bekommen. Das war vielleicht bizarr, kann ich dir sagen. Erst hat meine Chefin gezetert, dass ich auf keinen Fall fahren kann. Als ich sie dann nochmals gefragt habe, hat sie den Urlaubszettel kommentarlos unterschrieben." Henriette lachte. „Es war schon fast unheimlich, wie leicht es plötzlich ging. Meine Chefin hat mich sogar gestern gemeinsam mit meinen chinesischen Kollegen zu einem Firmenessen eingeladen. Dabei ist sie sonst so geizig. Marc bist du noch da?"

„Was? Ja, klar."

„Kennst du noch den alten Brauch aus Nanjing?"

„Welchen Brauch?"

„Wenn man bei einem Firmenessen am Tisch sitzt und der Schnabel eines gebratenen Entenkopfs auf einen gerichtet ist, dann heißt das, dass diese Person bald entlassen wird."

„Ja und?"

„Nichts weiter. Nur der Entenschnabel hat bei unserem Firmenessen tatsächlich auf mich gezeigt."

„Henriette, nun werd mal nicht abergläubisch. Deine Chefin lebt in Deutschland."

„Na ja, ist mir eben so aufgefallen."

Als die Putzfrau endlich mit einem Lappen bewaffnet im Toilettenraum verschwand, atmete Henriette erleichtert auf.

„Marc, bist du alleine?", fragte sie.

„Im Moment ja. Wieso?"

„Wolltest du mir vorhin nicht etwas sagen?", flüsterte Henriette zärtlich.

Sie schaute sich nochmals um, ob sie wirklich ungestört war.

„Nicht so wichtig, hat sich schon erledigt."

„Marc, ich würde dich so gerne in die Arme nehmen und mich ganz eng an dich drücken."

„Vielleicht ist es besser, du schreibst Marie-Claudine nur. Ich bin in ein paar Wochen wieder in Berlin, Henriette, und dann sehen wir uns ja. Oh, du, ich muss Schluss machen. Ich hab unten in der Hotelbar noch eine Verabredung mit dem örtlichen Reiseleiter. Wenn ich mich nicht beeile, komme ich zu spät."

„Warte, ich hab dir das Wichtigste noch gar nicht erzählt. Marc. Ich habe einen Flug nach Taiwan gebucht. Ich freue mich schon so ... Marc? Hallo."

Plötzlich war es ganz still.

„Wohin? Du hast was ...?", hörte sie Marc fragen.

„Ja, ich fliege am Sonntag übernächster Woche los."

„Was willst du denn in Taiwan?"

„Freust du dich nicht?"

„Doch schon, ... natürlich freue ich mich ... aber, das ist doch alles sehr überstürzt. Bist du sicher, dass du kommen willst? Ich meine, wäre natürlich toll, ... aber, aber ... das ist doch sehr teuer. Ich kann doch alles für dich hier erledigen."

Nachdem sie das Gespräch beendet hatten, starrte Henriette benommen auf ihr Handy. Unruhe befiel sie. War sie zu aufdringlich gewesen? Jetzt, da sie ihn wieder gehört hatte, vermisste sie Marc umso mehr. Zärtlich strich sie mit zwei Fingern über die Tasten des Telefons und steckte es vorsichtig in ihre Handtasche.

Als sie in den Konzertsaal zurückschlich, hörte sie gerade noch die Schlussakkorde des archaischen Tanzstücks und sah, wie das zu Tode gehetzte jungfräuliche Opfer inmitten einer Runde tobender Männer auf dem Boden zusammenbrach und starb. Henriette spürte Gao Song Lings Blick auf sich ruhen. Ohne zurückzuschauen, wusste sie, dass es weiteren Ärger mit ihm geben würde. Sehr bald würde ihre Chefin davon erfahren, dass sie während der Vorstellung aus dem Konzert gegangen war. Plötzlich bemerkte Henriette, dass auch An Yu, die junge Chinesin, sie verstohlen lächelnd musterte.

## 15 Schicksalswege

Unruhig wanderte Marie-Claudine die Straße entlang und die vor ihr auftauchende Treppe hinauf. Immer schneller trieb es sie nach oben in die Höhe. Vorbei an grünen Büschen und Bäumen, den bewegten Wolken entgegen. Sie musste an das Theaterstück der „Fliegenden Fische" denken und an die Rolle des jungen Mannes, dessen Ahnengeister ihn gewaltsam auf den alten, ihm vorgezeichneten Weg zurückgeholt hatten. So lief es im wirklichen Leben nicht. Es war ihr vor ihr selbst peinlich, alles mit dem Wort „Schicksal" entschuldigen zu wollen. Sie hätte die Begegnung mit Marc sehr wohl verhindern können. Es war ihre eigene Schuld. Wozu sonst hatte sie so lange Qigong trainiert? Wozu hatte sie ihre Wahrnehmungskanäle so sehr geöffnet, wenn sie wie ein Klotz durchs Leben polterte und alle Zeichen ignorierte – ausgerechnet dann, wenn die Gefahr am größten war. Die Kalligraphie war für sie zu spät gekommen. Wenigstens würde die Reise ihr helfen.

Marc, ach, Marc! dachte sie sehnsüchtig. Es würde schwer werden, ihn zu vergessen. Er hatte sich in jede Zelle ihres Körpers eingeschrieben. Doch hier, in der Natur, würde auch ihre Sehnsucht vorübergehen, so hoffte sie. Marie-Claudine stieg weiter nach oben. Ihr Blick wanderte die fernen Wände der Gebirgszüge entlang und verlor sich im Blau des Himmels. Fast tanzte sie die Treppen hinauf, so schwindelig war das Gefühl, das sie beim Treppensteigen empfand. Die Luft hier oben fühlte sich feucht an und kühl. Sie hielt nicht an, um ihren Atemrhythmus nicht zu unterbrechen. Nur noch 800 Stufen. Bald hatte sie ihr Ziel erreicht. Wer war wohl schon alles diese Treppen hinaufgestiegen? Wer hatte sie überhaupt angelegt?

Der Wind strich stärker um ihren Körper. Wenn er von vorne kam, nahm er ihr fast den Atem. Sie musste langsamer gehen. Ob wohl noch jemand diese Stufen hinaufstieg? Das Denken wurde langsamer. Ihr war es nur recht. Die Treppen waren auf dieser Höhe kleiner und unbehauener. Man musste sie mit Aufmerksamkeit begehen. Auch ein Geländer gab es hier oben nicht mehr. Ein kleines Steinchen löste sich unter ihren Füßen und rollte hinab zu den tiefer liegenden Stufen.

„Hello, hello!", dröhnte eine männliche Stimme von Ferne an ihr Ohr und unterbrach ihre Ruhe.

Sie blickte auf die Uhr. Wie lange brauchte sie wohl, um oben anzukommen? Hoffentlich würde sie es noch vor Einbruch der Dunkelheit schaffen. Aber was wäre, wenn man dort nicht bleiben konnte? Würde sie den Berg wieder hinuntersteigen? Dass ihre Füße schmerzten, ignorierte Marie-Claudine standhaft.

„Wie entrinnt man dem eigenen Schicksal?" Diese Frage stellte sie sich schon so viele Jahre. „Jetzt bin ich ihm dennoch begegnet – Marc."

Die gemeinsame Nacht mit ihm hatte sie tief berührt. Aber wie sollte es weitergehen? Würde sie es schaffen, die Verbindung für immer zu kappen?

Wie in Trance setzte Marie-Claudine ein Bein vor das andere. Schneller als erwartet, sah sie das Ende der Stufen, die in ein unebenes, steiniges Plateau mündeten. Dann war sie oben. Für einen Moment legte sie sich flach auf den Boden und atmete tief ein und aus. Der Geruch von Erde und Steinen stieg ihr in die Nase. Sie genoss es, einfach nur dazuliegen und jede Pore ihres Körpers zu spüren. Hier ließ es sich aushalten.

Gähnend stand sie auf und streckte sich. Ihr geschmeidiger Körper dehnte sich dabei in alle Richtungen. Marie-Claudine sah sich nach einem geeigneten Schlafplatz um. Sie fand eine geschützte Stelle zwischen Felsen und Sträuchern.

„Hier ist es gut."

Sie suchte die Umgebung sorgfältig nach Schlangen ab und schlug ihr Zelt auf. Als sie die vielen Stangen und Leinen endlich alle befestigt hatte, schlüpfte sie ins Innere. Das Dunkel der Nacht brach herein. Ihr

Körper fühlte sich vom vielen Wandern müde und schwer an wie Blei. Marie-Claudine legte sich auf ihren Schlafsack und schlief erschöpft ein.

Mitten in der Nacht erwachte sie aus einem Traum. Schweißgebadet setzte sie sich auf. Wild durcheinandergewirbelte Bilder und Szenen spukten in ihrem Kopf herum. Im Traum war sie durch verschiedene Zeiten gesprungen. Auch Marc war darin aufgetaucht und diese uralte Gestalt, die sie gesehen hatte, als Marc bei ihr gewesen war.

Das Komische aber war, während sie von sich geträumt hatte, hatte sie das Gefühl gehabt, dass dieses Ich in Wirklichkeit gar nicht sie selbst gewesen war. Und was die alte Gestalt anging, so erinnerte sie sich noch daran, dass sie zu ihr gekommen und sofort wieder verschwunden war. Was für ein seltsamer Traum!

Ein Schauer lief Marie-Claudine über den Rücken. Vielleicht sollte sie endlich damit aufhören, sich alle Träume merken und aufschreiben zu wollen. Sie schlüpfte ins Innere ihres Schlafsackes und schlief sofort wieder ein. Als Marie-Claudine am nächsten Morgen erwachte, war es schon spät. Die Sonne brannte auf ihr Zeltdach.

„Was war das?" Etwas hatte sie geweckt. „Das sind doch Stimmen."

Neugierig öffnete sie das Zelt und blickte hinaus. In der Ferne bewegte sich ein bunter Menschenzug langsam die gewundene Bergstraße hinauf.

## 16 Begegnung

Um das Mondfest rankten sich viele Geschichten zur Unsterblichkeit. Henriette mochte diese Geschichten, in denen zehn Sonnen um die Erde kreisen und der Bogenschütze Hou Yi das Land vor dem Verdorren rettete, indem er neun Sonnen abschoss. Der erzürnte Jadekaiser zahlte es ihm heim, indem er ihn von der Erde verbannte. Doch die Göttin des Westens schenkte Hou Yi ein Unsterblichkeitselexir, das seine Frau Chang'e schließlich trank. Sie flog zum Himmel, landete auf dem Mond und soll noch heute dort zu sehen sein. Zum Mondfest konnten sich deshalb alle Liebenden im Mond treffen. Heute war so ein Tag. Schon früh war Henriette über die Insel gefahren, um rechtzeitig im Tempel einzutreffen. Der Schamane hatte sie eingeladen, seinem daoistischen Mondritual beizuwohnen.

Als Henriette im Tempel ankam, probte der Schamane mit seinen zwei Helfern den Ablauf der Zeremonie. In zwei Stunden würde auch der lange Prozessionszug, der über die Berge gewandert war, hier eintreffen. Henriette war freudig erregt. Ohne das Buchprojekt hätte sie niemals hierher gefunden. Und das, obwohl sie Sinologin war. Sie lächelte in sich hinein. Sie stand vor dem bunten kleinen Tempel und blinzelte in die Sonne. Der Duft von Sandelholzräucherstäbchen wehte aus dem Tempelinneren heraus. Und plötzlich hatte Henriette das Gefühl, als zeige sich ihr die asiatische Welt erst jetzt so, wie sie wirklich war: Durchdrungen von uralten Lehren und Bräuchen, mystisch, magisch. Eine Welt voller Widersprüche, die friedlich nebeneinander existierten.

Der Schamane grunzte in einer tiefen Tonlage, während er zusammen mit seinen zwei Helfern eine Art Holzschiff bewegte, sodass es vor- und zurückschaukelte. Bisher hatte Henriette eher das kommunistische China mit seinen strikten Reglementierungen kennengelernt. Sie hatte die allmählichen Öffnungsschritte, das enorme Wirtschaftswachstum und Chinas Hang zum Megalomanen mitverfolgt. Jetzt war sie im Reich des Zaubers und der Tradition angekommen. Was Henriette vor allem erstaunte, war, dass Schamanen proben. Irgendwie zerstörte dies ihr Bild von einer spirituellen Begegnung mit Geistern und Göttern. War das alles nur inszeniert, ein Schauspiel ohne Realität? Sie blickte ins Tempelinnere hinein und sah, wie der Schamane eine Ohnmacht simulierte. Die beiden Helfer fingen ihn in ihren Armen auf. Vielleicht ist das Proben ja eine Art Einstimmen auf die spirituelle Welt, ging es ihr durch den Kopf.

Henriettes Blick wurde von einem rechts neben dem Tempel brennenden Ofen angezogen. Eine krummbeinige alte Frau warf einen Stapel Geistergeld hinein.

„Für meine Ahnen", schimpfte die zahnlose Alte, als sie Henriettes Blick bemerkte. „Sie sind nicht zufrieden. Mein nichtsnutziger Enkel ist gestorben, ohne geheiratet zu haben. Jetzt müssen wir eine Hochzeit mit einer Toten für ihn arrangieren."

Für einen Moment stellte sich Henriette vor, wie sie als Tote in den Sarg eines unbekannten Mannes gelegt werden würde. Henriette machte es sich auf einer vor dem Tempel stehenden Bank bequem und starrte in den Himmel. Sie sehnte sich nach Marc und konnte es kaum erwarten, ihn zu treffen. Wenn er nicht bald käme, würde er noch das Ritual verpassen. Die alte Frau schöpfte zwei Schalen süße Suppe, die in einem großen Metallkessel im Freien vor sich hin köchelte.

„Hier probier mal, das schmeckt gut", sagte sie und reichte Henriette eine Schale mit Stäbchen.

In ihren alten Latschen schlappte die Frau in den kleinen Nebenraum des Tempels, wo eine Comicsendung im Fernsehen lief. Die Alte ließ sich in einen ausgebeulten Sessel fallen und schlürfte laut schmatzend ihre Suppe.

Die Probe war zu Ende. Der Schamane kam geradewegs auf Henriette zu und setzte sich neben sie. Nie zuvor hatte sie einen echten Schamanen gesehen. Sie hätte sich nie träumen lassen, einmal gemeinsam mit einem Schamanen auf einer Bank in der Sonne zu sitzen. Henriette warf ihm einen neugierigen Blick zu. Was machte einen Schamanen aus? Wodurch unterschied er sich von anderen Menschen?

„Wie wird man Schamane?", fragte sie schüchtern.

„Es gibt viele Wege. Ich bin Schreiner und arbeite auch in diesem Beruf. Als ich vierzehn Jahre alt war, starb meine Großmutter. Einige Wochen später, ich stand gerade auf einer Weide neben einer großen braunen Kuh, da lief plötzlich meine Großmutter wieder an mir vorbei. Ich konnte sie ganz deutlich sehen. Sie war genauso real wie die Kuh. So fing alles an. Die Geister und Ahnen haben mich gerufen."

Der festlich geschmückte Prozessionszug traf auf dem Tempelvorplatz ein. Ein Duft von Blumen und reifen Mangofrüchten erfüllte die Luft. Vor neun Tagen, beim ersten Sonnenstrahl am Morgen, war der rituelle Festzug von einem Tempel auf der anderen Seite des heiligen Berges aufgebrochen.

„Ni hao, ni hao. Wei. Ni hao ma? Ni qi fen ma?", ertönten von überall Begrüßungsworte, die so viel wie „Hallo, wie geht es dir, hast du schon gegessen?", bedeuteten. Die Stimmung war prächtig und voll vibrierender Energie. Im Tempelinneren ging es zu wie in einer Bahnhofshalle. Beständig strömten Menschen hinein mit üppig gefüllten Körben und Taschen. Henriette war fasziniert. Sie packten die Gaben für ihre Ahnen auf eine große geschmückte Tafel, darunter Fotos, birnenförmige Pomelos, Enten und andere Leckereien. In der Mitte thronte eine überdimensionierte Platte, auf die sie ihre Mondkuchen legten. Sie entfachten drei, fünf oder sieben Stäbe ihres Räucherwerks, verneigten sich damit in alle vier Himmelsrichtungen, trugen ihre Wünsche vor und sprachen ihre Gebete.

Wenn Marc kommt, werden wir auch Räucherstäbchen anzünden und uns zusammen etwas wünschen, freute sich Henriette.

Die Musik der Erhu-Geiger und Trommler kündigte den Beginn der Zeremonie an. Das Mondfest hatte seinen Ursprung in einem alten Opferritual für die Mondgöttin, in späterer Zeit wurde es dann zum Erntedankfest für den Erdgott umgedeutet. Einige Neugierige blieben in der Nähe des Gabentisches stehen, an dem sich der festlich gekleidete Schamane einfand. Die beiden Helfer schritten hinter dem Schamanen einher und hielten einen goldgelben Schirm über seinen Kopf. Mit seinem leuchtend gelben Stirnband, dem gewaltigen nackten Oberkörper, der nur durch eine Schärpe verziert war, und einer gelbglänzenden Hose ließ sich der Schamane nieder. Unaufhörlich rollte er Bauch und Oberkörper von unten nach oben wie eine Schlange, die unverdaute Nahrung in ihren Gedärmen bewegt. Der Schamane beugte sich nach vorne und spie eine gelblichgrüne Soße vor seine Füße. Eine neuerliche Rollbewegung erfasste seinen Bauch. Wieder beugte er den Kopf weit nach vorne. Henriette schaute fasziniert zu. Was machte er da? Ein Würgegeräusch entrang sich seiner Kehle. Ihm folgte ein weiterer Flüssigkeitsstrahl, der sich schillernd auf dem schwarzen Steinboden ergoss. Henriette geriet etwas aus der Fassung, als sie endlich den Sinn erkannte, der sich hinter dieser Bewegung verbarg. Das muss das Reinigungsritual sein, von dem er gesprochen hat, ging es ihr durch den Kopf. Das habe ich mir anders vorgestellt. Feinsinniger. Sie phantasierte das Bild einer weißen Schüssel mit klarem Wasser und rosa Magnolienblüten, in die der Schamane sanft seine Füße eintauchte. Ein neuerliches Würgegeräusch brachte sie in die Wirklichkeit des Tempelrituals zurück. Der Blick des Schamanen war starr geworden. In seinen Augen waren nur noch die weißen Augäpfel zu sehen. Der Anblick war schockierend. Entsetzt schaute sich Henriette nach den Umstehenden um. Die Tempelbesucher verharrten jedoch ruhig und aufmerksam in ihrer Position. Niemand außer ihr schien sich an dem Ritual zu stören. In ungebärdigem Schwung beugte sich der Schamane mit weit aufgerissenem Mund nach unten. Eine Flut dickflüssigen weißlichen Schlabbers schwappte auf den Boden. Und jetzt roch sie es auch. Henriette war froh, dass sie so spät ins Tempelinnere gegangen war und nur noch einen Platz weit hinten gefunden hatte. Eilig drehte sie sich um und hastete aus dem Tempel, darum bemüht, sich nicht ebenfalls zu erbrechen.

Tief atmend schnappte sie nach frischer Luft. Aus dem Gebäudeinnern drangen noch immer die Würg- und Speigeräusche an ihr Ohr.

„Woa, wowrrr mrhhhaaa", erbrach sich der Schamane.

Als sich Henriette wieder umdrehte, sah sie eine weitere Frau, die Hände vor den Mund pressend, aus dem Tempel stürzen. Sie schaffte es gerade noch hinaus ins Freie und übergab sich in einem rosaroten Schwall neben der Tempeltür. Die junge Frau sah bleich und erbärmlich aus. Sie stöhnte leise auf, während noch immer Magenreste aus ihr herausbrachen. Hastig drehte Henriette sich von ihr weg. Doch dann schämte sie sich und stöberte nach Papiertaschentüchern und ihrer Wasserflasche und reichte sie der Erbrechenden.

„Ohh, danke", stöhnte die Frau und wischte sich mit den Tüchern ihren Mund und die schweißbedeckte Stirn. Sie nahm das Wasser, um nachzuspülen. Unterdessen drangen weitere Würgegeräusche aus dem Innern des Tempels zu ihnen heraus. Henriette dachte an Marc. Gut, dass er sie so nicht sehen konnte. Sie fühlte sich selbst schon ganz grün. Aber wo blieb Marc eigentlich?

„Geht's dir wieder besser", fragte Henriette die Speiende.

„Ja, danke, aber ich brauche noch mehr frische Luft."

„Mich hat es auch fast erwischt, ich kann das einfach nicht riechen", sagte Henriette. Sie war erstaunt, eine Europäerin hier zu treffen.

„Ich bin sonst nicht so empfindlich. Aber ich hab mich ein bisschen übernommen. Ich habe mich vor acht Tagen dem Prozessionszug durch die Berge angeschlossen", erklärte die andere. „Wir sind ewig gewandert. Tag und Nacht. Manchmal standen wir stundenlang reglos an einer Stelle – in brütender Hitze."

Während die Braunhaarige Schuhe und Strümpfe auszog, verzerrte ein Schmerz ihr elfengleiches Gesicht. Henriettes Blick glitt an den Beinen der anderen hinunter. Ihre Füße waren aufgerissen und blutig. An ihren geschwollenen Sohlen fehlte an einigen Stellen die Haut.

„Das sieht nach einer ziemlichen Tortur aus." Henriette musterte sie skeptisch.

„Mhm", gab die andere zur Antwort. „Ja. War es auch. Aber als dieser bunte und laute Gebetszug an mir vorbeikam, konnte ich es mir einfach nicht entgehen lassen, mitzuziehen." Sie lächelte verzückt. „Wann hat man schon mal die Chance, diese urtümlichen daoistischen Rituale mitzuerleben?" Ihr Blick ruhte auf Henriette. „Und was treibt dich hierher? Wohnst du auch in Taipeh?"

„Leider nein", entgegnete Henriette. „Ich bin nur für einige Tage nach Taiwan gekommen, um zu recherchieren. Ich wohne in Berlin."

Henriette nahm eine jähe Veränderung im Gesicht der Braunhaarigen wahr und spürte ein leises Unbehagen. Es war, als wäre die Stimmung zwischen ihnen plötzlich kühler geworden. Aber warum?

„Und was recherchierst du?", fragte die Braunhaarige schroff. „Bist du alleine?"

„Ja, aber mein Freund müsste bald kommen. Wir sind hier im Tempel verabredet. Ich forsche über spirituelle Rituale und Qigong."

Der Blick der Braunhaarigen traf Henriette wie ein Blitz. Das schiere Entsetzen blickte ihr aus großen hellbraunen Augen entgegen.

---

Oh nein. Himmel, bitte lass es nicht wahr sein. Marie-Claudine standen plötzlich Tränen in den Augen. Eiskalte Tränen. Kann ich ihm denn nicht entkommen, explodierte es in ihrem Kopf. Das muss diese Qigongfreundin von Marc sein. Das ist alles kein Zufall hier. Ich kenne diese Frau. Irgendwo ist sie mir schon mal begegnet. Oder war das im Traum? Und dieser Ort ... Ich hätte nicht hier herkommen dürfen. Der Tempel steht hundertprozentig auf einem starken Kraftfeld. Wer weiß, was hier noch alles passieren wird. Marie-Claudine starrte Henriette an.

„Ich muss los."

---

„Hab ich was Falsches gesagt?" Henriette fragte sich beunruhigt, was sie dieser Frau wohl getan hatte. Die Pupillen der Braunhaarigen flirrten unaufhörlich nach rechts und links, während sie versuchte, ihre kaputten Füße in frische Socken und Schuhe zu zwängen. Die Art wie die Braunhaarige sprach, war ihr merkwürdig vertraut. Vielleicht hatte sie mal in Berlin gelebt. Es war nicht der geeignete Moment, um danach zu fragen.

„Nein, du hast nichts Falsches gesagt", antwortete die Braunhaarige wenig überzeugend.

Für Henriette war es offensichtlich, dass ihr überstürzter Aufbruch etwas mit dem zu tun haben musste, was sie selbst gesagt hatte. Aber was? Ihr fiel auf, wie ungewöhnlich es überhaupt war, eine Westlerin bei solch einem Ritual anzutreffen. Die Braunhaarige war sogar den Pilgerpfad durch die Berge mitgegangen.

„Ich brauche jetzt meine Ruhe. Hier sind zu viel Menschen", fuhr die Braunhaarige fort und mied beharrlich Henriettes Blick.

Henriette konnte sich das gut vorstellen. Der Prozessionsmarsch musste ähnlich anstrengend gewesen sein wie das Mazu-Ritual, über das Henriette in Annas Magazin gelesen hatte. Die Zeitschrift beim Friseur.

„Das gibt's doch nicht. Warte mal."

Die Rituale. Der Text. Etwas klickte in Henriettes Kopf.

„Du bist Marie-Claudine Meyer, stimmt's?", fragte Henriette, als die andere noch immer fieberhaft ihren Rucksack packte, um endlich verschwinden zu können.

Die Braunhaarige blickte nicht auf, sondern mühte sich stur weiter mit ihrem Gepäck ab. Sie stopfte ihre kaputten Socken in eines der Seitenfächer. Henriette schwirrte plötzlich der Kopf. Sie hatte Marie-Claudine gefunden. Oder war sie nicht vielmehr hierher geführt worden? Suche nicht im Yang, sondern im Yin, hatte Wu Xiang Fei zu ihr gesagt. Etwas in der Art musste er wohl damit gemeint haben. Henriette sah zu, wie Marie-Claudine hektisch ihre Jacke zusammenfaltete und riss sich wieder aus ihren Gedanken. Sie durfte die andere jetzt nicht gehen lassen.

„Du stammst auch aus Berlin, oder? Kennst du Wu Xiang Fei?"

Marie-Claudine schaute endlich auf. Sie konnte nicht lügen. Sie hatte es noch nie gekonnt. Stumm nickte sie in Henriettes Richtung.

„Oh, ich bin so froh, dass ich dich hier treffe. Ich wollte dich schon lange kennenlernen. Ich bin übrigens Henriette."

Marie-Claudine wich einige Schritte zurück, als Henriette beglückt auf sie zukam.

„Du bist das also, die ein Qigongbuch für Wu Xiang Fei schreiben will", stellte Marie-Claudine trocken fest.

„Ja. Das heißt nein. Wu Xiang Fei möchte, dass wir beide es zusammen machen. Ich habe schon einige deiner Texte gelesen. Und da …"

„Du kannst die Texte haben. Aber erwähne mich bitte nicht namentlich. Und viel Glück mit dem Buch."

Sie warf ihren Rucksack über die Schulter und wandte sich zum Gehen. Es tat ihr leid, Henriette so stehen zu lassen. Sie gefiel ihr. Aber sie musste fort. Sie wollte nicht noch mehr Fehler machen.

---

„Henriette …" Eine männliche Stimme schreckte beide Frauen auf.

Als sie sich nahezu gleichzeitig umdrehten, stand Marc vor ihnen. Sprachlos starrte er erst Henriette an, dann Marie-Claudine.

„Marie", stammelte er. „Du, du warst plötzlich einfach weg."

Wie zärtlich er dies sagt, schoss es Henriette durch den Kopf. Kannten sich die beiden so gut? Woher diese Zärtlichkeit? Und warum begrüßte Marc nicht SIE, Henriette, zuerst? Fassungslos blickte Henriette zu ihm hinüber. Sie hatten sich so lange nicht gesehen, warum nahm er sie nicht in die Arme und küsste sie innig?

Andererseits hatte Marc Marie-Claudine gerade davon abgehalten, einfach zu gehen. Und er war ja immer sehr zurückhaltend. Ihr Blick wanderte unsicher zu Marie-Claudine hinüber. Sie selbst könnte diese Frau niemals aufhalten. Das spürte sie deutlich. Obwohl sie so zart und durchscheinend war, ging eine ungeheure Kraft von ihr aus. Selbst jetzt noch, da Marie-Claudine von ihrer Tour völlig mitgenommen und erledigt war. Sie ist wie ihre Texte sind, dachte Henriette. Und dann stand Marc plötzlich neben ihr und küsste Henriette liebevoll rechts und links auf die Wange. Sie war so froh.

„Henriette, na, hat alles gut geklappt? Wie kommt es denn, dass ihr zwei euch kennengelernt und hier getroffen habt?", fragte er leichthin und drehte sich wieder zu Marie-Claudine um. Doch Henriette glaubte unter seiner Leichtigkeit eine tiefe Unruhe wahrnehmen zu können.

―――――

Marc schwitzte. Das feuchtschwüle Wetter machte ihm zu schaffen. Der Schweiß bahnte sich einen Weg an seinem Oberkörper entlang nach unten. Dicke Schweißperlen quollen aus Stirn und Achselhöhlen und verbreiteten einen herb-männlichen Geruch. Marcs Hemd war im Rücken klatschnass. War wirklich nur das Wetter daran schuld? Jahrelang hatte er gar keine Freundin gehabt und nun gleich zwei. Seine Gedanken überstürzten sich. Er fühlte sich völlig überfordert. Er brauchte Henriette nur anzuschauen und schon stieg ein schweres Schuldgefühl in ihm auf. Sie war so eine besondere Frau. Sie hatte sein Verhalten wirklich nicht verdient. Betreten blickte er zu Boden. Als er wieder aufschaute, verfing sich sein Blick plötzlich in den Augen von Marie-Claudine. Mit ihr schien alles so leicht zu sein. Eine tiefe Zärtlichkeit stieg in ihm auf.

―――――

Aus dem Tempel drang wildes Klopfen und Hämmern zu ihnen herüber.

„Kommt, lasst uns reingehen. Sonst verpassen wir noch das Ritual", raunte Marc.

Und zu Henriettes Erstaunen, hakte er sich bei beiden Frauen unter und zog sie in das Tempelinnere hinein. Marie-Claudine ließ es einfach mit sich geschehen. So rastlos und aufbruchwillig sie Henriette eben noch erlebt hatte, so still und teilnahmslos war sie jetzt. Henriette beschäftigte etwas anderes. Die Berührung mit Marc ließ sie an ihre letzte gemeinsame Nacht denken. Eine Sehnsucht nach Liebe und Zärtlichkeit stieg in ihr auf. Der heilige Tempel ist nun wirklich nicht der richtige Ort dafür, ermahnte sie sich streng und schaute sich wie ertappt um. Hoffentlich ahnte niemand ihre Gedanken.

―――

Sie waren genügend nahe an den Schamanen herangekommen, um gut zu sehen. Marc ließ erst Henriettes, dann Marie-Claudines Arm wieder los. Er holte seine Videokamera heraus und richtete sie gebannt auf den Schamanen. In Trance gefallen, grunzte der Schamane wie ein Raubtier. Mit wildem Gesichtsausdruck kletterte er in das bootähnliche Holzgestell. Es war nach unten hin geöffnet. Die beiden Helfer folgten ihm. Mit Schwung wippte der Schamane, unterstützt von seinen Helfern, das Holzschiff hin und her. Es schaukelte wie ein kleines Boot auf hoher See. Neben dem Boot stand ein Holztisch, auf dem einige Bögen Papier lagen. Jedes Mal, wenn die Kante des Holzschiffes auf den Tisch aufschlug, druckte sie magische Zeichen auf das zuoberst liegende Blatt. Die dunklen Flecken waren die Botschaften der anwesenden Gottheit. Nur der Schamane wusste sie zu lesen.

―――

Marie-Claudine folgte dem geheimnisvollen Geschehen mit großer Aufmerksamkeit. Seit Marc da war, fühlte sie sich merkwürdig ruhig. Sie spürte, wie ihr Widerstand zunehmend bröckelte. Alle Ängste lösten sich auf. Trotzdem war ihr die Umarmung von Marc und Henriette merkwürdig aufgestoßen. War Henriette wirklich nur eine Freundin? Sie hatte mehr wahrgenommen als bloße Freundschaft. Warum packe ich nicht meine Sachen und gehe, so wie ich es geplant habe, dachte Marie-Claudine. Sie wusste selbst nicht, was sie daran hinderte. Etwas hielt sie zurück.

„Was ist das, was der Schamane auf das Blatt schreibt?", fragte Henriette Marie-Claudine. Sie suchte Kontakt. Vielleicht konnte sie ja doch noch mit Marie-Claudine über das Buchprojekt sprechen.

„Eine Vorhersagung", gab diese zurück.

Der Schamane hatte die letzten Zeichen geschrieben. Die Menge kam in Bewegung. Jeder wollte sehen, was weiter passieren würde.

„Nein", schrie es plötzlich auf Henriettes Seite.

Marc starrte seine Kamera an.

„Sie geht nicht mehr. Dabei habe ich den Akku ganz frisch geladen."

„Ja, die Energie ist zu hoch, das kannst du vergessen. Das wird jetzt nichts", nickte Marie-Claudine, die in all der Aufregung ganz ruhig und gelassen wirkte und vor Schönheit strahlte.

Der Schamane nahm die beschriebenen Blätter und klopfte mit kräftigen Händen auf die Botschaft. Unartikulierte Laute entwichen seinem Mund. Die Töne verwandelten sich allmählich in Worte und Sätze. Als geistiges Medium verkündete er die Botschaft der anwesenden Gottheit. Henriette lenkte irgendetwas ab. Vorsichtig blickte sie zur Seite. Hatte sie richtig gesehen? Gespürt? Ihr war, als hätte sie aus den Augenwinkeln wahrgenommen, wie Marie-Claudine fast unmerklich über Marcs Hand gestrichen hatte. Als sie einen zweiten Blick in ihre Richtung wagte, schauten Marc und Marie-Claudine, wie alle anderen auch, gebannt auf den umhertorkelnden Schamanen.

Bilde ich mir das nur ein?, schoss es Henriette durch den Kopf. Warum bin ich so eifersüchtig? Henriette zwang sich, wieder nach vorne zu schauen. Zu spät. Sie hatte die göttliche Botschaft verpasst.

Der Kopf des Schamanen drehte sich unaufhörlich hin und her. Eine neue Gottheit kündigte sich an. Sie fuhr geradewegs in seinen Körper hinein. Der Schamane wand sich wie ein Tier. Schaum trat aus seinem Mund. Die Menschenmenge im Tempel wurde unruhig. Etwas war anders als sonst. Scheinbar war diese neue Gottheit noch nie zuvor im Tempel erschienen. Henriette sah, wie die Menge um sie herum aufgeregt tuschelte. Kam es ihr nur so vor oder starrten die beiden Helfer des Schamanen böse zu ihnen herüber? Vielleicht dachten sie, dass die Anwesenheit von Ausländern diese Störung verursacht hatte?

Unheilschwanger warteten alle auf die neue Eröffnung. Der Schamane tobte. Er griff nach einem geschnitzten Holzstab, an dem bunte Fähnchen hingen, und schwang ihn in wilden Kreisen durch die Luft. Die aufgeladene Stimmung im Raum schwoll weiter an. Die Bewegungen des Zauberpriesters wurden langsamer, pendelten nach rechts und links, bis sie schließlich ganz zum Stillstand kamen. Das Ende der Spitze deutete auf eine Person. Es war Marie-Claudine. Den Körper des Schamanen überfielen unwillkürliche Zuckungen und Krämpfe. Die Menge schrie auf. Die wild gewordene Gottheit, die noch immer im Körper des Schamanen steckte, setzte dazu an ihre Botschaft zu verkünden. Grunzend und schäumend steuerte der Schamane dazu direkt auf Marie-Claudine zu. Die Menge teilte sich und wich ängstlich zurück.

Marie-Claudine stand plötzlich ganz alleine. Mit stierem Blick starrte der Schamane sie an und nickte grunzend. Ein Kraftfeld schien sich in dem freigewordenen Raum aufzubauen. Es war, als ob eine weiße helle Lichtkraft durch Marie-Claudine hindurchgehen und ein Energieaustausch zwischen beiden Körpern stattfinden würde. Das Licht schien an den Füßen eingedrungen zu sein und sich langsam nach oben zum Kopf vorzuarbeiten. Henriette hätte nicht die Hand zwischen Marie-Claudine und den Schamanen halten wollen, so intensiv spürte sie das Hin und Her zwischen den beiden. Es war wie ein Tanz. Vergangenheit, Zukunft, Chancen und Möglichkeiten, frühere und künftige Leben, alles schien in dem Feld in seiner Essenz für einen Moment präsent zu sein.

Das Grunzen des Schamanen ging in eine Art Gesang über, dessen Kraft bis zur Schmerzgrenze anschwoll. Der Schamane drehte sich um, packte das Holzschiff und stieg wieder hinein, diesmal ohne die Helfer. Die Bewegungen, die das Boot zum Schaukeln brachten, waren von seinem inneren Rasen bestimmt. Hart donnerte das Boot auf das Papier und schrieb seine magischen Zeichen. Unvermittelt stoppte es. Der Gesang brach ab. Der Schamane drehte sich langsam zur Menge und zu der noch immer vereinzelt stehenden Marie-Claudine zurück. Henriette spürte, wie eine Gänsehaut über ihren Rücken und ihre Arme kroch. Die Worte, die aus seinem Mund drangen, waren so schwingungsgeladen, dass sie körperlich spürbar wurden.

„Du trägst ein Kind in deiner Höhle. Das Kind ist heilig."

Der Schamane zitterte am ganzen Körper. Es war, als würde die Gottheit noch etwas sagen wollen. Die Lippen des Schamanen öffneten sich, schlossen sich, gingen in ein Schlottern über. Dann in ein Stottern.

Ein kleiner Blutschwall schoss mit den Tönen heraus. Die hervorbrechenden Laute waren zu schwach, um sich zu klaren Worten und Sätzen zu verbinden.

„Gggg GG Ggee Gnggngfaaaar!"

Noch bevor die Botschaft vermittelt war, fiel der Schamane in eine tiefe Ohnmacht. Die Helfer schafften es gerade noch, dem Schamanen rechtzeitig abfedernd unter die Arme zu greifen, bevor er zu Boden stürzte.

Sie zogen den völlig geschwächten Zauberpriester auf einen Sessel und legten ihn dort vorsichtig ab. Henriette verstand plötzlich, warum der Schamane zuvor geprobt hatte. Wie gelähmt starrte sie auf die Szene vor ihr. Die Menge kam wieder in Bewegung. Henriette wurde zur Seite gedrückt. In dem wilden Durcheinander konnte sie Marie-Claudine und Marc nicht mehr sehen. Alle wollten die künftige Mutter des angekündigten Kindes aus der Nähe betrachten. Sie berühren. Henriette kämpfte sich durch die Menge vor, zu der Stelle, wo sie Marie-Claudine zuletzt gesehen hatte.

Da stand sie noch immer. Unbeteiligt. Den Kopf nach unten auf ihren Bauch gerichtet, ganz in sich versunken. Immer wieder streckte sich ein Arm nach ihr aus. Eine Hand fuhr durch ihre Haare. Einige Chinesinnen begannen damit, ihre selbstgebackenen Mondkuchen Marie-Claudine vor die Füße zu legen. Marc stand in der Nähe des Gabentisches und schaute bestürzt zu. Die Finger seiner rechten Hand krampften sich um eine Säule. Sein Blick war gläsern.

Der Schamane kam wieder zu sich. Gebannt blickten alle auf die sich müde aufrichtende Gestalt. Von draußen ertönte das laute Krachen von Knallkörpern. Die Geister sollten in ihre Welten zurückgetrieben werden. Doch plötzlich stöhnte der ermattete Schamane laut auf. Wieder hatte sich eine Gottheit angekündigt. Mit letzter Kraft versuchte er, sie in einen Stuhl zu lenken. Das Wesen ließ sich nicht abschütteln. Es rang mit dem Schamanen, bis es seinen Körper ganz erobert hatte. Tobend stürzte er auf Henriette zu. Zur vollen Gestalt aufgerichtet spuckte der verwandelte Schamane dunkle Grunzlaute in ihre Richtung.

„Du bist nicht gereinigt", wütete die Gottheit. „Du hast den Ritus gebrochen."

Henriette begriff nichts mehr. Die Menge um sie herum, starrte sie ungläubig an. Doch einer der Helfer hatte verstanden. Er stürzte ins Nebenzimmer und kam eilig mit einem Glas dunkler Flüssigkeit zurück. Trink das, herrschte er sie gehetzt an. Schnell. Als sie nicht sofort reagierte, schrie er:

„Los, trink!"

Die Flüssigkeit stank bestialisch. Der wütende Schamane kam bedrohlich nahe. Sie nahm das Glas und stürzte das Gebräu hinunter. Fast augenblicklich würgte Henriette. Ihr ganzer Köper war in Aufruhr. Angst und Schmerz lösten einander ab und steigerten sich zu wilden Krämpfen. Sie stöhnte laut auf, bis sich endlich ihr Mageninhalt auf den Boden entleerte. Die süße Suppe, die ihr die alte Frau gereicht hatte, kam wieder zum Vorschein, das Hühnchen vom Frühstück. Nach dreimaligem trockenem Würgen war Henriette leer. Als sie mühevoll aufblickte, sah sie, wie der Schamane erneut in Ohnmacht fiel. Die Gottheit war endlich zufrieden. Henriette sank in sich zusammen.

---

Marc näherte sich Henriette und half ihr vorsichtig auf. Schnell nahm er ihren Arm. Er zog sie mit sich zu Marie-Claudine, deren Hand er ebenfalls ergriff.

„Wir müssen hier raus. Kommt."

Marc wusste nicht, wie er es schaffen sollte, beide Frauen durch die hysterische Menge der Tempelbesucher zu zerren. Er zog sie fest in seine Arme und schob sie weiter in Richtung Ausgang. Endlich waren sie draußen. Marc atmete erleichtert auf. Die meisten Menschen blieben im Tempel. Nur einige Neugierige folgten ihnen mit hinaus. Marc führte Henriette und Marie-Claudine etwas abseits des Tempels zu der kleinen Bank und ließ sie dort Platz nehmen. Erschöpft sank er zwischen beide Frauen.

„Habt ihr das verstanden?"

Beide rührten sich nicht.

---

Irgendetwas riss Henriette aus ihrer Benommenheit. Marie-Claudine war von der Bank aufgestanden und stand nun direkt vor ihr. Sie hatte sich als Erste wieder gefangen. Henriette sah ein Leuchten in den Augen von Marie-Claudine. Es war eigenartig durchdringend.

„Ich weiß nicht, ob ihr die Information des Schamanen richtig einordnen könnt. Es war nicht nur ein symbolisches Ritual. Es war eine Botschaft an mich. Dieses Kind, von dem er gesprochen hat, ist eine Reinkarnation. Das war die Nachricht der Gottheit. Mir war nicht klar, dass ich schwanger bin. Ich habe nicht damit gerechnet. Doch ich bin sicher, dass es stimmt. Ich hatte einen Traum dazu, aber ich habe ihn nicht begriffen", sagte sie langsam.

Henriette starrte sie ungläubig an. Meinte sie das ernst? Kannte diese Frau die Mondfestlegenden nicht? Wusste sie nicht, dass das Mondfest nichts weiter war als ein traditionelles Familienfest? Was konnten die Worte des Schamanen schon anderes bedeuten als einfach nur eine Anspielung auf die Göttin des Westens mit ihrem Unsterblichkeitselexir. Marie-Claudine lebte hier doch schon so lange. Glaubte sie wirklich, dass ausgerechnet sie eine hohe Wiedergeburt würde empfangen können? Eine Europäerin? Verrückt.

Doch es kam noch besser. Marie-Claudine wandte sich plötzlich

Marc zu. Henriette traute ihren Augen kaum, als sich Marie-Claudine so vor ihn stellte, dass ihre Beine sich berührten. Sie nahm seine Hand. Was sollte das werden? Marie-Claudine beugte sich vor. Leise flüsterte sie, so leise, dass es Henriette kaum hören konnte:

„Marc, das Baby ist von dir. Wir sind füreinander bestimmt."

## 17 Heimreise

„Henriette, geh nicht – so warte doch."

Marc hetzte keuchend hinter ihr her. Doch Henriette drehte sich nicht um. Sie rannte einfach weiter, weg vom Tempelgelände, entlang der Landstraße, die zum Fluss führte. Die kleinen gefliesten Neubauten rechts und links der Straße würdigte sie keines Blickes. Immer weiter zog es sie, raus in die Natur, bis sie endlich allein war. Ein heftiges Seitenstechen zwang sie, langsam zu gehen. Als sie an einer vor Blicken geschützten Stelle ankam, sank sie erschöpft ins Gras.

Wie wohltuend es war, hier einfach am Fluss zu sitzen und dem Rauschen des Wassers zu lauschen. Alle Erinnerungen ausschalten. Nichts mehr denken. Der Fluss musste wohl Hochwasser haben, denn das Wasser wirkte nicht sehr klar. Erde war aufgewühlt und mitgeschwemmt worden. Allerlei Treibgut wie Stöcke und Gräser schwammen auf der Wasseroberfläche. Henriette zog ihre Jacke aus. Sie beobachtete, wie ein kleiner Stock sich am Ufer verhakte und immer wieder freizukommen suchte, um sich dem Lauf des Wassers neu zu überlassen. Als sie so auf das Wasser starrte, brachen Tränen in Sturzbächen aus ihr heraus. Sie liefen ihr über Wangen und Mund.

Ihr ganzer Körper schüttelte sich. Sie wollte ihren Schmerz nicht spüren. Steh auf, geh einfach weiter, sagte sie sich. Schau nicht zurück, mach den nächsten Schritt. Doch der Schmerz steckte so tief in ihrer Brust, dass sie ihn nicht ignorieren konnte. War sie nicht wie dieser Stock im Wasser, der weiterziehen musste, sich aber irgendwo verhakt hatte und wild zappelnd um sich schlug? Irgendwann würde er wieder in die große Weite des Lebensflusses eintauchen können. Wie lange würde es dauern? Henriette fühlte sich auf sich selbst zurückgeworfen. Warum nur war sie in diese Situation geraten? Was machte sie falsch im Leben? Wo sollte sie hin? Sie wusste es nicht. Ob sie diese Frage je für sich würde beantworten können? Schon lange suchte sie nach einem festen Platz in der Welt, einem Zuhause. Immer, wenn sie es gefunden zu haben glaubte, so wie jetzt mit Marc, brach es unerwartet in sich zusammen. Das Leben riss sie unerbittlich weiter in neue, ihr unbekannte Gefilde. Nie gab es ein Verweilen oder Verwurzeln.

Sie spürte, wie die Enttäuschung ihre innere Sperre durchbrach. Sie traf sie mit voller Wucht, vermischte sich mit ihrem Zorn gegenüber Marie-Claudine. Diese Frau hatte ihr alles genommen, das Buchprojekt, ihren Freund, ihre Liebe, ihr Zuhause. Das Einzige, was ihr noch blieb, war, sich wieder in ihren Managerjob zu stürzen, um schneller zu vergessen.

Der Stock hatte sich so im Laub verfangen, dass er festsaß. Sie gab ihm einen Stoß und blickte dem Hölzchen hinterher, bis es auf der Wasseroberfläche nicht mehr zu erkennen war. Ihr fiel ein, was Marie-Claudine gesagt hatte: „Marc. Das Baby ist von dir. Wir sind füreinander bestimmt."

Sie hätte Marie-Claudine, als sie so elendig vor den Tempel „gekotzt" hatte, einfach ignorieren sollen. Das hatte sie nun von ihrer Freundlichkeit. Wie gern wäre Henriette weitergegangen, immer dem Stöckchen hinterher, um zu erfahren, wo sie selbst einmal landen würde. Aber wollte sie es wirklich wissen?

Ich muss wieder zum Tempel, mahnte ihre innere Stimme.

„Ich muss zurück!", wiederholte sie laut, um der Stimme mehr Gewicht zu geben.

Es würde wehtun, den beiden nochmals zu begegnen. Sie fühlte sich schwach. Ihr Hals glich einem schweren Klumpen, durch den es keinen Durchgang mehr gab. Der Druck in ihrem Kehlkopf war mörderisch. Sie wollte weinen, um sich schlagen, sich zusammenkrümmen. In ihrem Bauch tobte die Wut. Ihr Körper schrie. Doch das Schlimmste daran war: Nichts davon drang nach außen. Alles steckte in ihr fest, machte sich wie ein gefräßiges Tier in ihr breit und drohte ihr feines inneres Gefüge völlig zu zerstören.

Was würde geschehen, wenn es zu einem Gespräch käme? Hätte sie sich auch dann noch in ihrer Gewalt? Marc war fremdgegangen und nun hatte er auch noch die beste Entschuldigung der Welt dafür: Die Botschaft einer mysteriösen asiatischen Gottheit. Wie sie diesen Schamanenkult hasste.

Henriette fasste in ihre Jackentasche und zog zwei Mondkuchen daraus hervor. Sie hatte sie für sich und Marc gekauft. Auf einem der Kuchen prangte das chinesische Schriftzeichen für Harmonie, auf dem anderen das Zeichen für Unsterblichkeit. Betrübt nahm sie die süßen Kuchen und biss in beide hinein, bis sie mit ihren Zähnen auf die runden, harten Eidotter traf. Wenn der Vollmond an diesem Abend am Himmel auftauchte, würden viele Chinesen in den Mond schauen, um dort das Gesicht ihrer Liebsten zu sehen. Henriette stand auf. Sie nahm die Reste der Mondkuchen und schleuderte sie in den Fluss. Sie zwang sich, den Weg zurückzugehen und fand Marc auf der Bank vor dem Tempel sitzend. Ausgerechnet auf der Tempelbank. Ist ihm denn gar nichts heilig?, dachte sie bitter. Henriette sah, wie er ihrem Blick auswich.

„Was bin ich für dich?", würgte sie mühsam hervor. „Ich dachte, wir haben eine Beziehung." Anklagend stellte sie sich ihm gegenüber.

„Das hab ich wirklich geglaubt, Marc."

„Henriette, ich ... es war nicht vorherzusehen", stammelte Marc und wischte sich den Schweiß von der Stirn.

„Wie, was meinst du damit?"

„Ich kann es nicht beschreiben ... es war höhere Gewalt. Du hast es ja eben im Tempel erlebt."

„Aha, Bestimmung also?", fauchte Henriette. „Marc, bisher lief so etwas bei dir unter Chinesenhokuspokus. Seit wann glaubst ausgerechnet DU an den göttlichen Fingerzeig? Was ist los mit dir? Bist du plötzlich bekehrt?"

Marcs Gesicht verfinsterte sich.

„Henriette, hör auf. Bitte. Du machst alles kaputt."

„Ach, jetzt bin also ich es, die alles zerstört?"

„Henriette, bitte. Es ist gleichgültig, was in diesem Tempel passiert ist. So oder so. Ich habe mich für Marie-Claudine entschieden."

„Und was ist mit mir? Hast du auch nur einmal an mich gedacht, als du deine Entscheidung getroffen hast?"

„Henriette, versteh doch", flehte Marc.

Henriette blickte ihn lauernd an. Sie war wütend. Doch als sich ihre Blicke trafen, veränderte sich ihr Gefühl schlagartig. Sie spürte, dass sie bald weinen würde. Irgendwo in ihrem Innern hoffte sie noch immer, dass alles eine gute Wendung nehmen würde. Marc würde ihr in ihrem Schmerz beistehen. Leise fragte sie:

„Was soll ich verstehen?"

„Weißt du, Henriette, als du mir bei dir zu Hause Maries Texte vorgelesen hast, da habe ich mich verliebt. Ich dachte, ich hätte mich in dich verliebt. Aber es war die Energie im Raum. Es war Marie-Claudine. Ich spürte ihre Energie. Das wurde mir klar, als ich sie getroffen habe."

Das Blut in Henriettes Adern gefror zu Eis. Sie war sprachlos. Sie wusste nicht mehr, wie ihr geschah. Marc zerstörte nicht nur ihre Gegenwart und Zukunft, nein er beschmutzte auch noch die vergangenen gemeinsamen Stunden. Das Schluchzen blieb Henriette im Hals stecken.

„Und mich? Mich willst du gar nicht wahrgenommen haben? Du bestreitest also auch noch unsere Begegnung? Du verleugnest meine Person?"

Die Fragen waren aus ihr herausgebrochen. Doch sie fürchtete die Antwort. Sie musste hier weg, fliehen. Henriette drehte sich abrupt um und ging auf den Tempel zu. Fast rannte sie. Vor dem Altar blieb sie endlich stehen und beruhigte ihren Atem. Sie blickte in das dunkle Antlitz einer weiblichen Götterstatue. Je länger sie schaute, desto mehr kam sie sich selbst wie versteinert vor.

„Das ist die Göttin Mazu", hörte sie eine sanfte Stimme hinter sich sagen. Es war Marie-Claudine.

„Henriette, es tut mir sehr leid, dass dies alles passiert ist. Ich wusste nichts von dir. Und ich bin meinem Schicksal für lange Zeit immer wieder davongelaufen. Aber dieses Mal konnte ich meiner Bestimmung nicht ausweichen. Bitte hör mir zu, es ist wichtig. Du praktizierst Qigong und du kennst meine Texte. Vor vielen Jahren habe ich von dir geträumt. Bitte schau dir die Traumberichte an. Dann wirst du verstehen."

Sie machte eine Pause, in der sie suchend auf den Boden starrte. Dann sprach sie weiter.

„Henriette. Ich weiß, dass du das Buch schreiben willst. Ich unterstütze dich gern. Bitte mach mit meinen Texten, was immer du willst. Du kannst sie verändern, zitieren, wegwerfen. Nur mein Name darf nicht erwähnt werden. Wenn du magst, schick mir alles, bevor du es veröffentlichst."

Henriette antwortete nicht. Langsam ging sie aus dem Tempel und stürzte in ein tiefes schwarzes Loch.

Sie schaffte es gerade noch bis zum Taxistand. Als sie im Auto saß, gab sie dem Fahrer die Anweisung, sie erst ins Hotel und dann direkt zum Flughafen nach Taipeh zu bringen.

„Heila, zum Flughafen nach Taipeh? Das sind fast dreihundert Kilometer. Das ist sehr weit", klärte sie der Fahrer auf.

Sie sah, wie er sie durch seinen Rückspiegel ungläubig anstarrte. Sie konnte ihre Stimmung nicht mehr verbergen. Ihre Augen fühlten sich rot und geschwollen an. Als sie mit dem Handrücken über ihre Wange fuhr und zu einer Entgegnung ansetzte, nickte er stirnrunzelnd und bot ihr einen annehmbaren Preis an. Während der Fahrt verfolgte Henriette das Aufgehen des Vollmondes. Verdammter Mond, dachte sie und schloss die Augen.

Irgendwann drehte sich der Fahrer zu ihr um und bot ihr zaghaft eine Betelnuss an. In Taiwan war die leicht aufputschende und euphorisierende „Taxifahrer-Droge" wohl immer noch sehr verbreitet.

„Hier, das hilft. Ist ein bisschen bitter, aber es tötet die Gefühle", sagte er wissend und Henriette sah, dass sein Mund vom vielen Betelnussessen schon ganz rot geworden war.

## 18 Abstieg

Vier Tage lang hielt sich Henriette ausschließlich in ihrer Wohnung auf. Früh am Morgen stand sie auf, duschte, zog sich an und schminkte sich sehr sorgfältig. Sie hatte ein neues Ritual entwickelt. Sie legte Make-up auf, umrandete die Augen mit blauem Kajal und tuschte sich ausgiebig die Wimpern. Für die Farbe ihrer Lippen gab sie sich besondere Mühe. Dabei kam es ihr nicht auf das Ergebnis an. Sie schindete bloß Zeit. Wenn sie im Bad fertig war, ging Henriette in die Küche und setzte sich fürs Frühstück an ihren runden Marmortisch. Doch das Essen hatte jeglichen Geschmack für sie verloren. Mühsam kauend zwang sie sich, zwei Scheiben Toast hinunterzuwürgen. Das Kinn auf ihren rechten Arm gestützt, stierte sie durchs Fenster. Seit ihrem Rückflug von Taiwan hatte sie viel Zeit zum Nachdenken gehabt. Sehr viel Zeit. Wie sehr man sich doch in Freunden täuschen konnte. Die Erkenntnis blieb an ihr hängen wie ein schal gewordener Kaugummi und erfüllte sie mit großer Bitternis. Von Marc fühlte sie sich missachtet und verraten. Der größte Teil ihres Zorns aber richtete sich gegen Marie-Claudine, die so übermächtig in ihr Leben eingedrungen war und ihr so viel genommen hatte. Aber Henriette würde sich nicht unterkriegen lassen.

„Kopf hoch!", befahl sie sich wieder und wieder, befreite ihren Arm von der Last ihres schweren Kinns und richtete sich auf. Wenige Minuten danach sank sie wieder in sich zusammen und kehrte wie ein Gummiband in ihre Ausgangslage zurück.

Nach dem Essen schlich Henriette in diesen Tagen wieder ins Schlafzimmer. Sie schloss die Vorhänge, die sie nach dem Aufstehen weit geöffnet hatte, streifte sich die Schuhe ab und legte sich in voller Montur ins Bett. Die Bettdecke bis unter die Ohren gezogen, lag sie steif ausgestreckt auf dem Rücken wie eine Mumie in ihrem Sarkophag. Geistesabwesend starrte sie durch die Zimmerdecke hindurch ins Nichts. So blieb sie liegen, reglos, bis es Abend wurde und sie endlich reinen Gewissens in ihr Nachthemd schlüpfen konnte. Nur der Hunger trieb sie von Zeit zu Zeit in die Küche. Am fünften Tag aber konnte sie nicht mehr so weitermachen. Henriette musste schließlich nach draußen. Sie musste wieder ins Büro. Zudem gingen ihr allmählich die Vorräte aus. Vielleicht, so hoffte sie, würde die Arbeit sie von ihrem Elend ablenken.

Während ihres Fluges hatte Henriette auch über das Buchprojekt nachgedacht. Nach allem, was passiert war, würde es eine unendliche Qual bedeuten, sich weiter mit Qigong und diesen ganzen Texten zu beschäftigen. Aber sie wollte ihren neuen Lebensweg und all ihre Ziele nicht auch noch über Bord werfen. Dennoch konnte sie sich nicht dazu durchringen, die Texte von Marie-Claudine auch nur von Ferne zu betrachten. Der Papierstapel lag in Henriettes Bücherschrank wie ein hochexplosiver Sprengstoff. Er konnte jederzeit hochgehen.

―――

Henriette wollte ihr Büro aufschließen, als sie merkte, dass es bereits offen war. Sie drückte die Klinke hinunter. Eine junge Chinesin saß auf ihrem Schreibtischstuhl.

„Was machen Sie an meinem Schreibtisch?", wunderte sie sich.

Die Chinesin drehte sich zu ihr um. Es war An Yu, die Managerin, mit der sie vor einigen Wochen zusammen in der Philharmonie gewesen war.

„So sieht man sich wieder. Ich arbeite jetzt hier", sagte die Chinesin und schnappte nach Henriettes Hand, um sie viel zu fest zu drücken.

„Frau An Yu, es freut mich ja, dass Sie jetzt in Berlin sind, aber dies hier ist mein Büro. Sie sitzen auf meinem Stuhl", entgegnete Henriette irritiert.

„Damit habe ich nichts zu tun, das ist die Sache von Frau Wang. Bitte sprechen Sie mit ihr", sagte An Yu leichthin.

„Aber ich spreche doch gerade mit Ihnen. Ich frage gerade Sie, was Sie hier machen."

An Yu öffnete die Schreibtischschublade, zog einen pinkfarbenen Nagellack daraus hervor und lackierte sich die Nägel nach. Sich weiter zu unterhalten, kam ihr offenbar nicht in den Sinn.

„Sie sitzen hier auf meinem Stuhl und spielen mir allen Ernstes vor, dass Sie das alles nichts angeht?", fauchte Henriette.

An Yu blieb ungerührt. Die Situation schien ihr zu gefallen. Genüsslich blies sie über ihre feuchten Fingernägel und schüttelte ihre Hände in Richtung Henriette, als wollte sie eine lästige Fliege verscheuchen.

„Sprechen Sie mit Ihrer Chefin darüber. Übrigens erinnere ich mich hin und wieder an den schönen Abend im Konzert. Wie schade, dass Sie ihn praktisch verpasst haben. Das scheint eine Ihrer Gewohnheiten zu sein. Sehr lästig. Und jetzt entschuldigen Sie mich bitte. Hier ist nur Platz für eine Managerin."

Sie ließ den Nagellack wieder in der Lade verschwinden, vergrub ihr Gesicht im Computer und hackte in die Tasten. Dabei sah sie aus wie ein hungriges Huhn beim Futterpicken. Doch Henriette konnte und wollte An Yu ihre Dreistigkeit nicht durchgehen lassen.

„Ich möchte, dass Sie sofort meinen Schreibtisch räumen. Ich gehe hier nicht weg. Und wo sind überhaupt meine ganzen Unterlagen geblieben?", schrie Henriette.

Sie stellte sich breitbeinig vor dem Schreibtisch auf, überkreuzte die Arme vor der Brust und blickte sich suchend nach ihren Sachen um. Mitten auf dem Schreibtisch stand ein umgedrehtes Glas, sonst war die Tischplatte völlig leer. Die Regale an den Wänden wirkten wie die Filmkulisse einer verlassenen Wüstenstadt. Es fehlte nur noch ein fast aus den Angeln gehobenes Fenster, das bei heulendem Wind hin und her schlug. Was hatte man bloß mit ihren Sachen gemacht? Henriette hörte das Klappern von hohen Schuhen hinter sich, die langsam näher kamen.

„Ach, Frau Ohms ...", grüßte eine ihr bekannte Stimme.

Als sie sich umdrehte, sah sie wie der Schlangengeist den Kopf durch die halbgeöffnete Tür steckte.

„Sind Sie von Ihrer Reise endlich wieder zurück? Wie schön."

Wang Mei Yi schob ihren aalglatten Körper durch die Öffnung und bewegte sich einige Schritte auf Henriette zu, die Tür leise hinter sich schließend. Ihren Gebärden haftete etwas Weiches, Glitschiges an. Sie erinnerte Henriette an eine der roten Schnecken, wie sie manchmal nach Regen auf feuchter Erde zu finden sind.

„Aber was machen Sie hier? Sie sind in falsches Stockwerk, Frau Ohms. Hat man Ihnen Ihr neues Büro noch nicht gezeigt?", setzte sie ruhig nach.

„Bitte? Was denn für ein neues Büro?"

Ein Hoffnungsschimmer loderte in Henriette auf. Vielleicht ließe sich alles ganz einfach aufklären. Vermutlich hatte es nur eine andere Zimmeraufteilung gegeben, während sie weg war. Man hatte zuvor des Öfteren über eine Neuverteilung der Büros nachgedacht. Und obwohl sie ahnte, dass die Bemerkung des Schlangengeistes kaum etwas Gutes bedeuten konnte, klammerte sie sich doch fest an diese Möglichkeit.

„Haben Sie Ihren Brief nicht gelesen? Sie wurden versetzt. Jetzt neue Abteilung, Reklamation."

Henriettes Hoffnung schleuderte gegen die Wand wie ein aus der Kurve geratender Wagen. Sie starrte den Schlangengeist fassungslos an.

„Wie? Aber Sie können mich doch nicht einfach versetzen."

„Keyi, keyi, kann, kann. Das ist chinesischer Laden. Kann man Mitarbeiter versetzen", sagte die Chefin und lächelte vielsagend.

„Aber, das ist doch ..." Henriettes Stimme überschlug sich beinahe vor Empörung. „Das ist eine Gemeinheit!"

„Das ist – nein, nein – Sie sollten dankbar sein. Oder Sie wollen widersprechen? Wenn ja, dann ...", entgegnete der Schlangengeist mit übertrieben liebenswürdiger Stimme, wurde aber mitten im Satz durch ein feines Klopfen an der Tür unterbrochen.

Es war ein leises, aber umso eindringlicheres Anklopfen, ein Pochen fast, wie ein Herzschlag, das man nicht übergehen konnte. Wie ein Magnet wurde Henriette von seinem Gleichklang angezogen. In diesem Klopfen lag eine eigentümliche Präsenz, so als wäre das Pochen selbst schon ein Wesen.

„Moment. Draußen warten", befahl Wang Mei Yi ungerührt in Richtung Tür.

Diese Frau konnte so schnell nichts stoppen. Sie änderte nur leicht ihren Tonfall, ohne durch die Unterbrechung auch nur einen Moment verunsichert worden zu sein. Bedrohlich leise sagte sie zu Henriette:

„In chinesischem Management wir brauchen Harmonie. Jeder Mitarbeiter muss auf dem richtigen Platz sitzen. In oberer Etage wir brauchen Menschen, die mit unserem Firmengedanken und unseren Zielen übereinstimmen. Zu viel Urlaub ist nicht gut. Aber, Frau Ohms, Sie haben einen schönen neuen Posten. Dort Sie können ganz harmonisch arbeiten. Das jetzt klar? Das ist guter Platz für Sie. Und unsere Firma ist sehr großzügig. Da Sie viele Jahre Mitarbeiterin sind, bekommen Sie fast gleiches Grundgehalt. Und nun melden Sie sich bei Frau Wehr in das Erdgeschoss."

Bevor Henriette etwas erwidern konnte, wandte sich Wang Mei Yi von ihr ab.

„So, Sie da draußen, jetzt bitte. Kommen Sie herein", ordnete sie an, öffnete die Tür einen Spalt breit, zuckte jedoch erschrocken zurück.

Eine Millisekunde nur, dann hatte sie sich wieder in ihrer Gewalt.

„Oh, nin hao, nin hao, guten Tag, guten Tag", säuselte Wang Mei Yi so verändert wohlwollend, als wäre sie durch eine Waschanlage gefahren und sorgfältig poliert worden.

Durch die geriffelte Glastür sah Henriette den Schatten einer großen Person. Sie nahm wahr, wie sich der Rücken des Schlangengeists straffte und sich ihre Brust spitz nach vorne schob. Mit ihrer rechten Hand angelte die Chefin nach einer Visitenkarte und streckte diese mit beiden Händen der vor der Tür stehenden Person entgegen. Wang Mei Yi hatte ihre Visitenkarten immer griffbereit. Im Geiste stellte Henriette sich vor, wie die Mundwinkel ihrer Chefin engelsgleich nach oben gerutscht und zu einer freundlichen Maske in Richtung Ohren gepresst worden waren. Aber das konnte sie natürlich nicht sehen.

Auch die Person vor der Tür vermochte Henriette nicht zu erkennen. Es musste sich um jemand wirklich Bedeutendes handeln. Noch nie zuvor hatte Wang Mei Yi derart liebenswürdig geklungen.

Der Schlangengeist trat ganz auf den Flur hinaus, eine Hand umschlängelte den metallenen Türgriff und zog die schwere Glastür hinter sich zu. Henriette hörte, wie eine tiefe männliche Stimme nach Frau Ohms verlangte, konnte sich aber keinen Reim darauf machen, wer es sein könnte. War Marc zurückgekommen? Das konnte nicht sein. Nicht nach allem, was passiert war. Ratlos blickte sie zu ihrem Schreibtisch hinüber. An Yu hatte unterdessen ihren Vogelkopf wieder aus dem Bildschirm gezogen und ihren Hals weit in Richtung Tür gestreckt. Unverhohlen neugierig spitzte sie die Ohren.

„Ach, An Yu, wären Sie so freundlich, unseren Gast in mein persönliches Konferenzzimmer zu begleiten und dafür zu sorgen, dass er einen unserer wunderbaren chinesischen Tees bekommt? Frau Ohms und ich müssen noch etwas klären. Dann kommen wir nach", flötete Wang Mei Yi, nachdem sie die Zimmertür wieder einen Spalt breit geöffnet hatte.

Geziert stand An Yu von Henriettes Schreibtischstuhl auf und stürzte eilfertig zur Tür. Es schien, als könne sie es kaum erwarten, den Gast zu begrüßen. Wäre Henriette nicht einen Schritt zur Seite gesprungen, dann wäre sie mit ihr zusammengestoßen. Was hatte sie nur mit dieser Frau zu tun? Wann immer An Yu auftauchte, gab es Probleme. Wie ein Katalysator wirkte An Yu auf Henriettes Leben ein und brachte alles durcheinander. Henriette schaute sich um. Und wo waren bloß ihre ganzen persönlichen Sachen geblieben? Das Zimmer wirkte derartig verwandelt, als wäre es nie ihr Büro gewesen. Eine eigenartig dunkle Traurigkeit hing über dem Raum. Er fühlte sich kalt und trostlos an, gerade so, als wäre etwas in ihm gestorben. Wang Mei Yi studierte die Visitenkarte, die sie im Austausch zu ihrer eigenen erhalten hatte, dann blickte sie zu Henriette.

„Wer ist dieser Mann?", fragte sie bestimmt.

Doch woher sollte Henriette das wissen. Sie hatte ihn ja noch nicht einmal gesehen. Und überhaupt, was ging sie dieser Mann an? Es gab im Moment Wichtigeres zu klären.

„Es war mit Ihnen abgesprochen, dass ich nach Taiwan reise. Sie hatten zugestimmt. Und wo sind meine Sachen geblieben?", entgegnete Henriette wütend.

„Wir hätten Sie hier dringend gebraucht. Ich musste mich schnell nach anderer Person umschauen. Das sind viele Unannehmlichkeiten, viel Unruhe für unser Unternehmen, Frau Ohms. Wir haben eine Nachfolgerin extra aus China holen und für Sie einarbeiten müssen, ein chinesisch Mensch. Das war viel Arbeit. So, das reicht. Jetzt Sie sagen mir, wer ist Wu Xiang Fei?", forderte der Schlangengeist sie erneut auf.

„Wer?", Henriette glaubte sich verhört zu haben.

„Hören Sie doch zu, wenn ich spreche mit Ihnen. Der Mann heißt Wu Xiang Fei."

„Das war Wu Xiang Fei?", Henriette war so verblüfft, dass sie Wang Mei Yis Drängen kaum wahrnahm.

„Sie hatten also schon mit ihm zu tun. Dachte ich es doch. Welcher Auftrag?"

„Kein Auftrag. Wu Xiang Fei ist Qigongmeister."

„Aha, Qigongmeister. Qigongmeister also."

Der Schlangengeist wirkte plötzlich sehr ratlos. Offensichtlich dachte die Chefin angestrengt nach.

„Dann braucht diese Mann Sportschuhe. Der Container mit den Ballettschuhen muss weg. Sehen Sie zu, dass er kauft. Dann können wir über die Sache mit Versetzung nochmals reden." Wang Mei Yi lächelte arglistig.

„Wie, aber ..."

„Kein aber", zischte Wang Mei Yi.

„Die Ladenhüter? Die kann man nicht verkaufen. Es sind linke Schuhe. Gao Song Ling hat das angerichtet." Henriette kochte vor Wut. „Und An Yu, die neue Chinesin, von der Sie sprechen. Sie war schon in Berlin, bevor ich meine Reise beantragt habe. Sie haben mich mit ihr und Herrn Gao Song Ling zusammen ins Konzert geschickt.

Das alles sieht eher danach aus, als wäre meine Versetzung von Ihnen und von Genosse Gao schon vor meiner Reise geplant worden."

„Was Sie reden, Frau Ohms. Sie haben blühende Phantasie. Aber ich gebe Ihnen letzte Chance. Wenn Sie gutes Geschäft machen mit diesem Seelenmeister, dann wir können sehen, ob Sie alten Posten vielleicht zurückbekommen. Jetzt gehen Sie! Herr Wu Xiang Fei wartet in meinem Konferenzzimmer."

Sie ließ Henriette stehen und strebte in Richtung ihres Büros, die hochhackigen Schuhe dabei fest ins zerkratzte Linoleum rammend.

Henriettes Herz klopfte ihr bis zum Hals. Ihre Beine zitterten. Was hatte das alles zu bedeuten? Sie fühlte sich, als wäre sie durchsichtig. Warum war sie heute Morgen nicht einfach im Bett geblieben? Es war, als würden alle Menschen durch sie hindurchgehen, ohne ihre Person überhaupt wahrzunehmen. Sie ging zu ihrem Schreibtisch und riss das Schubfach auf. Außer dem pinkfarbenen Nagellack und einer auf dem Rücken liegenden toten Fliege, war die Lade leer. Es gefiel Henriette überhaupt nicht, dass man sich sogar über ihr persönliches Fach hergemacht hatte. Vor ihrer Abreise nach Taiwan hatte sie es extra abgesperrt.

Auf dem Weg zum Konferenzzimmer dachte Henriette darüber nach, warum Wu Xiang Fei hier aufgetaucht war. Es war merkwürdig. Woher wusste er überhaupt, dass sie wieder zurück war? Hatte er ihre Not gespürt? Sie öffnete die Tür des Konferenzraums. Noch nie zuvor war sie in diesem Zimmer gewesen. Es war ein vollgestellter Raum mit teuren, etwas zu pompös wirkenden Möbeln. An den Wänden hingen einige überdimensionale Urkunden und Fotos, auf denen Wang Mei Yi mit wichtigen Persönlichkeiten aus der Schuhwelt posierte. Zwei Plastik-Azaleen bekundeten ihr staubiges Dasein auf der Fensterbank. Ungeachtet seines protzigen Mobiliars machte das Zimmer einen verlassenen Eindruck. Die Luft war trocken und dick. Wu Xiang Fei stand neben einer bedeutend aussehenden Ledergarnitur, einen Schuhkarton in seinen Händen haltend. Zufrieden summte er ein Mantra vor sich hin und blickte zu Boden. Er ging einige Schritte auf und ab und lachte dabei. Aus dem offenen Karton lugte ein einzelner linker Ballettschuh heraus. Wer hatte ihm die Schuhe gegeben? An Yu etwa?

„Nin hao, guten Tag", grüßte Henriette.

Wu Xiang Fei legte den Karton beiseite, führte die rechte Hand senkrecht vor die Brust und verneigte sich leicht.

„Ni hao. Schuhe sind krank, nicht im Gleichgewicht", entgegnete er mit strahlendem Gesicht und bückte sich. Erst jetzt sah sie, dass Wu Xiang Fei einen der Ballettschuhe anprobiert hatte. Er zog ihn wieder vom Fuß, schlüpfte in seinen eigenen rechten Schuh und packte den Ballettschuh zurück in die Schachtel. Einen Moment verweilte er still, die Gedanken konzentriert auf die Schuhschachtel gerichtet.

„Ich habe eine Energieübertragung auf die Schuhe gegeben. Die Schuhe sind nicht richtig geschnitten. Aber ihre Energie ist jetzt sehr gut."

Er lachte überschwänglich und drückte Henriette den Karton in die Hand.

„Wie geht es dir?"

Es war eine einfache Frage. Doch Henriette brachte keinen Ton heraus. Als sie in Wu Xiang Feis Gesicht schaute, kam es ihr so vor, als wisse er schon alles. In seinen zärtlichen Augen lag tiefes Verständnis.

„Wenn du mit den Menschen nicht umgehen kannst, dann können sich deine Wünsche und Fähigkeiten nicht entfalten", sagte er sanft.

Henriette nickte. Plötzlich konnte sie ihre Tränen nicht mehr zurückhalten. Sie wurde von einem heftigen Weinen geschüttelt. Sprechen konnte sie noch immer nicht.

Eindringlich schaute Wu Xiang Fei sie an.

„Du bist sehr verletzt worden. Aber sechs Tage Weinen ist genug", sagte er. Woher wusste er, dass sie schon so lange unglücklich war?

„Es ist wichtig, dass du dich für einige Zeit zurückziehst und viel meditierst. Richte deinen Blick nach innen. Überprüfe immer wieder, was du gut gemacht hast und was du nicht so gut gemacht hast. Und finde heraus, wie du deine Methode ändern kannst."

Henriette nickte stumm.

„In China gibt es neue Entwicklungen", fuhr Wu Xiang Fei ernst fort. „Die Qigongmeister und die spirituellen Gruppen haben es momentan sehr schwer. Es ist jetzt nicht möglich, ein Qigongbuch herauszubringen. Und Henriette, auch du bist sehr aus dem Gleichgewicht gekommen. In diesem Zustand, kannst du die Aufgabe, die ich dir gegeben habe, nicht weiterführen. Deng-ja, warte ein bisschen", sprach er mit sachter Stimme.

Das Buchprojekt war also auch gestorben. Doch der Schmerz konnte Henriette nicht mehr erreichen. Sie war bis unter die Haarwurzeln mit Leid angefüllt. Mehr passte nicht mehr hinein. Eine große Leere machte sich in Henriettes Kopf breit. Ab jetzt wollte sie alles nur noch teilnahmslos an sich vorüberziehen lassen. Sie wollte vergessen, vergessen, hoffentlich bald vergessen. Henriette betrachtete eine der Plastik-Azaleen. Aus den Augenwinkeln nahm sie wahr, wie Wu Xiang Fei die Flasche Wasser nahm, die auf einem niedrigen Glastisch stand, und ein Glas mit Wasser füllte. In irgendeinem Wellness-Magazin hatte Henriette einmal gelesen, dass selbst das Wasser eine hohe Erinnerungsstruktur besitze. Das fiel ihr jetzt wieder ein. Stellte man ein Stiefmütterchen ins Wasser, so der Artikel, dann würde das Wasser die Erinnerungsspur des Stiefmütterchens in sich speichern. Beschallte man das Wasser mit einem Requiem von Brahms, so würde es sich später unablässig an die dunklen Töne erinnern. Henriette beneidete die Plastik-Azalee darum, dass sie keine Erinnerungsspur besaß.

Wu Xiang Fei behielt das Glas lange in seiner Hand und vertiefte sich nach innen. Er übertrug seine eigene Ordnungsstruktur auf das Wasser. Als er damit fertig war, reichte er Henriette das Glas.

„Trink das", sagte er.

„Trink!", das hatte auch der Helfer im Tempel zu ihr gesagt.

„In Taiwan im Tempel sagte man zu mir, dass ich den Ritus gebrochen und mich nicht gereinigt hätte", berichtete Henriette, als sie das Wasser entgegen nahm.

Sie hatte nichts mehr sagen wollen. Aber in der Gegenwart von Wu

Xiang Fei war es schwer, zu schweigen. Die Worte strömten aus ihrem Mund, ohne dass Henriette sie zurückhalten konnte.

„Man gab mir irgendeine Flüssigkeit, die so schlecht schmeckte, dass ich mich übergeben musste."

Wu Xiang Fei hörte aufmerksam zu. Für einen kurzen Moment sah sie ein Staunen über seine Züge gleiten. Nachdenklich stand er auf, öffnete das Fenster des Konferenzzimmers und beobachtete den Himmel. Er drehte sich wieder zu Henriette um.

„Trink", wiederholte er sanft. Er wartete bis Henriette das ganze Glas geleert hatte, bevor er sie bat weiterzusprechen.

„Was ist dort noch passiert, Henriette?"

„Ich habe Marie-Claudine getroffen. Sie teilte mir mit, dass sie von meinem Freund Marc ein Kind bekomme, und dass er ihre Bestimmung sei und ... ", stieß Henriette unter Schluchzen hervor. Als sie durch ihren Tränenschleier zu Wu Xiang Fei blickte, sah Henriette, wie er versonnen vor sich hinblickte.

„Gut", sagte er und es klang, als wäre er mit etwas sehr zufrieden.

Tiefes Entsetzen packte Henriette. Er hatte „gut" gesagt. Er hatte gelächelt. Nach allem, was geschehen war, konnte er unmöglich lächeln. Er hätte nie, niemals! lächeln dürfen. Aber er hatte es getan. Fassungslos blickte sie zu Boden. War denn plötzlich die ganze Welt gegen sie? Die Schublade mit der toten Fliege schob sich vor ihr inneres Auge. An Yus sadistisches Grinsen vermischte sich mit dem Lächeln Wu Xiang Feis. Als sie wieder aufblickte, sah sie, dass Wu Xiang Fei sie mit ernstem Ausdruck beobachtete.

„Du musst jetzt sehr viel Qigong üben. Es ist von größter Wichtigkeit. Du solltest dein Qi-Niveau unbedingt erhöhen. Vieles in deinem Leben hängt davon ab", ermahnte sie Wu Xiang Fei und reichte ihr zum Abschied die Hand.

Als Henriette den Qigongmeister hinausbegleitete, blickte sie geradewegs in das Gesicht ihrer Chefin. Sie musste im Büro gegenüber die ganze Zeit über gelauert haben, denn Yang Mei Yis Zimmertür stand sperrangelweit offen. Sie hatte es offensichtlich darauf abgesehen,

Henriette nach ihrem Gespräch abfangen.

Henriette blickte ihrem Meister hinterher und sah, wie er gemächlichen Schrittes Richtung Ausgang ging. Traurig ging sie zurück ins Konferenzzimmer, nahm den Schuhkarton mit den Ladenhütern und blickte hinein. Die Schuhe leuchteten. Schnell schloss sie den Deckel und beeilte sich damit aus dem Zimmer zu kommen.

„Und haben Sie verkauft?", brüllte Wang Mei Yi über den Flur. Gierig wie ein Junkie sprang sie aus ihrem Sessel und steuerte auf Henriette zu.

Als sie nichts entgegnete und nur stumm mit dem Kopf schüttelte, giftete der Schlangengeist unzufrieden.

„Es war ja zu erwarten, dass Sie auch Ihre letzte Chance noch verspielen. Ihr neues Büro ist im Erdgeschoss, Zimmer 23, rechts hinten in das Ecke. Melden Sie sich bei Frau Wehr. Sie wird Sie neue Arbeit geben."

## 19 Absage

Als Henriette von ihrer Arbeit nach Hause ging, fühlte sie sich wie betäubt. Es regnete, doch sie hatte ihren Schirm im alten Büro liegen lassen. Kurz überlegte sie, ob sie zurückgehen und den Schirm holen sollte. Aber trotz des starken Schauers konnte sie sich nicht dazu überwinden.

Freund, Job, Buch, Meister. Henriette stapfte durch den Regen, weiter in Richtung nach Hause. Bilder und Gedankenfetzen der letzten Tage zogen an ihr vorüber. Sie spürte, wie das Wasser durch ihre Jacke und ihre Schuhe sickerte. Doch sie war dieser feuchtkalten Berührung gegenüber völlig gleichgültig. Um ihr Herz hatte sich eine eisige Hand gelegt.

Als sie endlich zuhause war, zitterte Henriette am ganzen Körper. Sie streifte ihre nassen Schuhe und Kleider ab, ging zu Bett und schlief sofort ein. Nachts träumte sie von hohen Mauern, zwischen denen sie umherirrte. Es war, als würden die Mauern immer näher kommen und ihr mit jeder Bewegung langsam und allmählich die Luft abschnüren. Es war drei Uhr nachts, als sie aus ihrem unruhigen Schlaf erwachte und sich im Bett aufsetzte. Als sie zur Toilette gehen wollte, streiften ihre Hände die raue Wand. Dunkelheit umfing sie. Henriette drehte sich zur anderen Seite. Doch wieder schlugen ihre Hände gegen die nackte Wand. Unruhig tastete sie ihre Umgebung ab. Der Lichtschalter war nicht zu finden. Wie in ihrem Traum war sie plötzlich von Mauern umfangen. Nach einer qualvollen Ewigkeit fand sie endlich den Weg nach draußen. Am nächsten Morgen war sie krank. Ihr Hals schmerzte. Die Nase lief. Ihre Ohren waren verstopft. Warum war alles so gegen die Wand gelaufen? Sie ließ sich für eine Woche krankschreiben. Wie schwer ihr Leben doch geworden war, seit sie mit dem Qigong begonnen hatte.

Auf dem Flur neben der Eingangstür stand noch immer ihr unausgepackter Koffer. Wie ein Kriegerdenkmal thronte auf dem Boden in der Ecke und ließ sie, jedes Mal, wenn sie an ihm vorüberging, an eine verlorene Schlacht und an blutende Herzen denken. Trotz des erschütternden Anblicks aber konnte sie sich nicht überwinden, irgendetwas von dem anzurühren, was mit ihrer Taiwanreise in Zusammenhang stand. War es die Angst vor dem Schmerz oder der Wunsch alles ungeschehen zu machen? Sie wusste es nicht. Die ganzen letzten Tage schien sie auf irgendetwas gewartet zu haben. Aber nichts hatte sich verändert.

Die Wäsche konnte nicht ewig vor sich hingammeln. Henriette fasste sich ein Herz. Sie zog den Reisverschluss des Koffers auf, nahm einen Stapel Kleider und stopfte ihn in die Waschmaschine. Die ratternden Töne der Maschine, die Henriette durch ihre zugefallenen Ohren nur wie von Ferne wahrnahm, wirkten beruhigend auf sie. Es war, als würde mit diesem fernen Rütteln auch ein wenig Trauer aus ihrem Körper geschüttelt werden. Zugleich breitete sich eine eigenartige Dumpfheit in ihr aus. Seit sie von ihrer Reise zurück war, überfiel sie immer wieder eine grauenvolle Müdigkeit. Henriette füllte italienischen Kaffee in ihre Espressomaschine, stellte sie auf den Gasherd und entzündete die Flamme.

Sie ging zum Koffer zurück und packte weiter aus. Ihren grauen Anzug hängte sie über einen Bügel und trug ihn zum Lüften auf den Balkon. Als sie in die Taschen des Anzuges fasste, zog sie zwei verfallene Tickets für eine chinesische Oper im National Opera House in Taipeh heraus, die sie für sich und Marc besorgt hatte. Was für eine Verschwendung. Sie waren nicht ganz billig gewesen. Auch ihren Anzug hatte sie extra für diesen Anlass mit eingepackt. Jetzt baumelte er zerknittert am Balkongeländer. Zuletzt hatte sie den grauen Zweiteiler bei ihrem unsäglichen Stiftungsvortrag getragen. Die STIFTUNG, oh, nein! Henriettes Puls schlug schneller. Ihr fiel ein, dass sie heute ein Treffen mit Ludwig Naumer in seinem Büro vereinbart hatte. Und zwar um vier. Wie hatte sie das nur vergessen können?

Es war Viertel vor drei. Herrje, sie würde zu spät kommen. Mit einem Schlag war sie aus ihrer trüben Gedankenwelt erwacht. Henriette raste zu ihrem Kleiderschrank und zwängte ihren schmalen Körper in einen blaugrauen Zweiteiler. Während sie hektisch am Reisverschluss ihres engen Rockes zog, ging sie in die Küche zurück. Ungeduldig riss sie den nach oben sprudelnden Kaffee vom Herd, goss ihn in einen Thermobecher und rannte damit zu ihrem Auto. Der Motor heulte auf, für Henriette klang es leiser als gewöhnlich. Auf dem Weg zu Ludwig Naumers Büro fragte sie sich, wie es mit ihr weitergehen und was sie ihm gleich berichten sollte. Sie würde ihm am besten einfach die Wahrheit sagen. Nach allem was passiert war, käme es auf das Stipendium schließlich auch nicht mehr an.

„Frau Ohms? Herr Naumer hat schon zweimal nach Ihnen gefragt", begrüßte sie eine junge Sekretärin mit vorwurfsvollem Unterton. „Ich gebe ihm Bescheid, dass Sie da sind. Im Moment sitzt jedoch schon ein anderer Besucher bei ihm. Sie müssen sich etwas gedulden. Möchten Sie einen Kaffee oder Tee?"

„Ein Kaffee wäre wunderbar. Vielen Dank."

Die Sekretärin führte Henriette in einen großzügigen Raum, mit edlem Parkett, und verschwand wippenden Schrittes im Nebenzimmer. Die Sofaecke stand in der Nähe eines großen Rundfensters, durch das die Herbstsonne mit voller Kraft hereinflutete. An der Wand hing ein riesiges Bild. Lichtgetränkte rötliche Gesteinsschichten des Grand Canyon waren darauf zu sehen. Das Bild war wunderschön. Bei so viel Wüste wurde Henriettes Hals gleich ganz trocken. Henriette sah sich weiter im Zimmer um, sie fühlte sich abgehetzt und verschwitzt. Die letzten Meter von ihrem Parkplatz zu Ludwig Naumers Büro war sie gerannt. Sie hatte sich ganz umsonst beeilt. Hoffentlich würde der Kaffee bald kommen. Ihren eigenen Kaffee hatte sie im Auto abgestellt, ohne einen einzigen Schluck davon zu nehmen.

Hier saß sie nun und wartete. Henriette hoffte, dass sich die Besucher, die in Ludwig Naumers Büro waren, endlich verabschieden würden. Sie zog ein Papiertaschentuch aus ihrer Tasche und schnäuzte sich vorsichtig die Nase. Von ihrem anhaltenden Schnupfen war die

Haut über der Oberlippe und an den Nasenflügeln schon empfindlich gerötet. Gebannt starrte sie die Tür an. Doch nichts passierte. Weder der Kaffee noch Ludwig Naumer tauchten auf. Henriette spürte plötzlich ein flaues Gefühl im Magen. Auch ihre Ohren schienen sich in dem Raum noch weiter zusammenzuziehen als zuvor. Sie fühlte sich begraben wie unter einer dicken Schicht von Schnee. Eine eigenartige Stille umfing sie wie eine zweite Haut. Dumpf und vereinzelt drangen die Laute zu ihr durch. Gedankenverloren betrachtete sie ihre - ausgetrockneten Haarspitzen. Henriette erschrak, als Ludwig Naumer plötzlich direkt vor ihr stand. Sie hatte ihn nicht kommen hören. Nachdem er sie freundlich begrüßt hatte, nahm er auf einem Sessel ihr gegenüber Platz.

„Sie sind ja richtig erkältet", sagte Ludwig Naumer. „Da wären Sie lieber im Bett geblieben, Frau Ohms. Wir hätten das Gh ... doch fa ... können."

Henriette schaute Ludwig Naumer verunsichert an? Hatte er etwas von einem Bett gesagt?

„Wie bitte?"

„Ich sagte: Wären Sie doch im Bett geblieben", wiederholte er freundlich.

„Im Bett, ach so ja", sagte sie irritiert und spürte, wie sie rot wurde.

Ludwig Naumer war ganz anders als Marc. Er wirkte so offen und ernsthaft. Vermutlich hätte sie alles, was ihr in letzter Zeit passiert war, vorher wissen können, auch das mit Marc. Ja, Marc war ein Abenteurer, einer der Männer, die Henriette magisch anzogen, ihr aber überhaupt nicht gut taten. Henriette blickte Ludwig Naumer prüfend an. Würde auch er Frauen enttäuschen?

„Ich wollte das Treffen nicht verschieben. Aber es hat mich wirklich ziemlich erwischt. Vor allem höre ich sehr schlecht", fuhr Henriette fort, als sie merkte, dass Ludwig Naumer sie erwartungsvoll anschaute.

„Das tut mir sehr leid. Whaben Sie ... ofsssch ... herzen?"

Sie las ihm von den Lippen ab, das half beim Hören. Trotzdem musste sie sich den Inhalt seines Satzes mühselig zusammenreimen. Einzelne Wörter oder Silben wurden einfach vom Raum verschluckt, als wäre er ein Staubsauger, der, anstatt Zimmerstaub, Geräusche fraß. Unauffällig massierte sich Henriette ein Ohr. Sie wusste, dass es nicht viel nützen würde. Ohnehin hatte sie keine Chance auf wirkliche Verständigung. Die Luft staute sich in Henriettes Ohren und ließ keinen Ton mehr hinein.

„Nein, Schmerzen habe ich keine."

Ludwig Naumer stand auf. Er schmunzelte.

„So ist es sicher leichter für Sie. Da hat es Sie aber ganz schön erwischt", sagte er und setzte sich aufs Sofa direkt neben Henriette. Hatte sie ihn etwa schon wieder falsch verstanden? Es berührte Henriette merkwürdig. Sicher hatte er sich neben sie gesetzt, damit sie ihn besser hören konnte. Plötzlich fühlte sie sich, als wäre die Schneedecke in ihren Ohren bereits ein wenig geschmolzen. Doch seine Fürsorglichkeit würde sich sicher schnell ändern, wenn sie ihm ihr Anliegen erzählte.

„Ich weiß nicht, was ich tun soll … vor einigen Wochen hat die chinesische Regierung ein neues Gesetz zur Reinkarnationsregelung eingeführt. Es bedeutet, dass die Kontrolle über den religiösen Bereich in China verstärkt wurde. Diese Regelung bezieht sich auf den tibetischen Buddhismus und betrifft in erster Linie die Tibeter. Aber letztendlich geht es auch um andere Gruppen in China. Mein Qigongmeister bat mich deshalb das Buchprojekt zurückzustellen", nahm sie das Gespräch wieder auf.

Ludwig Naumer blickte sie überrascht an.

„Zurückzustellen? So eine Bitte sollte man natürlich nicht auf die leichte Schulter nehmen. Aber ist Ihr Meister denn in Gefahr? Qigong ist doch eine chinesische Lehre. Wie sind hier die Zuas mmege mit dem Tibe-und-es-muss undm twiede..gbnuten?"

„Entschuldigung?"

„Gibt es einen Zusammenhang zwischen Qigong, tibetischem Buddhismus und Reinkarnationen?", wiederholte er seine Frage geduldig.

„Qigongübungen wurden nicht nur in China, sondern auch in Tibet, der Mongolei und anderen asiatischen Gebieten entwickelt. In vielen Qigonglinien lassen sich Einflüsse des Buddhismus, Daoismus oder auch des Konfuzianismus finden. Das tibetische Qigong soll bereits in vorbuddhistischer Zeit entstanden und sehr schamanisch geprägt sein. Doch Qigong wird in Tibet auch von buddhistischen Mönchen zu ihrer Weiterentwicklung praktiziert. Mein Lehrer, Wu Xiang Fei, stammt aus einer Region in Sichuan, die in früherer Zeit zu Tibet gehörte. Was Wu Xiang Fei lehrt, entspricht einer Tradition, die nur in Klöstern weitergegeben wurde. Sie wurde nach altem Brauch direkt und mündlich vom Lehrer auf einen auserwählten Schüler übertragen. Aber Wu Xiang Fei hatte mehrere Lehrer. Ich kann nicht beurteilen, ob er mit seiner Lehre tatsächlich Probleme kriegen könnte. Doch für mich ist es schwierig, unter diesen Umständen das Buch weiter zu schreiben."

Endlich kam der Kaffee.

„Zucker, Milch?"

„Ohne alles, danke", antwortete Henriette, nahm ihren Kaffee und nippte gierig daran.

„Das verstehe ich, aber bedeutet das, dass Sie das Projekt überhaupt nicht mehr weiter verfolgen möchten? Das wäre sehr schade. Da finden sich doch noch andere Möglichkeiten. Gerade in schwierigen Situationen ist es wichtig, dass es Menschen gibt, die das Licht weitertragen und darüber berichten. Unsere Stiftung würde Sie in diesem Punkt auf jeden Fall unterstützen. Ich weiß, dass das keine leichte Aufgabe ist, aber aus meiner Sicht eine umso wichtigere. Sie glauben doch an diese Sache mit dem Qigong, also haben Sie Mut. Ich werde für Sie da sein."

Henriette verschluckte sich fast an ihrem Kaffee. Sie starrte ihn gebannt an. So hatte noch nie jemand zu ihr gesprochen. Sie führte die Kaffeetasse erneut zu ihrem Mund. Etwas pochte hartnäckig an ihr Bewusstsein. Die Espressokanne kam ihr in den Sinn. Die Espressokanne. Warum nur die Espressokanne? Da war der Gedanke wieder: Oh, Gott, hoffentlich hatte sie zuhause das Gas abgedreht, als sie den

Kaffee vom Herd gezogen hatte. Henriette dachte nach. Sie versuchte, sich zu erinnern. Plötzlich war sie sich ganz sicher, dass sie nicht mehr in der Küche gewesen war, bevor sie das Haus verlassen hatte. Sie hatte die Gasflamme ganz sicher nicht abgestellt. Sie musste das Treffen schnellstens beenden und schleunigst zurück in ihre Wohnung gehen.

„Entschuldigen Sie, Herr Naumer, aber ich muss wieder nach Hause", unterbrach Henriette abrupt das Gespräch. „Ich habe über das ganze Buchprojekt lange nachgedacht und es tut mir sehr leid, aber ich muss es trotzdem absagen. Die gegebenen Umstände zwingen mich dazu. Ich sehe keine andere Möglichkeit."

Hastig stellte sie die Kaffeetasse zurück auf den Unterteller, griff nach ihrer Handtasche, die sie neben sich auf dem Boden abgestellt hatte, und machte Anstalten sich zu erheben.

„Ja gut", erwiderte Ludwig Naumer bestürzt. „Kurieren Sie sich erst einmal richtig aus."

Aus seinen Augen traf sie ein irritierter Blick. Sicher fragte er sich, warum sie plötzlich so hektisch war.

„Bei einem Stipendienabbruch, das sollten Sie noch wissen, müssten Sie leider auch einen Großteil der Fördergelder zurückerstatten. Aber vielleicht wäre Ihnen ja damit gedient, das Stipendium auf nächstes Jahr zu verschieben. Überlegen Sie sich die Sache doch noch einmal in Ruhe! Ich schaue gerne unsere Geschäftsbedingungen darauf hin durch, was es noch für Möglichkeiten und Regelungen gibt, und lasse sie Ihnen dann zukommen."

Henriette hörte ihm kaum mehr zu. Sie war mit ihren Gedanken bei ihrem Gasherd.

Angsterfüllt fuhr sie nach Hause. Nun hatte sie auch noch ihren Betreuer vor den Kopf gestoßen. Dabei hatte er ihr verständnisvoll zugehört und war so unterstützend gewesen, dieser Ludwig Naumer. Ob ein Mann wie er wohl treu wäre? Oder würde auch er einen Seitensprung als Fügung des Schicksals bezeichnen? Er wirkte so ehrlich. Aber, was Männer anging, lag Henriette ohnehin immer daneben. Sie konnte sich auf ihr Gefühl einfach nicht verlassen. Überhaupt konnte sie sich offensichtlich auf gar nichts mehr verlassen.

Henriette hielt vor ihrer Wohnung und atmete erleichtert auf. Zumindest das Haus stand noch. Die Feuerwehr war nirgends zu sehen. Hastig schritt sie durch das offene Eingangstor und hechtete die Treppen zu ihrem Apartment hinauf. Während sie nach oben rannte, kramte sie in ihrer Handtasche nach dem Wohnungsschlüssel. Immer tiefer grub sie ihre Hand in die Tasche, doch sie konnte ihn nicht ertasten.

Vor der Wohnungstür durchwühlte sie die Tasche erneut. Nichts. Der Schlüssel war weg. Sie hatte jetzt keine Zeit zum Suchen, sie musste zum Gas. Sie drehte die Handtasche um und kippte den gesamten Inhalt auf den Fußboden. Panik stieg in ihr auf. Hier war kein Schlüssel. Vielleicht hatte sie ihn im Auto liegen lassen, aber jede Sekunde zählte. Sie rannte zu ihrer Nachbarin und klingelte Sturm. Hoffentlich war Judith zuhause.

„Sag mal Henriette, was ist denn los?", begrüßte Judith sie verwundert. „Du siehst aus, als würdest du einen Elch jagen."

„Jetzt nicht. Es brennt. Ich brauche dringend meinen Ersatzschlüssel", stöhnte Henriette.

Mit dem Schlüssel in der Hand, rannte sie die Treppen wieder nach unten, stolperte über ihren Handtascheninhalt und öffnete aufgeregt die Wohnungstür. Sie stürzte in die Küche. Und tatsächlich, sie hatte es gewusst, die linke vordere Flamme ihres Gasherdes züngelte in leuchtendem Blau leise vor sich hin. Was für ein Glück, dass noch nichts passiert war. Hastig drehte Henriette das Gas ab und seufzte vor Erleichterung auf. Erschöpft ließ sie sich auf einen Küchenstuhl fallen.

„Du hast das Gas angelassen, stimmt's?", fragte Judith, die Henriettes auf dem Boden verstreuten Tascheninhalt wieder aufgesammelt hatte und in die Küche brachte.

„Sag mal, was ist eigentlich los mit dir? Du wirkst in letzter Zeit ziemlich verändert. Ist es noch immer diese Marc-Geschichte, die dich durcheinander bringt? Der Kerl hat es doch gar nicht verdient."

„Judith, ich weiß nicht, ich stehe völlig neben mir. Ich war eben bei einem Gespräch in der Antelope-Foundation und habe meinem Stiftungsbetreuer mitgeteilt, dass ich das Buchprojekt nicht weiterführen will, und da fiel mir plötzlich ein, dass ich vergessen habe könnte, das Gas abzudrehen.

„Hoppla. Dann ist es aber schon ziemlich ernst. Und war's noch an?"

„Ob's noch an war? Ja!"

„Aha, und jetzt willst du also auch noch dein Buchprojekt abbrechen? Und alles nur wegen diesem Kerl?"

„Nein, das hat nicht nur mit ihm zu tun. Mein Meister hat mich gebeten, das Projekt auf Eis zu legen. Zudem hat Wu Xiang Fei auch noch gelächelt, als ich ihm die Geschichte von Marc und Marie-Claudine berichtet habe", stieß Henriette unglücklich hervor.

„Was soll denn heißen „gelächelt"? Dein Meister lächelt doch immer."

„Ja. Aber ich hatte plötzlich den Eindruck, als würde es ihm um etwas ganz anderes gehen als um das Buch."

„Ach, Henriette, das darf doch nicht wahr sein. Du musst dringend lernen, dich nur noch um deinen eigenen Kram zu kümmern und diese ganze Geschichte endgültig abzuhaken. Weißt du, was du jetzt zuerst tun solltest? Am besten beginnst du sofort damit, deine Wohnung auszumisten – und zwar gründlich. Du musst alle Erinnerungen an Marc loswerden und auch gleich noch alles, was mit deinem Meister zu tun hat. Du wirst sehen, das hilft."

## 20 Alles kommt zurück

Als ihre Nachbarin gegangen war, hätte sich Henriette am liebsten ins Bett gelegt und eine Decke über den Kopf gezogen. Aber Judith hatte recht, so konnte es nicht weitergehen. Sie war schon völlig bewegungslos geworden. Henriette steckte so fest wie ein Schmetterling im Stadium seiner Verpuppung. Sie musste sich von all den alten Dingen befreien, die an ihr klebten und sie am Weitergehen hinderten. Henriette tauschte ihr Kostüm gegen eine alte Jeans und ein T-Shirt aus und suchte die Erinnerungsstücke von Marc zusammen. Die Postkarte aus Tibet, Zigaretten mit Pflaumengeschmack, ein altes Foto aus ihrer Studienzeit: Sie legte alles auf einen Haufen. Sie musste schnell arbeiten, möglichst emotionslos. Sonst würde sie es nicht schaffen, die Dinge loszuwerden.

Es kam ihr so vor, als wären die Menschen um sie herum schon lange weitergegangen. Nur sie stand immer noch da und wartete. Sie wartete auf etwas, das längst vergangen war. Doch sie konnte die Zeiten nicht mehr unterscheiden. Sie hatte sich in ihrem eigenen Zeitlabyrinth verfangen. Ihre Vergangenheit hielt sie noch immer für die Zukunft.

Henriette überlegte, ob sie wenigstens Marcs T-Shirt weiter in ihrer Nachttischschublade aufzubewahren sollte, gewissermaßen als bittersüßen Trost. In einsamen Nächten könnte sie es herausholen und in den Arm nehmen. Doch sie wusste, dass dies nicht möglich war. Sie sollte sich möglichst schnell von allen Dingen trennen. Sie sollte das T-Shirt zerschneiden, verbrennen oder an einem dunklen Ort vergraben. Doch sie liebte dieses T-Shirt. Sie wusste noch genau, wie er es ausgezogen und unter ihren Kopf gelegt hatte. Auch wenn Marc längst fort war, würde es wenigstens ein letztes Band zwischen ihnen bedeuten. Es wäre ein Stück von ihm, das ihr geblieben war. Doch das war alles Illusion. Mit einem Mal spürte Henriette die Endgültigkeit, mit der Marc aus ihrem Leben geschieden war. Es gab nichts, was ihn ihr wieder zurückbringen könnte. Auch kein T-Shirt. Die Zeit dafür war ein für alle Mal vorüber. Sollte sie die Qigongbücher, die Marc für sie aufgetrieben hatte, auch wegwerfen? Sicher würde sie es später bereuen. Dennoch stopfte sie alles in eine große Plastiktüte. Die Tüte im Arm, durchsuchte Henriette mit den Augen ein letztes Mal das Zimmer. Ihr Blick blieb am Regal hängen.

„Ja, und dann noch diese Texte, die müssen alle weg!", fuhr sie in plötzlichem Zorn auf.

Wie besessen stürzte sie sich auf den Karton mit Marie-Claudines Skripten, eilte damit aus der Wohnung und pfefferte die Texte mitsamt ihrer Schachtel in die große Mülltonne hinter dem Haus. Die Tüte mit Marcs Sachen warf sie hinterher.

Noch immer tobte es in ihr. Am liebsten hätte sie die Texte nochmals aus der Tonne gezerrt und sie in einzelne kleine Schnipsel zerrissen. Stattdessen zog sie die Schubladen ihres Schreibtisches auf und suchte nach weiteren Dingen, die sie aus ihrem Leben entfernen konnte. Alles hatte sich verändert.

Es läutete an der Tür. Missmutig stand Henriette auf. Die Wohnung sah noch immer aus wie ein Schlachtfeld: Herausgerissene Schubladen, der offene Kleiderschrank, mehrere Stapel Papiere und Kleider. Als ein zweites langes Klingeln ertönte, riss Henriette die Wohnungstür ruckartig auf. Eine ältere Frau mit borstigen grauen Dauerwellen stand beseelt lächelnd vor der Tür. Halb verborgen hinter ihr, blinzelte eine etwas größere Frau Henriette durch ein rechteckiges Kassengestell schüchtern an.

„Guten Tag", sagte die Vordere ein wenig erschrocken beim Anblick von Henriettes zornigem Gesicht. Tapfer zog sie eine kleine Zeitschrift aus der schäbigen braunen Kunstlederhandtasche, kam einen Schritt näher und hielt sie direkt vor Henriettes Nase.

„Glauben Sie an Gott?"

„Wie bitte?"

„Glauben Sie an Gott?", wiederholte die Frau mit exakt gleichem Blick und gleicher Sprachmelodie – nur ein wenig lauter.

Henriette sah sie bestürzt an.

„Gott liebt alle Menschen." Die Frau lächelte und warf einen neugierigen Blick über Henriettes Schulter.

„Das ist schön. Aber ich habe jetzt keine Zeit, das sehen Sie ja", erwiderte Henriette unwirsch und deutete in ihr Zimmer.

„Wenn das Chaos am größten ist, dann ist Gottes Liebe am nächsten", faselte die Grauhaarige. Die Augen der Brillenträgerin zuckten zustimmend.

„Wir sind gekommen, um Ihnen die christliche Botschaft zu bringen. Gott liebt auch Sie."

„Das hat mir gerade noch gefehlt", entgegnete Henriette barsch.

„Gefehlt, ja leider. Aber durch uns ist Gott jetzt auch zu Ihnen gekommen."

Der Kopf der Brillenträgerin nickte wie ein Plastikpudel auf der Heckablage. Henriette wusste nicht, ob die Frau sie mit Absicht falsch verstanden hatte.

„Hören Sie, ich hab jetzt wirklich keine Zeit."

„Wir kommen gern später wieder. Dürfen wir Ihnen diese Broschüre hierlassen? Es ist ein Ratgeber für schwere Stunden. Jedes Chaos im Leben ist eine Prüfung Gottes. Gehen Sie den richtigen Weg. Gott liebt Sie."

„Ich will aber nicht!", schrie Henriette in die verklärten Gesichter der Frauen.

„Und warum wollen Sie nicht?", fragte die Grauhaarige, die vor Henriettes dröhnender Stimme etwas kleinlaut geworden war.

„Ich komme direkt aus der Hölle. Sehen Sie das denn nicht?"

Der glupschäugige Blick der Brillenträgerin, sie musste etliche Dioptrien weitsichtig sein, nahm einen in sich zusammengefallenen Ausdruck an. Die Graumelierte blieb jedoch standhaft bei ihrem verkniffenen Lächeln.

„Not hat viele Gesichter", sagte sie mit mitleidigem Unterton.

Die Brillenträgerin trat vor und hielt die Broschüre wie einen Schild vor sich, so, als wäre sie der einzige Halt in ihrem Leben. Als Henriette in ihre Augen schaute, sah sie, wie sich eine kleine Träne den Rand der Brille entlang stahl. Es gibt keinen Unterschied zwischen uns, ging es Henriette durch den Kopf. Wir sind gleich erbärmlich. Wir kriechen gemeinsam am Abgrund entlang. Warum kommt die Liebe nicht bis zu uns durch? Warum schreckt das wahre Glück so hartnäckig vor uns zurück? Für einen Moment starrte Henriette abwesend vor sich hin. Ein Arm legte sich auf den ihren und drückte ihr das Heftchen unsanft in die Hand. Henriette hatte keine Kraft, sich dieser Übermacht an Elend zu erwehren. Die Brillenträgerin drängte die Grauhaarige zum Gehen. Diese hatte ihren Abrechnungsblock hervorgezogen und mit vorgehaltener Hand ein Kreuz für ihr neu erobertes Opfer gemacht. Sie lächelte Henriette zum Abschied gewinnend zu.

Als die beiden Frauen endlich gegangen waren, drückte Henriette erneut die Haustür auf, stürzte zur Mülltonne und warf das Heft den anderen Papieren hinterher. Über ihr klapperte ein Fenster und sie hörte die schrille Stimme der Hausmeisterin. Sie achtete nicht auf sie, eilte in ihre Wohnung zurück und griff zu Tuch und Eimer. Sie hatte das Bedürfnis alles reinzuwaschen und noch die kleinsten Spuren ihres alten Lebens wegzuwischen. Sie hoffte, dass damit auch alle Gedanken zum Stillstand kämen. Während sie die Regalbretter abrieb, hörte sie entfernt das Läuten der Türglocke. Verärgert über die erneute Störung, warf sie ihr Tuch in den Eimer zurück.

„Nein! Könnt Ihr mich nicht alle in Ruhe lassen?"

Als sie die Tür aufriss, stand die Hausmeisterin mit wutverzerrter Miene vor ihr. „Sie sind das also doch. Hab ich mir ja gedacht. Jetzt hab ich sie endlich erwischt."

„Wie bitte?", fragte Henriette.

„Diesmal können Sie sich nicht rausreden. Hier hab ich den Beweis", knurrte sie patzig.

Henriettes Blick fiel auf den offenen Karton, den die Hausmeisterin ihr mit Wucht in die Hände drückte.

„Sie trennen ihren Müll nicht. Ich habe selbst gesehen, wie sie das hier in den Hausmüll geworfen haben."

Henriette erkannte Marie-Claudines Texte wieder. Obenauf lag das Heft der beiden Frauen. Eine Überschrift bohrte sich in ihr Bewusstsein. *Es gibt kein Entrinnen.* Von der Wucht, mit der die Hausmeisterin ihr alles entgegenschleuderte, platzte der Karton an der Unterseite auf. Und die Blätter, samt Broschüre, ergossen sich auf den Boden vor ihren Füßen.

„Sonst noch was?", fauchte Henriette.

Als die Hausmeisterin weiter mit schrillen Worten auf sie einhämmerte, drehte sich Henriette um und ließ sie in der offenen Wohnungstür stehen. Die Texte waren zu ihr zurückgekehrt. Ein Schauder lief Henriette über den Rücken.

Wieder unterbrach ein Klingeln ihre Gedanken. Es war das Telefon. Sie fand es auf einem Stapel seidener Unterwäsche liegend. Die Nummer kam ihr bekannt vor. Es musste Katharina aus dem Qigong sein.

„Ja, was gibt's?", fragte Henriettes gereizt.

„Frau Ohms, hier ist Ludwig Naumer."

„Herr Naumer, oh, hallo."

Mit ihm hatte sie nun wirklich nicht gerechnet.

„Frau Ohms, ist es möglich, dass Sie Ihren Schlüssel in meinem Büro liegen gelassen haben? Ich habe soeben einen Schlüsselbund mit einem grünen Froschanhänger gefunden. Ist das Ihrer?"

„Ach, bei Ihnen hab ich den vergessen. Ja, das ist mein Wohnungsschlüssel. Ich bin mit dem Ersatzschlüssel in die Wohnung gekommen", entgegnete Henriette erstaunt.

„Ach, dann ist es ja gut. Ich kann Ihnen den Schlüssel gerne nach der Arbeit vorbeibringen. Ich weiß ja, dass es Ihnen gesundheitlich nicht so gut geht. Dann müssen Sie sich nicht extra wieder hierher bemühen.

Ich habe übrigens noch eine gute Neuigkeit für Sie. Ich habe eben mit dem Stiftungsrat über Ihren Fall gesprochen und kann Ihnen anbieten, ein neues Buchkonzept zu entwickeln. Allerdings müsste uns das Exposé dazu bis Ende der Woche vorliegen, sonst können wir es für dieses Jahr nicht mehr berücksichtigen. Es bleiben Ihnen also nur noch drei Tage dafür. Haben Sie nachher noch etwas Zeit? Wenn es Ihnen recht ist, sollten wir uns vielleicht noch auf einen Kaffee bei Ihnen in der Nähe treffen. Dann können wir alles besprechen."

Was Ludwig Naumer da zu ihr sagte, war geradezu unglaublich.

Aufgeregt lief Henriette mit dem Telefon in der Hand zur Tür, um sie endlich zu schließen. Dabei fiel ihr Blick auf die auf dem Fußboden verstreuten Texte von Marie-Claudine. Als sie die Blätter auf einen Stapel zusammensammelte, bemerkte sie, dass ihre Hände schweißnass waren und vor Aufregung zitterten. Der absurde Gedanke, was sie anziehen sollte, schoss ihr durch den Kopf.

„Frau Ohms, ist alles in Ordnung?", fragte Ludwig Naumer am anderen Ende der Leitung.

„Alles bestens!"

Er schlug eine kleine Pizzeria, mit hübschem Gastgarten, gleich bei ihr in der Nähe vor. In einer Stunde würden sie sich dort treffen. Völlig durcheinander raste Henriette ins Schlafzimmer, um ihr graublaues Kostüm wieder überzuziehen. Erst jetzt bemerkte sie, dass es ein wenig schlaff an ihr herunterhing. Sie musste in den letzten Tagen abgenommen haben. Sie zog den Gürtel fest, stieg in ein Paar weiße italienische Stöckelschuhe und nahm ihre Jacke. Neben den Schuhen lagen zwei weitere Seiten von Marie-Claudines Texten, die sie beim Auflesen übersehen haben musste. Die Typographie sagte ihr, dass es sich um Traumberichte handelte. Sie hob die Blätter auf, um sie auf den Stapel zu legen. Wie zufällig blieb ihr Blick an einer Zeile hängen. Für einen Moment setzte Henriettes Herzschlag aus. Atemlos las sie den Rest des Textes.

*„Er kommt wieder!" Ich schmücke das Haus, öffne alle Fenster.*
*Aber Eric kommt durch den Keller herein und steigt die Treppen langsam herauf.*
*„Es war schwer zurückzukommen", sagt er zu mir.*
*„Ich habe nicht viel Zeit. Ich werde als Schildkröte wiedergeboren.*

*Du erkennst mich an dem dunklen Fleck an der Unterseite
meines Panzers.
Er ist an der Stelle, wo du mich verletzt hast. Diese Stelle wird für immer ein
Mal bei mir sein, egal ob ich Mensch bin oder Tier."*

*„War es meine Schuld? Bist du wegen mir gestorben?", frage ich ihn.
„Du kennst doch die Antwort", klagt er und wirkt so traurig,
dass mein Herz lange stillsteht.
„Was kann ich tun, was wird nun aus mir?", bedränge ich ihn und
berühre ihn sacht.
Doch sein Rücken ist hart wie der Panzer einer Schildkröte.
Es ist also wahr. Jetzt weiß ich, dass er für lange Zeit nicht mehr Mensch werden wird.
„Für dich wird das Leben weitergehn", sagt er mit Wehmut.
„Eine Wiedergeburt wird zu dir kommen, eine heilige Seele. Sie hat dich zur
Mutter erwählt."
„Aber ich bin doch gar nicht schwanger", rufe ich ihm nach.
Eine irrsinnige Hoffnung steigt in mir hoch, dass noch etwas von ihm
bleiben wird in mir.
„Ich bin nicht der Vater. Ich bin nur eine kleine Schildkröte."
Ganz leise höre ich seine Stimme, dann ist er verschwunden.
„Eric, komm zurück", flehe ich laut und blicke mich um.
Durch das Fenster weht ein eisigkalter Wind.
Mein Zimmer fühlt sich so leer an wie ein niedergebrannter Friedhof.*

***Traumnr. 44 /4 .4. 2006 Marie-Claudine***

Henriette starrte auf das Blatt in ihrer Hand. Ihr war zumute, als stünde sie plötzlich in einem tiefen dunklen Keller. Warum berührte sie dieser Traumbericht so? Es war doch nichts weiter als ein komischer Alptraum, irgendeine blöde Geschichte von einer Schildkröte und irgendeinem Kind, das irgendwann einmal wiedergeboren werden würde von irgendeiner Frau – oder na ja gut, von Marie-Claudine. Wer war dieser Eric? Und was hatte die Träumerin ihm getan? Was geht mich das alles an, dachte Henriette, doch sie spürte, dass sie sich der Worte des Traums nicht erwehren konnte. Sie wühlten Henriette durch und durch auf. Der Text wirkte, als wäre es nicht einfach irgendein Traum, sondern eine Botschaft an sie. Plötzlich fiel ihr der Schamane mit seiner Prophezeiung wieder ein.

———

„Wie wäre es mit Carpaccio als Vorspeise und als Hauptgang Haifischsteak in Weißweinsoße? Oder mögen Sie lieber Pizza?"
Ludwig Naumer blickte sie über den kleinen Tisch hinweg freundlich an. Henriette war nicht nach Essen zumute. Schon gar nicht nach rohem Fleisch.
„Ich kann leider nur etwas ganz Leichtes zu mir nehmen, etwas Vegetarisches wäre gut", antwortete sie.
„Dann vielleicht Steinpilz-Fettuccine und davor eine Minestrone?"
„Danke ja, Steinpilz-Fettuccine klingt gut, aber keine Suppe bitte", gab Henriette matt zurück und betrachtete den Kastanienbaum neben ihrem Stuhl. Sie war noch immer verstört. Der Traum von Marie-Claudine war ihr in alle Knochen gefahren. Die ganze Zeit hatte sie ihr eigenes kleines Unglück beweint. Aber der Traum sprach von einem viel mächtigeren Schicksal. Hatte sie Marie-Claudine unrecht getan?
Der Kellner kam mit einem Brotkorb mit knusprigem Weißbrot und drei Sorten von Cremeaufstrichen in mintgrüner, tieforanger und meerrettichweißer Farbe. Ludwig Naumer gab die Bestellung bei ihm auf. Als der Kellner gegangen war, wandte sich Ludwig Naumer ihr wieder zu.
„Sie sehen heute sehr schön aus. Sie wirken so klar", sagte er unvermittelt.
Henriette spürte, wie ihr das Blut in die Wangen schoss.
„Danke", erwiderte sie verlegen.
Die meisten Komplimente bekam sie, wenn sie sich grauenvoll fühlte, das war schon immer so gewesen. Es war unwichtig. Zudem schien es ihr, als würde Ludwig Naumer ein persönliches Interesse

daran haben, dass sie ihr Projekt fortsetzte. Wäre es ein Gesichtsverlust für ihn, wenn sie aussteigen würde? Schließlich hatte er sie auf der Anhörung deutlich protegiert. Zudem, wenn nun einer hier am Tisch gut aussah, dann war es Ludwig Naumer. Sein charismatisches Gesicht, die weichen, zärtlichen Augen. Er würde jeder Frau gefallen, ohne Ausnahme. Seine zurückgenommene, fast ein wenig schüchtern wirkende Art, die Ernsthaftigkeit seines Wesens, diese vor Zärtlichkeit überfließenden Augen verrieten, dass Ludwig Naumer ein Geschäftsmann mit Stil war. Einem Mann wie ihm würde alles zufallen.

„Ich habe alle Unterlagen, die wir für einen neuen Vertrag brauchen, mitgebracht. Es fehlen nur noch der neue Titel und Ihre Unterschrift.

Ludwigs Stimme hatte einen sanften vibrierenden Klang, der in ihrem Körper ein beunruhigendes Echo zurückließ.

„Und hier ist übrigens auch Ihr Schlüssel. Einen netten Frosch, haben Sie da. Natürlich ist die Zeit wirklich knapp. Bis Freitag muss das Exposé fertig sein. Schaffen Sie das?"

„Ähää. In drei Tagen? Und das ist sicher kein Scherz? Danke für den Schlüssel."

„Das Grundthema Ihres Buches kann durchaus dasselbe bleiben. Wir sind an dieser Thematik sehr interessiert. Sie könnten Ihre Qigongidee einfach etwas offener formulieren und andere Lehren und Meister mit aufnehmen."

Henriette spielte mit dem Froschanhänger ihres Schlüsselbunds. Sie hatte keine Chance. Sie konnte sich schon jetzt nicht konzentrieren. Der Frosch erinnerte sie plötzlich an die verletzte Schildkröte aus Marie-Claudines Traum. Henriette sah nach unten und ließ den Schlüssel schnell in ihre Tasche fallen. Warum hatte sie die beiden Traumtexte bloß mit hierher genommen? Die Texte pochten in ihrer Handtasche. Ob sie den zweiten Text auch lesen sollte? Würde der Traum ihre Entscheidung bezüglich des Buches verändern? In ihrer Magengegend spürte sie ein eigenartiges Kribbeln. Etwas zog sie zu diesen Texten hin.

Aber Henriette wollte nicht nachgeben. Sie wollte ab jetzt ihre eigenen Entscheidungen treffen. Unabhängig von energetischen und spirituellen Einflüssen. Es war ihr Leben, ihr Schicksal. Und sie würde darüber bestimmen. Niemand sonst.

„Nein, unmöglich. Ein neues Konzept in drei Tagen, das schaffe ich wirklich nicht. Trotzdem vielen Dank für Ihre nette Unterstützung", entgegnete Henriette und nahm einen hysterischen Klang in ihrer Stimme wahr.

Ein Spatz flog frech auf ihren Brotkorb zu und pickte nach der Kruste des Weißbrots.

„Ich habe das Gefühl, als würden Sie von einer Sache hin- und hergerissen werden. Was bewegt Sie? Wollen Sie es mir nicht erzählen?", schlug Ludwig Naumer mit fester Stimme vor.

Auch er hatte es bemerkt. Wie aufmerksam er war. Henriette schaute ihn überrascht an. Er war so persönlich zu ihr. Aber konnte es etwas anderes als ein geschäftliches Interesse sein, das ihn zu diesem Beistand bewegte? War es mehr als die alltägliche Show eines gutaussehenden Mannes? Der Gedanke, ihm ehrlich zu antworten, war zu verführerisch. Rasch schob sie ihn beiseite. Sie wollte aufgefangen werden, weil sie ihr eigenes Leben nicht mehr im Griff hatte. Doch aus Erfahrung wusste sie, dass nur sie selbst ihre Situation wirklich verändern konnte. Ein Spatzenweibchen hatte sich zu ihrem Teller vorgewagt. Bei Henriettes abwehrender Handbewegung wich es einige Vogeltapperchen zurück, legte den Kopf frech zur Seite und schaute sie neugierig an. Der Spatz blickte ebenso aufmerksam wie Ludwig Naumer.

Plötzlich konnte Henriette nicht mehr widerstehen. Vielleicht war es der Blick dieses kleinen Vogels gewesen, aber sie musste reden. Die Worte brachen aus ihr heraus.

„Ich bin ziemlich durcheinander. Es ist alles sehr kompliziert. Ich kann nicht mehr vor und auch nicht zurück. Ich habe von meinem Qigongmeister die Erlaubnis bekommen, ein Qigongbuch zu veröffentlichen und habe Texte aus dem Archiv erhalten, die ich als Grundlage mit verwenden darf. Sie stammen alle von einer gewissen Marie-Claudine. Als ich in Taiwan auf meiner Forschungsreise zu den

Qigongmeistern war, habe ich diese Frau getroffen. Mein Freund, nun ja mein ganz neuer Freund, muss ich vielleicht dazu sagen, hat sie dort zuerst kontaktiert. Aber, als ich mit Marie-Claudine über das Buch sprechen wollte, stellte sich heraus, dass mein Freund und sie ... nun ja, fremdgegangen sind."

Was tat sie da nur? Mit wem redete sie? Was würde Ludwig Naumer bloß von ihr denken? Doch sie musste jetzt einfach sprechen.

„Es ist so, sie hat mit ihm geschlafen und erwartet jetzt ein Kind von ihm." Für einen Moment stockte Henriette.

„Später hat sich diese Frau dann bei mir entschuldigt und gesagt, dass ich ihre Traumberichte lesen möge. Dann würde ich verstehen."

„Und haben Sie die Träume gelesen?"

„Wie bitte?"

Hatte sie richtig gehört? Henriette wunderte sich, dass Ludwig Naumer auf ihre Geschichte einging. Sie hätte an seiner Stelle sicher geschäftsmäßiger reagiert und sich die Frage nach der Professionalität ihrer Person gestellt. Auch fiel ihr auf, dass sie, als sie soeben über Marc gesprochen hatte, keinen Schmerz mehr empfunden hatte. Noch nicht einmal Marcs Gesicht war vor ihrem inneren Auge aufgetaucht. Wie durch einen Nebel von ihr getrennt, bestand noch eine gefühlsmäßige Verbindung zu seinem Namen. Aber mehr war da nicht.

„Nein, das heißt: Ja. Nein, ich habe alle Texte in die Mülltonne geworfen. Aber es waren keine zehn Minuten vergangen, da hat meine Hausmeisterin sie mir wieder zurückgebracht."

„Entschuldigung, aber Ihre Hausmeisterin hat was?"

„Ja, aus der Tonne. Sie hat mir die Texte aus der Mülltonne wieder zurückgebracht. Und bevor ich hierher kam, habe ich einen der beiden Traumberichte gelesen. Seither bin ich ganz verstört. Ich habe den Text hier in meiner Handtasche und noch einen zweiten Traum. Und die ganze Zeit über werde ich das Gefühl nicht los, dass ich den zweiten Text auch lesen sollte. Aber ich habe Angst davor."

Henriette blickte zu dem Spatzenweibchen, das sie eben noch so neugierig betrachtet hatte. Ein Spatzenmännchen flog zielstrebig auf das Weibchen zu, um sich auf seinem Rücken niederzulassen.

„Diese Geschichte ist also der wirkliche Beweggrund, weshalb sie das Buch nicht weiter schreiben wollen?", fragte Ludwig Naumer.

Henriette nickte bedrückt.

„Würde es Ihnen helfen, wenn ich den Text für Sie lese?"

Henriette schaute ihn überrascht an.

„Ja, vielleicht", sagte sie dankbar. Sie öffnete die Handtasche. Fast war ihr, als wolle die Seite aus ihrer Tasche springen, so schnell lag sie in ihrer Hand. Ludwig Naumer nahm den Traumbericht und begann zu lesen. Henriette sah zu, wie er sich immer mehr in Marie-Claudines Text vertiefte. Sie wurde unruhig. Etwas in Ludwig Naumers Gesicht und Körper veränderte sich. Seine Augen wurden weit vor ... vor was? War es Entsetzen? Er wirkte plötzlich sehr blass. War es so schrecklich? Was stand da geschrieben? Eine unbestimmte Angst breitete sich in ihrem Körper aus. „Lesen Sie bitte laut", wisperte sie Ludwig Naumer atemlos zu.

Langsam schaute Ludwig Naumer auf und rieb gedankenvoll seine Stirn.

„Henriette, haben Sie Vertrauen zu mir?", fragte er und schaute sie forschend an.

„Wie meinen Sie das?"

„Ich verspreche Ihnen, das zu tun, was das Beste in dieser Situation für Sie ist. Henriette, kannst du mir vertrauen und akzeptieren, was ich dir jetzt sagen werde?"

Ludwig hatte sie geduzt. Vertrauen. Er hatte den Brief gelesen und verlangte plötzlich von ihr, dass sie ihm das schenken sollte, was ihr in ihrem Leben am schwersten fiel: Vertrauen. Was stand nur in diesem verdammten Traumbericht, dass er ihr plötzlich solch eine Frage stellte? Sie wollte irrsinnig gerne Vertrauen zu ihm haben. Aber würde es ihr auch gelingen? War das ein Wunsch, der sich auf gedanklicher Ebene überhaupt lösen ließ? Sie musste es versuchen!

„Ja, gut", hauchte sie leise.

„Danke Henriette. Hör zu, ich werde dir diesen Traumbericht nicht vorlesen und auch nicht wieder zurückgeben. Ich bin sicher, es ist besser, wenn du ihn jetzt noch nicht liest. Sollte der Moment kommen, dass dieser Traum für dich wichtig wird und du seinen Inhalt kennen solltest, dann werde ich ihn dir zukommen lassen."

Pures Entsetzen stieg in Henriette auf.

## 21 Warten

Vier Monate später: Ludwig räkelte sich in seinem Bett. Es war Sonntag. Der Wecker stand auf acht Uhr morgens. Verschlafen drehte er sich auf die andere Seite, machte es sich mit seinem rechten Ohr auf dem Kissen bequem und zog sich die Decke über den Kopf. Wie herrlich, dass es noch so früh war, so konnte er seinen Gedanken nachhängen und vor sich hinträumen, bevor er zum Joggen gehen würde. Ob sie wohl auch joggt, fragte sich Ludwig und das Bild von Henriette tauchte vor seinem inneren Auge auf. Er stellte sich vor, wie sie anmutig wie eine Gazelle neben ihm über die Wiese flog. Er hatte sich schon lange nicht mehr so für eine Frau interessiert. Richtig interessiert. Durch seinen neuen Job war er so eingespannt, dass er ohnehin kaum Zeit für ein Privatleben hatte. Vor acht Monaten hatte er den Auftrag der Antilope-Foundation angenommen, in seinem Heimatland eine Zweigstelle zu errichten. Zuvor hatte er fünf Jahre lang in Phönix im Haupthaus der Stiftung gearbeitet.

Er vermisste die karge, magische Wüstenlandschaft des Grand Canyon. Doch die langjährige Beziehung zu seiner amerikanischen Freundin und ihrem durch und durch amerikanischen Alltag hatte in den letzten Jahren immer mehr an Kraft verloren. Jeden Morgen nach dem Aufstehen hatte sie das Radio und den Fernseher angestellt. Sie hatte ihr Toastbrot, das sie in einem überdimensionierten nahezu raumschiffartigen Kühlschrank aufbewahrte, in den Toaster gesteckt und, wenn es einen leichten Braunton angenommen hatte, mit Erdnussbutter bestrichen. Sie hatte sich ihre morgendlichen zwei Tassen Kaffee durch die Maschine laufen lassen und die Milch in der Mikrowelle heiß gemacht. Nach dem Frühstück hatte sie alles in ihre Spülmaschine gestellt, die dem Kühlschrank an Größe in nichts nachstand, und hatte diese, gleichgültig, wie voll sie war, angestellt. Ludwig hatte sich nie an diesen Lebensstil gewöhnen können. Doch für sie war dies der Inbegriff des Wohlfühlens gewesen. Also hatte er sich nicht eingemischt. Er hatte sie sehr geliebt, auch wenn sie völlig unterschiedliche Interessen gehabt hatten. Nie hatte es zwischen ihnen dramatische Szenen gegeben. Keinen Grund für Ärger oder Eifersucht. Nein, alles war in ruhigen, gleichförmigen Bahnen verlaufen und hätte ewig so weitergehen können. Aber gerade das war es wohl gewesen, was sie letztlich auseinandergebracht hatte. Diese fast schon ausweglose Gleichförmigkeit, bei welcher der eine Partner schon wusste, was der andere in der nächsten Sekunde sagen oder tun würde. Ihre Tage und Wochen waren eingeteilt, als kämen sie aus der Kartei eines Buchhalters.

Er wusste, wie sie ihre Blusen bügelte und ihre Unterwäsche zusammenfaltete und in welcher Schachtel sie die alten Liebesbriefe ihres ersten Freundes aufbewahrte. Zwischen ihnen gab es keine Geheimnisse. Im Laufe seiner Beziehung hatte sich Ludwig schon mehrfach irgendwelche Liebesbriefe aus ihrer Schulzeit anhören müssen. An lauen Abenden hatte sie ihm auf ihrer Terrasse Brief für Brief vorgelesen. Die Briefe waren ihm von Anfang an verhasst gewesen. Inhaltlich hatten sie so gut wie nichts hergegeben. Und die Sprache hatte wie aus einem Englischbuch für Anfänger geklungen. Ja, diese Briefe waren noch nicht einmal emotional gewesen. Doch Ludwig hatte gespürt, dass seine Freundin diese Briefe liebte. Und da er sie nicht hatte verletzen wollen, ihm aber auch keine Ausrede eingefallen war, warum er ihre intimsten Geheimnisse nicht wissen wollte, hatte er eben zugehört.

Doch nachdem sie sich alles gestanden und miteinander geteilt hatten, war ihnen schon bald der Gesprächsstoff ausgegangen. Sie hatten sich einfach nichts mehr zu sagen gehabt. Als er letztes Jahr über seine mögliche Versetzung in eine Zweigstelle nach Berlin benachrichtigt worden war, hatte seine Freundin ihn beglückwünscht und ihn darin bestärkt, das Angebot anzunehmen. Doch als er sie gefragt hatte, ob sie mitkommen wolle, hatte sie ausweichend reagiert. Sie müsse noch einiges abschließen, bevor sie so weit von zuhause weggehen könne, hatte sie damals gesagt. Und so hatten sie beschlossen, dass Ludwig erst einmal alleine umziehen und sie einige Monate später nachkommen würde. Als acht Wochen vergangen waren, hatte ihr Brief in seinem Briefkasten gelegen. Darin hatte sie ihm mitgeteilt, dass der Umzug nach Deutschland eine zu große Veränderung für ihr Leben bedeuten würde. Zudem hätte sie inzwischen einen anderen Mann kennengelernt und so wäre es das Beste, sich zu trennen. Sie schrieb, dass er nicht traurig sein solle, denn in Wirklichkeit wären sie ja schon seit seinem Umzug getrennt. Ihre Körper hätten sich seit zwei Monaten nicht mehr berührt.

Als Ludwig den Brief geöffnet und gelesen hatte, war er wütend und enttäuscht gewesen. Er hatte sich ein Bier aus dem Kühlschrank geholt, sich auf den Boden gesetzt und sich mit dem Rücken gegen die geschlossene Kühlschranktür gelehnt. Während er sein Bier aus der Flasche getrunken hatte, hatte er fürchterlich geweint. Ludwig wusste noch genau, wie es sich damals angefühlt hatte. Irgendwann war er aufgestanden, hatte das restliche Bier über seinen Brief geschüttet und ihn so bierdurchtränkt, wie er war, in den Müll geworfen. Er war zum Schlachtensee gefahren und eine Stunde lang um den See gejoggt. Danach hatte er sich besser gefühlt. Mit der Zeit hatte er festgestellt, dass ihm die Trennung viel weniger ausmachte, als er gedacht hatte. Zu seinem Erstaunen fühlte er sich sogar fast erleichtert. Er trauerte ihrer Freundschaft nicht länger nach und dachte nur noch selten an seine amerikanische Freundin.

Stattdessen spukte seit einiger Zeit Henriette in seinem Kopf herum. Er hatte sie, seit sie sich vor vier Monaten das letzte Mal gesehen hatten, einfach nicht vergessen können. Sie war so anders als seine frühere Freundin. Sie war unstet, geheimnisvoll und für Ludwig völlig unberechenbar. Bei Henriette würde er niemals wissen, woran er wäre, nichts war vorhersehbar. Für Ludwig war das ein überaus beruhigendes Gefühl. Es war schon erstaunlich, was er bei den wenigen Malen, in denen sie sich begegnet waren, alles erlebt hatte. So viel Magie und Abwechslung war ihm mit seiner Freundin in einem ganzen Jahr nicht untergekommen.

Ludwig dachte an ihren schweigsamen Abend in der Pizzeria zurück. Als Henriette von den Traumaufzeichnungen berichtet hatte, war es wie ein Déjà-vu für ihn gewesen. Ständig, so schien es, würden Frauen, zu denen er sich hingezogen fühlte, mit irgendwelchen Texten zu ihm kommen, mit Briefen oder Träumen, die ihn gar nichts angingen. Doch die Texte, die Henriette aus ihrer Tasche gezogen hatte, waren von einem ganz anderen Kaliber gewesen als die Liebesbriefe des jungen Schulfreundes. Die Traumberichte hatten etwas Unwägbares, ja Bedrohliches an sich gehabt.

An diesem Abend mit den Briefen hatte er schon geglaubt, Henriette vielleicht nie wiederzusehen. Sie hatte es abgelehnt, ein neues Exposé für ihr Buch zu schreiben. Drei Tage danach aber hatte ihr Exposé auf seinem Schreibtisch gelegen. Wie es dahin gekommen war, wusste er bis heute nicht. Es hatte dagelegen, offen, ohne Umschlag. War Henriette selbst da gewesen, in seinem Büro? Cathy, seine Sekretärin war an diesem Tag mit Zahnschmerzen zuhause geblieben. Und es war undenkbar, jemand anderen in der Stiftung danach zu fragen. Er hatte Henriette in ihrem Büro angerufen. Eine aufdringliche, junge Chinesin, namens An Yu, hatte statt ihrer abgehoben und ihm mitgeteilt, dass sie die Nachfolgerin von Frau Ohms wäre. Als die Chinesin endlich kapiert hatte, dass Ludwig weder mit ihr flirten, noch Schuhe kaufen, geschweige denn sie heiraten wollte, war nichts mehr aus ihr heraus zu bekommen gewesen. So hatte er Henriette schließlich zu Hause angerufen. Doch auch dort hatte er sie nicht erreichen können. Ihm war nichts anderes übriggeblieben, als ihr auf Band zu sprechen, dass er das Exposé bekommen hätte und sich melden würde, sobald darüber befunden worden wäre. Doch der Kuratoriumsbeschluss hatte auf sich warten lassen. Es kam Ludwig fast so vor, als hätten die Entscheidungsträger ihre Informationen von Phönix nach Berlin zu Fuß überbracht. Nach acht langen Wochen endlich hatte das Gremium seinen Antrag genehmigt. Postwendend hatte Ludwig die Nachricht an Henriette geschickt. Aber sie hatte sich nur schriftlich bei ihm bedankt. Weiter war nichts passiert.

Dann war Weihnachten. Im neuen Jahr war Ludwig einige Male

nahe dran gewesen, sie anzurufen. Letztlich hatte er es doch nicht getan. Etwas hatte ihn zurückgehalten. War es der Inhalt des Traumberichts, der es ihm so schwer machte, mit ihr Kontakt aufzunehmen? Zu Ludwigs größter Überraschung hatte der Traum von ihm und Henriette gesprochen. Ludwig hatte dort etwas gelesen, was es von seinem Weltverständnis her nicht geben durfte. Die Ereignisse jenes Abends waren auf jeden Fall das Merkwürdigste, was ihm je widerfahren war. Und diese Geschichte mit Henriette ging ihm nicht mehr aus dem Kopf. Fast täglich dachte er an sie.

Auf irgendeine Weise hatte seine Begegnung mit ihr all seine Grundsätze ins Wanken gebracht. Privates und Arbeit zu trennen, war einer dieser Grundsätze gewesen. Doch plötzlich schien es ihm nicht mehr so wichtig, ihn um jeden Preis einzuhalten. Als er vor einigen Jahren, noch vor der Zeit mit seiner amerikanischen Freundin, mit seinem Job angefangen hatte, war ihm dies gleichgültig gewesen. Damals war es so leicht gewesen, interessante Menschen, besonders Frauen, auf diese Art kennenzulernen. Doch eine dieser Geschichten hatte ihn seinen Posten gekostet. Eine der Frauen hatte versucht, über ihn, an seinen Chef heranzukommen. Das Bett war noch warm von ihrem Körper gewesen, da war sie schon weiter geeilt und hatte die Stufen nach oben erklommen. Als sie schließlich endlich auf der ersehnten Chef-Bettkante angelangt war, hatte sie Ludwigs Vorgesetzten dazu gedrängt, ihm zu kündigen. Seither war Ludwig ein gebranntes Kind und äußerst zurückhaltend. Zumindest bis jetzt. Doch die Schutzregeln, die Ludwig sorgfältig aufgestellt hatte, waren dabei, in sich zusammenzufallen.

Und noch etwas anderes hatte sich beunruhigend in seinem Leben breit gemacht. Ludwigs zweiter Grundsatz war es immer gewesen, sich nur auf Reales zu verlassen. Ludwig hielt generell wenig von irgendwelchen schicksalhaften Vorhersagen. Aber nachdem er den Traumtext gelesen hatte, konnte er sich nicht mehr vor dessen Inhalt verschließen. Ludwig war kein Naturwissenschaftler, doch plötzlich interessierte er sich brennend für Einsteins Theorie der Relativität der Zeit und für die neusten Erkenntnisse der Quantenphysik. War es möglich, dass Vergangenheit, Gegenwart und Zukunft zugleich in parallelen Welten existierten? Konnten die Menschen Zugriff auf zukünftige Informationen haben, wann immer sie wollten? Ludwig wollte dem Prinzip der Vorhersage auf die Spur kommen, um jeden Preis. Er ließ sich sogar esoterische Bücher von Hellseherinnen zuschicken, beschäftigte sich mit den Praktiken afrikanischer Buschmänner und las Reiseerlebnisse zu den Mysterien Asiens.

Der Traum, den Ludwig an diesem Abend mit Henriette gelesen hatte, schien so offensichtlich von ihnen beiden zu sprechen, dass ihm noch immer ganz schwarz vor Augen wurde, wenn er daran dachte. Es war eine Vorhersage. Wenn alles stimmte, dann hatte die Verfasserin den Traum vor sechs Jahren niedergeschrieben. Immer wieder hatte sich Ludwig gefragt, ob Henriette und er einem Scherz zum Opfer gefallen waren oder ob alles nur ein dummer Zufall war. Eine winzig kleine Sekunde lang hatte er sogar überlegt, ob Henriette selbst den Brief geschrieben haben könnte. Doch das war so unwahrscheinlich, dass er den Gedanken sofort wieder verworfen hatte. Schließlich war er zu dem Schluss gelangt, dass der Traum so wirklich und real war, wie er nur sein konnte.

Ludwig nahm sein Kopfkissen, umschloss es mit beiden Armen fest vor der Brust und drückte seinen Kopf sachte dagegen. Er hätte Henriette damals beim Italiener gerne in die Arme genommen und sie ganz fest gehalten. Nach diesem Traumbericht war es ihm nicht mehr möglich gewesen. Innerlich aufgewühlt, hatte er versucht, sich nichts anmerken zu lassen, um Henriette nicht zu erschrecken. Also war er still geblieben. Wie versteinert hatte er sich plötzlich gefühlt und hätte sich gewünscht, einfach aufstehen und sich schütteln zu können wie ein nass gewordener Pudel, solange, bis alle Erstarrung aus seinem Körper gewichen wäre. Sie waren nach Hause gegangen, jeder für sich.

Ludwig hatte sich verliebt. Das war ihm vom ersten Moment an klar gewesen. Aber Henriette war so meilenweit von ihm entfernt, dass er nicht wusste, wie er ihr neu begegnen könnte. Da war der untreue Exfreund. Da war das erwartete Kind des Exfreundes. Aber da war auch noch etwas anderes, etwas, das mit ihnen beiden zu tun hatte und wie ein dunkler Schatten über ihnen thronte. Der Traum hatte eine große Liebe mit großem Verlust in Verbindung gebracht.

Ludwig stand auf, nahm sich seinen Jogginganzug und schlüpfte hinein. Es brachte nichts, weiter darüber nachzudenken. Mit seinem Wagen fuhr er die übliche Strecke in Richtung Schlachtensee. Wenn er seine Runde um den See gejoggt war, ließ er sich meist auf einen Kaffee an der Fischerhütte nieder, dem einzigen Restaurant vor Ort. In letzter Zeit war er mehrmals, anstatt an den Schlachtensee, nach Kreuzberg zum Joggen gefahren. Er hatte sich eingeredet, eine neue Laufstrecke testen zu wollen. In Wirklichkeit war Henriette der Grund gewesen. Doch er war ihr nie begegnet.

Ludwig zwang sich wieder in alte Gewohnheiten zurück. Er stellte sein Auto in Nähe der Fischerhütte ab, nahm seinen iPod, zog sich Mütze, Jacke und Handschuhe an und rannte los. Der Schlachtensee hatte seinen Namen von slawischen Siedlern erhalten. Er bedeutete „goldfarben". Ludwig gefiel die Vorstellung von einem goldfarbenen See. Es war ein kalter, klarer Morgen. Der See war dicht mit Eis bedeckt und zeigte sich im Winter mit silbrig kaltem Glanz. Neben Joggern und Spaziergängern sah Ludwig auch einige Eisläufer auf dem zugefrorenen See. Mit verhaltenem Schwung zur Musik eines Kumbya-Songs lief Ludwig den leicht vereisten Uferweg entlang.

Er war fast am Ende seiner Runde angelangt, als er mitten auf dem See einen Tumult wahrnahm. Eine Gruppe junger Punks, mit mehreren Hunden, raste grölend über das Eis. Die Hunde bellten aufgeregt. Als Ludwig genauer auf die Stelle blickte, sah er etwas entfernt davon eine junge Frau gemächlich Kreise auf dem Eis ziehen. Einer der Kampfhunde hielt genau auf sie zu. Sie sah ihn kommen und versuchte auszuweichen. Als das Riesenvieh sie fast erreicht hatte, sprang es die Eisläuferin mit voller Wucht an. Sie konnte gerade noch mit dem Oberkörper zurückweichen, blieb aber mit ihrem Schlittschuh in einer Eisrille hängen. Sie strauchelte auf dem glitschigen Boden, schwebte eine Zeit lang zwischen Balance und Inbalance, bis sie schließlich hinfiel. Der Hund stand bedrohlich nahe bei ihr. Er hatte etwas Lauerndes an sich und schien abzuwarten, wie sie sich verhalten würde. Seine

Augen verfolgten jede ihrer Bewegungen. Ludwig sah, dass auch die Frau den Hund beobachtete und dabei versuchte, wieder auf die Beine zu kommen. Sie wirkte panisch und schien sich verletzt zu haben. Keiner der Jugendlichen scherte sich um das, was zwischen der Frau und dem Hund ablief. Ludwig stoppte seinen Song und betrat mit seinen Turnschuhen vorsichtig das rutschige Eis. Als die Punks ihn sahen, pfiffen sie endlich ihren Köter zurück und räumten laut grölend das Feld.

„Ruhig Blut!", schrie einer der Punks zu ihm hinüber.

Die am Boden liegende Frau aber würdigten sie keines Blickes.

Ludwig kam näher und beugte er sich über die Schlittschuhläuferin.

„Kann ich helfen, ist es schlimm?", fragte er. „Mein Auto steht ganz in der Nähe. Ich kann Sie gerne nach Hause oder in ein Krankenhaus fahren."

Als sich die Frau langsam zu ihm umdrehte, stockte Ludwig der Atem. Es war Henriette, die da unter der dunkelblauen Mütze völlig benommen zu ihm empor sah. Ihre Wangen und Nase waren von der Kälte gerötet. Sie brauchte einen Moment, bis auch sie ihn erkannte. Das eben noch sorgenvolle Gesicht erstrahlte in einem beglückten Leuchten.

„Ludwig. Ich bin okay, danke."

„Henriette", antwortete er sanft und neue Besorgnis stieg in ihm auf.

„Du bist ist ja völlig durchnässt. Ich wohne hier ganz in der Nähe. Möchtest du auf einen heißen Tee mitkommen? Dann kannst du deine Jacke auf die Heizung legen und trocknen lassen. Hast du dich auch wirklich nicht verletzt?"

---

Als Henriette im Auto saß, dachte sie an den schönen gemeinsamen Herbstabend in der Pizzeria in Kreuzberg zurück. Wieder spürte sie diese große Nähe zwischen ihnen. Auch Marie-Claudines Traumbericht kam ihr wieder in den Sinn. Henriette warf einen Blick zu

Ludwig hinüber, der gedankenversunken am Steuer saß. Von der Seite wirkte sein auf die Straße gerichteter Blick nachdenklich und bekümmert. Sie spürte, dass auch er an den Traum dachte. Was hatte Marie-Claudine geschrieben? Sie wollte Ludwig danach fragen. Doch sie traute sich nicht. Wie eine große dunkle Wand schob sich Marie-Claudine mit ihrem Traum zwischen sie.

―――

Ludwig kroch unter das große Waschbecken in seinem Bad und suchte in einem weißen Schränkchen mit Lamellentüren nach seinem Föhn. Dabei zog er mehrere Schachteln und Dosen daraus hervor und verteilte sie auf dem roten Tonfliesenboden. In einer Plastiktüte fand er schließlich seinen kleinen gelben Reiseföhn.

„Hier, damit kannst du deine Hose trocknen, während ich uns einen Kaffee mache", sagte er und steckte das Kabel in eine Steckdose im Wohnzimmer. Die Schachteln und Dosen verstaute er wieder im Lamellenschrank. Einige verrutschten und fielen wieder heraus. Als er sie erneut in den Schrank zwängen wollte, stieß er mit dem Kopf gegen das Waschbecken.

„Aua", entfuhr es ihm und er rieb seinen Kopf. Wenigstens hatte es Henriette nicht mitbekommen, im Wohnzimmer blies der Föhn dröhnend vor sich hin.

In der Küche erging es Ludwig nicht viel besser. Als er Kaffeepulver in seine Espressokanne schütten wollte, fiel die Hälfte daneben. Er legte den Einsatz mit dem Pulver zur Seite und wischte die Reste vom Tisch. Er füllte Wasser in die Espressokanne und setzte sie, nachdem er den Aufsatz fest zugeschraubt hatte, auf den Herd. Als das kochende Wasser sprudelnd nach oben schoss, stellte er fest, dass es durchsichtig war. Der Einsatz mit dem Kaffeepulver lag noch immer auf dem Tisch. Nervös machte er sich daran, eine neue Kanne aufzusetzen. Endlich war der Kaffee fertig. Ludwig füllte eine Packung Cashewnüsse in eine Schale. Die daneben gefallenen Nüsse kickte er mit dem Fuß unter den Tisch. Um die würde er sich später kümmern. Er hatte keine Geduld mehr. Erst musste er zu Henriette gehen und sehen, ob alles mit ihr in Ordnung war. Als Ludwig mit zwei Tassen köstlich duftenden Kaffees ins Wohnzimmer zurückkam, blätterte Henriette in einem Buch. Sie saß auf seinem Ledersofa, genau an der Stelle, wo sein Buch zuvor gelegen hatte und wo er gewöhnlich seinen Kopf auf ein Kissen bettete, um zu lesen.

„Du liest etwas über Hellsehen?", fragte sie ihn erstaunt.

Ludwig fühlte sich ertappt. Sollte er ihr eingestehen, dass er seit ihrem letzten Treffen nicht nur das Internet, sondern sämtliche Bibliotheken und Esoterikläden Berlins abgeklappert hatte, um dem Traumbericht dieser Marie-Claudine auf die Spur zu kommen? Konnte er zugeben, dass er ständig an Henriette dachte und dass ihm dieser Traum nicht mehr aus dem Kopf ging? Aber dann müsste er ihr von dem Trauminhalt berichten. Und das war das Letzte, was er tun würde. Er wollte sie nicht erschrecken. Schon gar nicht jetzt, nach dem Angriff des Hundes. Sie würde Angst haben und sicher würde sie ihn nicht mehr wiedersehen wollen.

„Nimmst du das ernst?"

„Es beschäftigt mich. Ich möchte verstehen, was es mit Vorhersagen auf sich hat."

„Es geht dabei nicht zufällig um den Traumbericht, den ich dir gegeben habe?", fragte Henriette, als hätte sie in seinen Gedanken geblättert wie eben noch in seinem Buch.

„Henriette, bitte vertraue mir. Ich werde dir nicht sagen, worum es in dem Traum geht. Nicht jetzt. Aber ja, es stimmt. Diese Marie-Claudine träumte, ohne dich vorher zu kennen. Und trotzdem hält sie diesen Traum für dich für bedeutend. Das interessiert mich. Doch ich frage mich: Ist dieser Trauminhalt Schicksal oder das Zufallsprodukt eines bewegten Geistes?"

„Was wäre dir denn lieber?" Henriette fragte ihn ganz unbekümmert.

„Was mir lieber wäre?"

Ludwig stellte die beiden Kaffeetassen, die er noch immer in den Händen hielt, auf seinem kleinen Holztisch ab. Dann setzte er sich neben Henriette aufs Sofa. Vorsichtig griff er nach ihrer Hand und drückte sie zärtlich. Ein wenig hatte er dabei das Gefühl, etwas Verbotenes zu tun.

„Henriette, ich weiß nicht, was ich von diesem Traum halten soll. Aber ich weiß, dass du mir viel bedeutest."

## 22 Falsch verbunden

„Hallo Marc. Ich möchte mit Marie-Claudine sprechen. Würdest du mir bitte ihre Telefonnummer in Taipeh geben?"

Sekundenlang hing ihre Bitte in der Luft. Henriette wartete. Sie spürte, wie Marc sich innerlich bei diesem Anruf wand. Sie hatte ihn aus der Fassung gebracht, das war deutlich. Würde er ablehnen? Nein, dafür wäre Marc zu feige. Gleich würde er eine Ausrede anbringen, weshalb er so lange gezögert hätte. Schließlich würde er mit seinem aalglatten Reiseleiterton zu ihr sprechen, als hätte es nie einen Konflikt oder eine Beziehung zwischen ihnen gegeben. Ach Henriette, lange nichts gehört. Du möchtest die Telefonnummer von Marie-Claudine? Ja klar, kein Problem, warte mal kurz, würde er sagen. Oder: Oh Henriette, Mann, Mann, Mann, das ist ja eine Überraschung. Die Nummer von Marie-Claudine willst du? Oh, du, da muss ich suchen. Kann ich dich gleich zurückrufen?

Sie hörte Marc einmal tief durchatmen, dann hatte er sich offensichtlich gefangen.

„Oh, Henriette, ich hab dich im ersten Moment gar nicht erkannt. Was für eine Überraschung. Geht's dir gut?"

Sie hatte es gewusst.

„Marie-Claudine ist hier. In Berlin. Unser Kind ... sie möchte es hier zur Welt bringen. Ich geb sie dir."

Henriette vernahm, wie Marc nach Marie-Claudine rief. Im Hintergrund hörte sie ein Radio laufen. Ein Sprecher mit bayerischem Akzent informierte über die jüngsten Proteste in Lhasa. Tibetische Mönche forderten die Unabhängigkeit Tibets und die Rückkehr des Dalai Lama aus dem Exil. Der Sprecher berichtete aus dem Jokang Tempel, als Henriette plötzlich Marie-Claudine ganz nah an ihrem Ohr vernahm. Bei dieser Stimme hätte sie den Hörer am liebsten wieder auf die Gabel geschmissen. Aber sie musste Marie-Claudine sprechen. Es war wichtig.

„Kann ich dich heute noch irgendwo treffen? Es geht um das Buch und um deine Traumberichte", kam Henriette direkt zur Sache.

„Hallo Henriette. Ich habe gleich einen Frauenarzt-Termin in Kreuzberg. Ich weiß nicht, wie lange es dauern wird. Aber wenn du magst, können wir uns danach sehen", übertönte Marie-Claudine die Worte des Radiosprechers.

———

Henriette drückte auf den Türöffner der Arztpraxis. Der kleine Raum wirkte bedrückend eng. An der Anmeldung saßen zwei junge Frauen in weißen Kitteln. Eine dritte Angestellte hetzte zwischen den Zimmern der Praxis geschäftig hin und her. Ein extra Wartezimmer gab es nicht. Der Geruch von Desinfektionsmitteln stieg ihr in die Nase. In der kaum vorhandenen Kinderecke zerpflückte ein kleiner dunkelhäutiger Junge vergnügt ein Buch.

Henriette ging zur Rezeption, um nach Marie-Claudine Meyer zu fragen. Eine der beiden Sprechstundenhilfen unterhielt sich in leisem Ton mit einer chinesischen Patientin. Es ging ums Wetter, um Krankheiten und Schwangerschaften. Es war einer jener sinnlosen Dialoge, wie man sie überall zu hören bekam. Kaum hatte man sich verabschiedet, da hatte man den Inhalt der Unterhaltung schon wieder vergessen. Henriette wandte sich an die etwas dickliche türkische Sprechstundenhilfe, die neben der blonden saß, und sich mit einem Karteikasten beschäftigte. Sie erkundigte sich nach Marie-Claudine. Im selben Moment, als sie ihre Frage stellte, hörte sie die teilnahmslose Stimme der Chinesin neben sich. „Frau Meyer ist eine Nachbarin von mir. Mit so einem Bauch ist sie sicher schon kurz vor der Geburt, oder?"

„Frau Meyer ist bald im siebten Monat. Aber bis zur Geburt wird sie noch beträchtlich an Umfang zunehmen."

Henriette hatte dem Gespräch nur mit halbem Ohr zugehört. Doch jetzt horchte sie auf. Sprachen die beiden etwa von Marie-Claudine? Ein halbes Jahr!? Henriette konnte es nicht fassen. Lag ihre Reise nach Taiwan wirklich schon über ein halbes Jahr zurück?

Die türkische Assistentin nahm ihre Hände aus dem Karteikasten und wandte sich an Henriette.

„Ihre Freundin hat uns schon gesagt, dass Sie abgeholt wird. Sie ist gerade bei der Ärztin drin. Nehmen Sie doch bitte noch einen Moment Platz. Es kann nicht mehr lange dauern."

Sie zeigte auf einen der leeren Plastiksitze und schaute Henriette dabei freundlich an. Henriette setzte sich auf einen der Stühle und vertiefte sich in eine Zeitschrift. Auf der Titelseite des Magazins füllten Demonstrationen in Tibet die Schlagzeilen. Sie verwiesen auf eine Reportage über demonstrierende Mönche. Henriette las, dass dem Dalai Lama vorgeworfen wurde, die Unruhen in Lhasa angezettelt zu haben. Nach Angaben der chinesischen Behörden hatte es mehrere Tote und Verletzte gegeben. Henriette dachte an Marc. Sicher würde er so bald nicht mehr nach Tibet reisen können. Als sie aufschaute, war die chinesische Patientin, die sich eben noch mit der Sprechstundenhilfe unterhalten hatte, verschwunden. Henriette hatte es gar nicht bemerkt. Fast bereute sie es schon, dass sie überhaupt ein Treffen mit Marie-Claudine ausgemacht hatte. Nun saß sie hier in dieser schrecklichen Arztpraxis und musste auf sie warten. Henriette war noch immer wütend auf das, was in Taiwan geschehen war. Endlich kam Marie-Claudine aus dem Sprechzimmer heraus. Wie ein strahlender Weihnachtsbaum schob sie ihren Bauch vor sich her. Henriette spürte einen Stich. Es war merkwürdig sie so schwanger zu sehen, mit einem Kind von Marc.

Ohne viele Worte gingen sie gemeinsam zu Henriettes Auto. Mit ihrer Fernbedienung öffnete Henriette die Türschlösser ihres Wagens.

„Wie geht es deinem Buchprojekt?", fragte Marie-Claudine, nachdem sie im Auto Platz genommen hatten.

„Warum interessiert dich das?"

„Nur so. Ich dachte, du wolltest mit mir darüber sprechen."

„Nein, nicht direkt über das Buch. Aber ich komme voran. Was ich wissen will, ist, warum du mir von deinen Traumberichten erzählt hast? In Taiwan sagtest du zu mir, dass ich deine Träume lesen soll, dann würde ich alles verstehen. Aber glaubst du wirklich an diese Reinkarnationsgeschichte aus dem Tempel? Und rechtfertigst du damit alles, was in Taiwan passiert ist?"

Wie eine Giftwolke schwebte der Satz zwischen ihnen. Doch Marie-Claudine ließ sich nicht darauf ein. Henriette spürte, dass sie sich zusammenreißen musste, wenn sie etwas von ihr erfahren wollte.

„Hast du die Traumberichte gefunden?", fragte Marie-Claudine.

„Ja. Einen habe ich gelesen. Er handelt von einem Eric, der zu einer Schildkröte wird. Wer ist Eric?"

„Bist du sicher, dass du es auch wirklich wissen willst?"

„Ja, ich denke schon", antwortete Henriette und fuhr Richtung von Marcs Wohnung.

„Ich muss verstehen, was es mit deinen Texten auf sich hat. Seit ich sie gelesen habe, habe ich das Gefühl, dass diese Texte, wie soll ich sagen, einen Sog auf denjenigen ausüben, der sie liest oder hört."

„Du meinst, sie nehmen Einfluss auf dich und dein Leben?"

„Ich weiß nicht. Aber so kommt es mir vor, ja."

„Interessant. So habe ich es noch nie gesehen. Aber ich denke, es geht nicht um die Texte, die ich geschrieben habe. Das sind einfach nur ganz gewöhnliche Texte, zusammengesetzt aus Sätzen, Worten und Buchstaben. Es geht um die Informationen, die in den Texten enthalten sind. Schon als Kind hatte ich mediale Fähigkeiten. Ich empfange Informationen aus dem Raum und schreibe sie in Texte ein. Ich muss die Informationen regelmäßig aus mir herausladen, damit sie nicht zu dicht werden. Ich habe sonst das Gefühl zu zerplatzen. Ich muss diese Informationen irgendwo einsperren, damit sie nicht zu mir zurückkommen. Also banne ich sie in die Texte", berichtete Marie-Claudine.

„Schon als Kind habe ich Informationen empfangen. Oft wusste ich noch bevor etwas geschah, was im nächsten Moment passieren oder was meine Mutter gleich zu mir sagen würde. Du kennst das sicher. Als Kind ist man magisch mit der Welt verbunden. Doch das verliert sich mit zunehmendem Alter. Als ich mit Mitte Zwanzig zum Qigong kam, hatte ich meine magische Kindheit längst vergessen. Doch sie kam wieder zu mir zurück. Ich weiß noch, es gab einen Tag, an dem Wu Xiang Fei eine Qi-Übertragung für unsere Gruppe gemacht hat. Ich hatte plötzlich den Eindruck, als würde mitten auf meiner Stirn ein rundes Loch entstehen, durch das die Energie ein- und ausströmte. Es war ein merkwürdig kribbelndes Gefühl. Nicht angenehm, mehr so, als würde ein rasender Bohrer meine Stirn an dieser Stelle langsam aushöhlen. Das war der Anfang. Von diesem Moment an, kehrten meine Sensibilität und meine alte Fähigkeit, Dinge vorherzusehen, zu mir zurück. Und je länger ich praktizierte, desto sensibler wurde ich. Ich sah den Menschen ihre Krankheiten und Probleme an. Ich spürte, wenn Katastrophen im Anmarsch waren, sah den Tod von Personen voraus. Irgendwann konnte ich das nicht mehr ertragen, deshalb bin ich gegangen. Ich wollte nichts mit all diesen Phänomenen zu tun haben. Und in Taiwan ist es mir auch gelungen, Abstand von dieser sensiblen Welt zu bekommen. Dort gehen die Menschen viel pragmatischer und natürlicher mit spirituellen und außersinnlichen Dingen um. Zudem hatte ich es geschafft, das Qigong und seine Informationen aus meiner Welt zu verbannen. Aber als ich Marc begegnet bin, tauchte die Hellsichtigkeit wieder auf. Wu Xiang Fei hat mir eine Kalligraphie geschickt. Zu meinem Schutz. Sie erreichte mich einen Tag, nachdem ich Marc kennengelernt habe.

„Wer ist Eric?"

„Eric ist derjenige, dessen Tod ich vorhergesehen habe. Wir waren zehn Jahre zusammen. Er hat mich zum Qigong gebracht. Ich habe seinen Tod nicht verhindert. Auch dich habe ich übrigens schon vor vielen Jahren in meinem Traum gesehen, bevor ich dir vor dem Tempel in Taiwan plötzlich gegenüberstand."

„War das der zweite Traum, den ich lesen sollte?

Ja, es ist ein Schicksalstraum. Soll ich ihn dir deuten?"

„Nein, ich habe ihn nicht gelesen und ich möchte auch nichts darüber wissen."

„Du brauchst keine Angst zu haben. Du hast viel Klarheit und Kraft. Wann immer du in Schwierigkeiten kommen könntest, wirst du sicher das Richtige tun. Aber lass deinen Kontakt zu Wu Xiang Fei nicht abbrechen."

„Sag mal, du glaubst wirklich, dass dein Kind eine Reinkarnation ist, oder?"

„Ich weiß es nicht. Aber ich habe es schon vor Jahren geträumt. Doch da ist noch etwas anderes. Manchmal habe ich das Gefühl, als wäre irgendein Schatten, eine merkwürdige große Kraft über mir, die nach mir greift. Manchmal denke ich, dass es etwas mit Erics Tod zu tun haben könnte. Aber ich weiß nicht, was ich tun soll."

„Warum erzählst du mir das?"

Henriette fragte sich, wohin dieses Gespräch führen würde. Diese Frau lebte in einer anderen Welt.

„Ich glaube, dass Wu Xiang Fei mich davor bewahren wollte. Ich denke, du solltest es auch wissen."

„Was habe ich damit zu tun? Sag mal, warst du eigentlich mal bei einer psychologischen Beratung?"

„Es wäre schön, wenn es so einfach wäre, Henriette. Es ist keine Krankheit, es ist die Realität, die mich bedroht. Hast du gelesen, was momentan in Tibet los ist? Ausländer werden angewiesen, Tibet zu verlassen. Schon auf seiner letzten Tibetreise hatte Marc den Eindruck, dass er von einer Chinesin überwacht wurde."

„Was hat das denn jetzt alles mit Marc und mit Tibet zu tun? Warum sollte man ausgerechnet Marc beschatten. Er ist doch nur Reiseleiter."

Das Gespräch war völlig sinnlos. Henriette versuchte herauszufinden, ob Marie-Claudine vielleicht einfach ein wenig verrückt war. Vermutlich hatte sie irgendeine Persönlichkeitsstörung, auch wenn sie auf den ersten Blick recht normal wirkte. Doch plötzlich schnürte sich Henriettes Hals zu, als hätte jemand eine Schlinge darum gelegt.

„Mir fällt gerade ein, in der Frauenarztpraxis hat sich auch eine Chinesin nach dir erkundigt und gefragt, im wievielten Monat du schwanger bist."

„Eine Chinesin?", wiederholte Marie-Claudine und ihre Augen weiteten sich vor Entsetzen.

„Was ist los mit dir?", fragte Henriette, die eine derartige Reaktion schon fast erahnt hatte.

„Ich habe heute Nacht von einer Chinesin geträumt. Wie sah die Frau denn aus?"

„Ich weiß nicht, so bewusst habe ich sie gar nicht wahrgenommen. Ich habe sie nur von der Seite gesehen. Sie hatte lange Haare, war so um die Vierzig und hatte für eine Chinesin eine recht kräftige Statur. Sie meinte, dass sie dich aus der Nachbarschaft kennen würde."

„In meiner Nachbarschaft gibt es keine Chinesin", entgegnete Marie-Claudine tonlos. „Darf ich dich um einen Gefallen bitten, Henriette? Würdest du dir bei uns zu Hause ein Foto anschauen? Ich muss wissen, ob es dieselbe Chinesin war wie die auf meinem Foto."

## 23 Der alte Lehrer

Henriette sah von ihrer Zeitung auf. Sie konnte es nicht fassen. Sie saß im Flugzeug auf dem Weg von Peking in die Wüste Badain Jaran. Neben ihr saß Ludwig. Auch er las eine Zeitschrift. Henriette schielte in seine Richtung.

„Was liest du da?"

„Einen Artikel über die Lage in Tibet. Die politische Situation dort hat sich weiter verschlechtert. Und du?"

„Ich? Oh, ich kann jetzt nicht lesen. Ich bemühe mich noch immer zu begreifen, dass ich mit dir in einem Flugzeug sitze und in die Wüste fliege."

Es war wirklich erstaunlich. Sie waren sich noch so fremd. Sie kannten sich kaum. Und trotzdem gab es diese Nähe zwischen ihnen, eine innere Vertrautheit, die sogar diese weite Reise in die Mongolei möglich gemacht hatte. Henriette hatte sie Hals über Kopf organisiert. Als sie Ludwigs Blick auf sich ruhen spürte, wandte sie sich ihm ganz zu. Eine Wärmewelle strahlte zu ihr herüber und erfasste ihren Körper. In Ludwigs Augen lag ein Meer von Zärtlichkeit. Sie kannte niemanden, der sie so anschauen konnte wie er.

Es war unglaublich, wie alles gekommen war. Schuld daran war Marie-Claudine. Bei ihrem Gespräch im Auto hatte sie Henriette empfohlen, sich nicht von Wu Xiang Fei zu entfernen. Etwas musste Marie-Claudine dazu veranlasst haben, sie darauf hinzuweisen – wie unbedeutend dieses Etwas auch gewesen sein mochte. Vielleicht lag es auch nur daran, dass Henriette die Klarheit so liebte. Jedenfalls hatte diese vage Andeutung Henriette dazu gebracht, ihr mehr Raum zu geben. Und so hatte Henriette plötzlich ganz neu über ihre Beziehung zum Qigong und zu Wu Xiang Fei nachgedacht.

Kaum aber hatte sie sich dem Qigongzirkel gedanklich zugewandt, da hatte sich Wu Xiang Feis Assistentin gemeldet und sie zu einem Gespräch mit dem Meister gebeten. Es musste Nathalie einiges an Überwindung gekostet haben, bei Henriette anzurufen. Ihr Tonfall hatte wie immer überheblich geklungen. Doch Henriette hatte deutlich gespürt, dass etwas sehr Ernstes hinter ihrem Anliegen steckte. Ihr Lehrer hatte sie noch am gleichen Tag zu sich eingeladen. Und so war sie in seine Altstadtwohnung in der Nähe des Tiergartens gefahren.

Wu Xiang Fei hatte auf eine Landkarte gezeigt, die ausgebreitet auf seinem Schreibtisch gelegen hatte. Mit dem rechten Zeigefinger hatte er ein Gebiet in der Mongolei am südlichsten Rand der Wüste Gobi umkreist. Es war die Badain Jaran Wüste.

„Hier wohnt mein alter Lehrer. Ich möchte, dass du zu ihm reist", hatte er zu ihr gesagt und sie dabei eindringlich angesehen.

Seine hypnotischen Fähigkeiten mussten gewirkt haben, denn er hatte eine tiefe Sehnsucht in Henriette ausgelöst, diesem Wusch zu folgen.

Henriette warf wieder einen Blick in ihre Zeitung. Sie hatte einen langen Bericht über die Aufstände in Tibet vor sich. Henriette ahnte, dass auch ihre Reise etwas mit der Situation der tibetischen Mönche zu tun haben könnte. In der Mongolei folgten viele Klöster der tibetischen Tradition.

„In dem lamaistischen Tempel, zu dem ich dich schicke, leben nur noch zwei Menschen, mein alter Meister und sein Schüler. Das Kloster liegt nahe am Nuo To See", hatte Wu Xiang Fei ihr mitgeteilt. „Ich muss mich in einer dringenden Angelegenheit an ihn wenden. Und auch für dich wird der Aufenthalt in diesem Kloster von Bedeutung sein. Du wirst viel über dich selbst erfahren. Möchtest du die Aufgabe übernehmen?"

Henriette sah sich in dem kleinen, schäbigen Flugzeug um. Sie zählte achtundvierzig Sitze. Bis jetzt waren gerade mal vierzehn Plätze belegt. Henriettes Sitz war schon so ramponiert, dass die Sitzfläche sich bei der geringsten Bewegung nach vorne und hinten schob. Die einzige Stewardess an Bord, eine dicke Chinesin, mit einer etwas zu eng gewordenen Uniform, hieß die Passagiere an Bord willkommen. Ihre Knöpfe spannten so sehr über Bauch und Busen, dass sie wie kleine Mahnmale hervorstachen und die kurvigsten Zonen ihres Körpers krönten. Die Tür des Flugzeugs stand noch immer weit offen. Die Sonne beleuchtete den Eingangsbereich. Wie die Stewardess so in der Tür stand, sah sie aus, als wolle sie sich und ihre Knöpfe noch ein wenig sonnen, bevor die Maschine in die Wüste Gobi startete.

Henriette fragte sich, warum Wu Xiang Fei ihr diese Reise ermöglicht hatte. Sein wirkliches Anliegen war auch dieses Mal unergründlich geblieben. Vor einem halben Jahr hatte er ihr Buchprojekt abgeblasen. Warum gab er ihr nun solch eine bedeutende Aufgabe? Keiner der anderen Schüler hatte je den alten Lehrer von Wu Xiang Fei kennengelernt. Nach der Erfahrung mit ihrem Buch war Henriette zu dem Schluss gelangt, keine weiteren Aufgaben des Qigongzirkels mehr annehmen zu wollen. Aber da war es wieder gewesen, dieses unbestimmte Gefühl, das ihr gesagt hatte, dass sie keine Wahlmöglichkeit hatte. Sie musste gehen. Warum, wusste sie selbst nicht. Mit der Reise schien ein weiterer Schritt in ihrem Leben verbunden zu sein. Den Schritt zu verweigern, hätte bedeutet, diese neue Ebene nie zu erreichen. Und so hatte sie wie schon beim letzten Mal schlicht zugestimmt.

Henriette dachte an ihre Kindheit. Sie erinnerte sich an ihr erstes Haustier. Es war ein Hamster gewesen. Wenn er nicht gerade gefressen oder geschlafen hatte, dann hatte der Hamster seine Zeit damit verbracht, in einem Laufrad unaufhörlich vorwärts zu hetzen. Er war gerannt und gerannt und hatte die kleinen Sprossen erklommen. Doch das Rad hatte sich einfach nur unermüdlich im Kreis gedreht, ohne dass er je ein Stück höher gekommen wäre. Der kleine Hamster hatte ihr immer sehr leid getan. Doch Henriette hatte es nur selten geschafft, ihn aus seiner zwanghaften Bewegung zu befreien und aus dem Käfig zu locken. Meist war er sinnlos weitergerannt, ohne sie zu beachten.

„Du solltest bald aufbrechen, die Zeit drängt", hatte Wu Xiang Fei ihr beim Abschied geraten und ihr einen Umschlag überreicht, in dem er alle wichtigen Informationen für sie zusammengestellt hatte. Auch dieses Mal war es ein harter Kampf mit ihrer Chefin gewesen, für die Reise freizubekommen. Wie immer hatte der Schlangengeist reichlich Gift und Galle gespuckt. Doch ihre Chefin schien gespürt zu haben, dass sie Henriette damit nicht mehr erreichte. Seit ihrer Versetzung in eine andere Abteilung, war Henriette alles egal. Und so hatte Wang Mei Yi sie schließlich ziehen lassen.

Viel mehr als die Reaktion ihrer Chefin, hatte Henriette beschäftigt, was aus ihrer Begegnung mit Ludwig werden würde, wenn sie plötzlich verreisen würde. Natürlich wäre es nicht für lange gewesen. Aber sie steckten mitten in der hochsensiblen Phase des Kennenlernens. Ganz vorsichtig hatten sie begonnen, sich aneinander heranzutasten. Vielleicht waren sie auf dem besten Weg, einander zu finden. Aber alles war noch so ungewiss. Nichts war sicher. Die kleinste Störung konnte ihr Leben in eine andere Richtung lenken.

Als Henriette Ludwig von der Reise erzählt hatte, war er Feuer und Flamme gewesen und hatte sie darum gebeten, mitkommen zu dürfen. Er liebte die Wüste. Er hatte sie in Arizona schätzen gelernt. Ohne zu zögern, hatte er seinen gesamten Urlaub für diese Reise eingereicht. Und jetzt waren sie bereits in Peking und er saß leibhaftig neben ihr.

Die Stewardess schob sich mit einem Tablett durch die Reihen und bot den wenigen Fluggästen Wasser und Lutschbonbons an. Henriette sah ihr fasziniert zu, wie sie mit scharfem Blick nicht nur die Sicherheitsgurte ihrer Passagiere kontrollierte, sondern auch deren Gesichter. Das kleine Flugzeug fuhr unterdessen kreisend auf dem Flughafen hin und her – nun schon bald über eine Stunde. Niemand, so schien es, wollte die Starterlaubnis erteilen. Auf Henriette wirkte es wie ein Spiel, das die Spieler selbst nicht ganz ernst nahmen. Nachdem weitere zehn Minuten verstrichen waren, stellte sich die Stewardess wegen der Sicherheitsinstruktionen für alle sichtbar in den Gang. Es klang, als würde sie einen Gebetstext auswendig herunterleiern. Als sie sich an einer Stelle verhaspelte, fing sie den gesamten Text noch einmal von vorn an. So wie man bei einem Gedicht wieder mit der ersten Zeile beginnt, wenn man sich versprochen hat. Niemand außer Henriette hörte ihr zu. Auch Ludwig schaute bei ihren Worten kaum auf.

Als die Maschine endlich zum Abflug bereit war, war die Pflicht der Stewardess fürs Erste erledigt. Sie setzte sich auf einen Sitz nahe dem Eingang und sah aus, als würde sie gedankenverloren vor sich hinträumen. Wie ein einsamer Wächter schirmte sie die Tür zum Cockpit schon allein durch ihre immense Körperfülle ab. Endlich erhob sich das Flugzeug in die Lüfte.

Getränke und Snacks wurden serviert und irgendwann ging die Stewardess mit kleinen Plastiktüten in den Händen durch die Reihen und sammelte Müll ein. Eine der Tüten war für Dosen, eine zweite für anderen Abfall vorgesehen. Etwas Unwirkliches, Einsames lag in dieser Geste. So wie die ganze Reise etwas Irreales an sich hatte. Henriettes und Ludwigs Ziel war ein altes Kloster, weit abgelegen von jeglicher Zivilisation. Eine Kamelkarawane durch die Wüste war der einzige Weg dorthin. Es würde bestenfalls sechs bis acht Tage dauern. Dafür hatte Henriette mehrfach nach China telefoniert und endlich, nach vielem Hin und Her, erreicht, dass sie sich einer kleinen Trekkingtour von Forschern anschließen konnten, die das Gebiet wegen der über hundert Wüstenseen erkunden wollten.

Henriette ging auf die Toilette, um sich frisch zu machen. Sie würden bald ankommen. Sie holte ihre Zahnbürste aus ihrem Beutel und putzte sich in der engen Kabine die Zähne. Dabei dachte sie an Ludwig. Noch immer hing sie an den Worten, die er, als sie den Vorschlag einer gemeinsamen Reise gemacht hatte, zu ihr gesagt hatte. *„Ich bin sehr bewegt"*, hatte er erwidert. Henriette liebte diesen Satz. Bei Ludwig spürte sie etwas, was sie bei keinem anderen Mann wahrgenommen hatte. Es war schwer zu fassen. Es war eine innere Verbindung, wie Henriette sie nie zuvor kennengelernt hatte. Doch mehr als alles andere würde diese gemeinsame Reise durch die Wüste eine Probe für ihre gegenseitigen Gefühle werden. Henriette spülte ihren Mund aus und packte Zahnbürste und Paste wieder in die Kosmetiktasche zurück.

Als sie die Toilettenkabine öffnen wollte, ließ sich die Schiebetür nicht mehr bewegen. Verstört ruckte Henriette an der Plastiktür hin und her. Die Tür saß fest, als wäre sie angeklebt. Panik stieg in Henriette auf. Sie sah sich schon auf ewig in die Kabine eingesperrt. Ein verzagter Schrei entwich ihr, als sie erneut an der Tür zerrte.

Eine junge Frau musste Henriettes Klappern gehört haben, denn sie half von außen mit, die Tür wieder zu öffnen. Es war keine große Sache. Ein leicht mit Rost überzogenes Scharnier hatte sich verhakt. Es dauerte keine zwei Minuten, da war Henriette wieder draußen. Als sie sich erleichtert bei der Helferin bedankte, fiel ihr Blick auf eine Chinesin, die hinter ihrer Retterin saß und gelangweilt in eine Broschüre blickte.

Ein Blitz durchzuckte Henriettes Glieder, als sie zu ihrem Platz zurückging. Plötzlich fiel Henriette ein, woher sie diese Frau kannte. Es war die Patientin aus der Frauenarztpraxis. Es war dieselbe Frau wie jene auf dem Foto, das ihr Marie-Claudine gezeigt hatte. Erschrocken blieb Henriette stehen und drehte sich nochmals um. Doch sie konnte die Chinesin über die Sitze hinweg nicht richtig sehen. Sollte sie zurückgehen? Nein, das wäre zu auffällig.

Marie-Claudine war wegen dieser Frau Hals über Kopf aus Berlin abgereist. Wie kam es, dass die Chinesin nun dieselbe Reise gebucht hatte wie Henriette und Ludwig? Die Route war viel zu ungewöhnlich, das konnte kein Zufall sein. Henriette ermahnte sich zur Ruhe. Sie würde später, wenn alle aussteigen würden, noch Zeit haben, einen weiteren Blick auf sie zu werfen. Die Chinesin wusste also von ihrer Reise, aber ahnte sie auch etwas von ihrer Mission? Es konnte nicht sein. Doch wie es auch war, Henriette würde ab jetzt sehr vorsichtig sein müssen. Vielleicht konnte sie es schaffen, den alten Lehrer heimlich zu treffen, ohne dass die Chinesin davon erfuhr. Würde sie ihn in Gefahr bringen, wenn sie mit ihm sprach? War sie selbst in Gefahr oder Ludwig? Kalter Schweiß stand Henriette auf der Stirn, als sie zu Ludwig zurückkehrte.

„Können wir kurz sprechen?", bat Henriette Ludwig und fasste in wenigen Worten zusammen, was sie erlebt hatte.

„Bist du sicher, dass es dieselbe Frau ist?", hakte Ludwig nach. Er schien nicht sonderlich beeindruckt zu sein.

„Ich weiß nicht. Vielleicht bilde ich mir alles nur ein. Aber vielleicht können wir trotzdem fragen, ob es eine andere Reisemöglichkeit gibt."

„Nun, es war ja schon nicht leicht, überhaupt ein Kameltrekking zu finden, das zeitlich für uns passt. Aber probieren können wir es."

An ihrem Ziel angekommen, suchten sie nach einem weiteren Trekking. Doch wie Ludwig vorausgeahnt hatte, waren die Möglichkeiten begrenzt. Die nächste Reisegruppe würde erst in einer Woche aufbrechen. Und keiner der Kamelbesitzer zeigte sich bereit, alleine mit Henriette und Ludwig loszuziehen. Henriette hatte sich so sehr auf ihre gemeinsame Reise gefreut. Doch die Chinesin im Flugzeug und das Gefühl nicht mehr zu wissen, was Realität war und was Einbildung, verunsicherte sie. Henriette fühlte sich plötzlich so dünn wie feines, zerbrechliches Glas. Wenn sie schnell weiter wollten, blieb ihnen keine andere Wahl, als die bereits reservierte Tour zu nehmen.

So fanden sie sich am nächsten Morgen pünktlich um vier bei ihrer Karawane ein. Die Luft war staubig und kühl. Trotz der frühen Stunde, herrschte um sie herum ein buntes Treiben. Reiseführer Xiang Mchy drängte zum Aufbruch. Als das Gepäck auf den Kamelen aufgeteilt war, setzte sich die Gruppe in Bewegung und steuerte auf die Wüste zu.

Von der Chinesin keine Spur. Würde sie noch zu ihnen stoßen oder hatte Henriette sich doch getäuscht? Henriette versuchte ihre düsteren Gedanken niederzukämpfen. Doch sie fühlte sich selbst jetzt noch unwohl, wo diese gar nicht da war.

Die Karawane kam nur langsam voran. Hin und wieder hielt der Zug an, damit die Forscher irgendwelche Stellen im Sand untersuchen und dokumentieren konnten. Henriette verstand nicht, warum gerade diese Stellen interessant waren und was genau sie da eigentlich aufzeichneten. Die Badain Jaran Wüste war ein Gebirge aus gigantischen Sanddünen. Sie waren mehr als vierhundert Meter hoch. Ein geheimnisvolles Dröhnen ging von diesen weichen, veränderlichen Bergen aus, durch die der Wind pfiff. Das Dröhnen erinnerte an den gespenstischen Gesang von Walen. Wie einer der Forscher berichtete, war die Region von mehr als hundert geheimnisvollen Seen durchzogen, deren Wasser von Salzwasser bis hin zu Süßwasser reichte. Die Weichheit der Landschaft, die Sanftheit der sandigen Hügel faszinierten Henriette. Sie wirkten vollendet harmonisch. Doch instinktiv spürte sie, dass man sich hier der Macht der Natur jede Sekunde anpassen, ja überlassen musste, um überleben zu können.

———

Dandzin klappte sein Bett zusammen und verstaute es hinter der großen goldenen Buddha-Statue. Er machte sich für die nächtliche Meditation bereit. Etwas entfernt von ihm, im Vorraum des Tempels, lag Lama Zaya Rinpotsche auf seinem Feldbett. Eine Wäscheleine, auf der gelbe Gewänder trockneten, spannte sich von Säule zu Säule.

„Dandzin, heute bleibt keine Zeit zum Meditieren. Du solltest dich aufmachen, wir werden Gäste bekommen", wandte sich der alte ausgemergelte Mönch an ihn.

„Altehrwürdiger Meister, das verwechselt Ihr, die Forscher haben geschrieben, dass sie erst die Seen erkunden wollen, bevor sie das Kloster besuchen. Sie kommen erst in zwei Tagen zu uns", erwiderte Dandzin.

„Briefe. Was sind Briefe? Hast du noch immer nicht gelernt, die Zeichen zu lesen?", schimpfte der alte Mann und drehte sich auf dem wackeligen Bett, dass es ächzte.

Dandzin spürte, wie er puterrot im Gesicht wurde. Er wandte den Blick zu Boden.

„Die Forscher werden weitere Gäste mitbringen, die eine Botschaft für mich haben", fuhr der Lama fort. „Du musst ihnen entgegen gehen und sie schnellstens hierher bringen. Sie sind in Gefahr. Ich werde die große Meditation einleiten – im blauen Raum. Ich werde kein Essen benötigen, aber sieh zu, dass es unseren Gästen an nichts fehlt.

Denn ich werde sie nicht begrüßen können. Du musst dich alleine um sie kümmern, bis meine Aufgabe erledigt und die Meditation abgeschlossen ist. Geh jetzt, du findest die Forscher in der Nähe des dunklen Sees. Aber zuvor dichte alle Fenster und Türen ab. Wenn ich erfolgreich bin, wird es einen Sturm geben. Sieh zu, dass du die Karawane rechtzeitig erreichst und hierher begleitest."

Aufgeregt verneigte sich Dandzin und stolperte rückwärts gehend zur Tür hinaus.

―――

Die Forscher waren in Zweimannzelten untergebracht. Auch Henriette und Ludwig teilten ein Zelt. Es war ihre sechste Nacht in der Wüste und Henriette war glücklich. Schon bald würden sie an ihrem Ziel ankommen. Zudem war die Chinesin nicht mehr aufgetaucht. Und so hatte sich Henriette nach und nach entspannt und war mittlerweile fast sicher, dass sie die Frau einfach nur verwechselt hatte. Heute Nacht waren sie bis halb vier mit den anderen zusammengesessen und hatten den Geburtstag eines Forschers gefeiert. Es war eine nette kleine Runde gewesen. Jetzt lag Henriette gemeinsam mit Ludwig in ihrer kleinen, frostig gewordenen Behausung. Eng aneinandergeschmiegt lagen sie in ihrem dicken Schlafsack und lauschten den Geräuschen in der Dunkelheit. Von Ferne war das Jaulen eines einsamen Wolfs zu hören. Schweigend saugten sie die Wärme ihrer Körper ein und umfingen einander. Der Gesang des Windes umhauchte das Zelt. Zärtlich fanden sich ihre Münder. Henriette war, als würde sie ihre Berührungen in dieser Wüstennacht in einer anderen Dimension, einem anderen Raum, erleben. Geblendet von ihrem eigenen Strahlen, verlor sie sich im Taumel der Liebe. Ihr Sein schaukelte in der Sphäre, in der das Denken aufhört und die Seele sich weitet.

Ihre Körper brodelnden vor aufsteigender Begierde. Die Klänge um sie herum wurden lauter und spülten sie fort in den unendlichen Raum. Eine prickelnde Wärme umhüllte Henriette und trieb sie ihrem berstenden Höhepunkt entgegen. Mitten in ihrem Liebesspiel war es

Henriette, als würde sich jemand nähern. Etwas schien zu ihnen zu stoßen und sich mit ihnen zu verbinden. Doch der Gedanke verschwand so schnell wieder, wie er gekommen war. Wie eine Kostbarkeit ergoss sich die Lust in schäumenden Wellen. Einem Pochen gleich, drangen Laute wieder und wieder in ihr Bewusstsein. Etwas trommelte. Es kratzte. Henriette erstarrte. Eine Stimme draußen vor dem Zelt rief nach ihnen. Aus ihrer Innigkeit gerissen, blickte Henriette verwirrt um sich. Sofort fiel ihr wieder die Chinesin ein. Sie wand sich aus Ludwigs zärtlicher Umarmung, rappelte sich auf und griff nach Pulli und Hose.

„Was ist los?", fragte Ludwig, der das Geräusch erst jetzt bemerkte. Henriette hatte sich gerade ihren Pulli übergestreift, als sich die Zelt-Tür von außen öffnete und sich ihnen ein runder Kopf langsam entgegen streckte.

Henriette zog den Pulli so tief sie konnte in Richtung Knie. Sie staunte nicht schlecht. Der Kopf gehörte einem jungen mongolischen Mönch. Woher war er gekommen, so allein mitten in der Wüste? Und was fiel ihm ein, einfach den Reißverschluss ihrer Zelt-Tür zu öffnen? Bevor sie oder Ludwig reagieren konnten, richtete der Mönch seine Stimme an sie.

„Guten Morgen, mein Name ist Dandzin. Ich heiße Sie, auch im Namen meines edlen Meisters, in Badan Jilin herzlich willkommen. Ich möchte nicht unhöflich sein, entschuldigen Sie bitte, dass ich hier so eindringe, aber der altehrwürdige Lama Zaya Rinpotsche schickt mich zu Ihnen. Er bittet mich, Ihnen auszurichten, dass er Sie und Ihre Begleiter im Tempel erwartet. Ich soll Sie zu uns führen."

„Vielen Dank. Ich werde unserem Reiseleiter Bescheid geben, aber jetzt ist es noch zu früh, wir müssen noch ein wenig schlafen", antwortete Henriette.

„Ja, das verstehe ich und der Schlaf ist ja auch wichtig. Doch entschuldigen Sie bitte, dass ich Sie weiter störe. Ich möchte demütig anmerken, dass Sie nicht so lange warten können. Sie müssen sofort aufbrechen und mit mir mitkommen. Ihr Führer und die Gruppe machen sich schon bereit. Es bleibt nicht mehr viel Zeit."

„Wie meinen Sie das? Ich verstehe nicht."

„Wir müssen losgehen!", wiederholte der junge Mönch mit merkwürdig verzweifelter Stimme.

„Bitte, beeilen Sie sich."

Als Henriette und Ludwig sich noch immer nicht rührten, schlug er die Zelt-Tür weit auf und zeigte in Richtung Himmel. Erst jetzt nahm Henriette wahr, dass sich die Welt um sie herum in diesen frühen Morgenstunden stark verändert hatte. Es war, als hätte sich die ganze Landschaft in sich zurück gezogen und bedrohlich weit von ihnen entfernt.

„Sehen Sie dieses Leuchten ganz hinten in der Ferne? Das ist ein Sandsturm. Er wird uns bald heimsuchen. Bitte, kommen Sie mit ins Kloster. Hier können Sie nicht bleiben."

„Was? Und das sagen sie erst jetzt?"

Endlich erreichten sie den See, an dem das Kloster Badan Jilin gelegen war. Nach ihrem überstürzten Aufbruch war die Gruppe im Morgengrauen panisch durch die Wüste gehetzt. Doch Dandzin war ein guter Führer. Gemeinsam mit Xiang Mchy achtete er darauf, dass niemand vom Weg abwich oder zurückblieb. Sie waren fast da. Nicht weit vom Tempel entfernt, passierten sie ein kleines Wäldchen, dessen Grün in der sandigen Wüste beinahe zu leuchten schien. Sie blickten auf die Spiegelung des Klosters im Wasser. Noch war es so windstill, dass kein Lüftchen das Bild im Wasser bewegte. Es war unheimlich. Doch schon bald würde es sich ändern. Der Sturm war weiter herangekommen. In ihrem Rücken schob sich die dunkle Wolke unheilvoll näher. Der Wind konnte sie jeden Moment erreichen.

Als die erste Böe sich abzeichnete, waren die Kamele nicht mehr zu halten. Dandzin brüllte der Gruppe zu, sich zu beeilen. So schnell sie konnten, rannten alle den Kamelen hinterher auf die weiße Tempelanlage zu. Mit seinem gebogenen Dach wirkte der Tempel im Angesicht des Standsturms einsam und schwach. Henriette betete, dass er dem Sturm standhalten würde. Doch als sie näher kamen, sah sie, dass das Gebäude stabiler war, als es von weitem gewirkt hatte. Alle Fenster und Türen waren abgedichtet und auf den Sturm vorbereitet worden. Auf der linken Seite des Tempels öffnete der junge Mönch mühsam ein großes Tor und ließ seine Schützlinge hinein. Kamele und Menschen, alle jagten wild durcheinander, bis sie sicher im Gebäude waren. Sie verschlossen gemeinsam die Tür und ließen sich erschöpft hinter den dicken Mauern nieder. Es war keinen Moment zu früh, der Himmel hatte sich bereits gelblich verfärbt.

Dandzin verteilte Atemschutzmasken, Schutzbrillen und Plastikdecken und bereitete die Gruppe auf einen harten Morgen vor. Der Sturm hatte, so schätze Dandzin, eine mittlere Stärke und konnte bis zu einigen Stunden anhalten. Während dieser Zeit sollte niemand mehr den Raum verlassen, denn die Halle, in die Dandzin sie geführt hatte, war besonders gut abgedichtet.

Als Dandzin bei Henriette ankam, sprach sie ihn leise an.

„Entschuldigen Sie, aber wäre es möglich, Ihren Meister zu sprechen, wenn der Sturm hier vorüber ist? Ich habe eine wichtige Botschaft für Lama Zaya Rinpotsche."

Dandzin öffnete eine Seitentür gleich neben Henriette und bedeutete ihr, ihm zu folgen. Er führte sie einen schmalen Gang entlang, durch den der Wind nur noch leise zu hören war. An seinem Ende öffnete sich vor Henriette ein hoher sakraler Raum, der sie in sich hineinzog wie in das Innere eines Geheimnisses. Der Gebetsraum strahlte eine nahezu vollkommene Stille aus. Dandzin beeilte sich eine Lampe anzuzünden, während Henriette sich staunend umblickte. Dieser Teil des Tempels mit seinen goldenen Heiligen und Götterfiguren war gut gepflegt. Auf dem Boden in der Mitte war ein Mandala gestreut. Die bunten Farben des Sandes leuchteten im Schein der Lampe. Das Mandala war noch nicht fertig. Einige Stellen am Rand waren noch frei. Daneben lagen einige Werkzeuge und Sandkübel in verschiedenen Farben, ordentlich zusammengepackt.

„Lama Zaya Rinpotsche und ich arbeiten gemeinsam daran. Sollte es tatsächlich den Sturm überstehen, was kaum zu erwarten ist, dann werde ich es noch heute alleine vollenden", sagte Dandzin, der Henriettes Blick gefolgt war.

„Aber bitte sprechen Sie, wir haben nicht viel Zeit." Dandzin schaute Henriette erwartungsvoll an.

„Nein, tut mir leid, aber die Nachricht kann ich nur Zaya Rinpotsche persönlich übergeben. Sie stammt von seinem Schüler Wu Xiang Fei. Kann ich den Lama treffen?"

Dandzin schüttelte den Kopf. „Das ist nicht möglich. Der ehrwürdige Meister Zaya Rinpotsche wird nicht bei uns weilen. Er ist in die große Meditation Ihres Lehrers mit eingestiegen und hat sich mit ihm verbunden."

„Mit meinem Meister?", fragte Henriette ungläubig.

„Ja, er erschien Zaya Rinpotsche, als dieser die Riten vollführte."

„Wie lange wird die Meditation dauern? Wird Lama Zaya Rinpotsche auch während des Sturmes meditieren? Ist das nicht gefährlich?"

„Wenn ein Sturm während Zaya Rinpotsches Meditation aufkommt, so ist das ein gutes Zeichen. Dennoch wird Lama Zaya Rinpotsche erst dann hierher zurückkommen, wenn er seine Aufgabe ganz erfüllt hat. Ob es Stunden oder Monate sind und ob er jemals wieder in dieses Leben zurückkehren wird, das weiß ich nicht zu sagen."

„Aber es ist wichtig ...", stammelte Henriette verwirrt. „Wir sind extra wegen dieser Nachricht hierher gereist."

Henriette zog Wu Xiang Feis Brief aus ihrem Geldgürtel, den sie um den Bauch gebunden hatte.

„Wenn du es wünschst, lass ich dich in diesem Raum allein. Und du kannst dem edlen Zaya Rinpotsche deine Botschaft übermitteln. Aber du musst dich beeilen. Bevor der Sturm stärker wird, solltest du wieder in der Halle sein. Henriette schaute Dandzin fassungslos an.

„Meister Zaya Rinpotsche die Botschaft übermitteln? Aber das kann ich nicht. Ich weiß nicht, wie das geht."

Dandzin schaute Henriette verdutzt an.

„Bitte gib mir den Brief. Ich leite die Information weiter", bot er freundlich an und griff nach dem Umschlag. Er eilte damit in eine kleine Nische. Henriette konnte hören, wie der Sturm weiter herannahte. Gelegentlich drang ein dumpfes Brausen bis in den stillen Raum vor. Aufmerksam beobachtete sie, wie Dandzin in der Nische hantierte. Kurz leuchtete ein Funken auf und ihr stieg der Geruch von Feuer in die Nase. Erst dachte sie, er hätte eine Kerze angezündet. Doch dann sah sie, dass eine Ecke des Briefes Feuer gefangen hatte und Dandzin ihn in eine Metallschale mit drei Füßen fallen ließ. Henriette riss ihre Schutzbrille von den Augen und sprang zu Dandzin. Er murmelte leise ein Mantra vor sich hin. Der Brief brannte lichterloh.

„Du zerstörst meinen Brief", schrie sie fassungslos. Doch es war zu spät. Das Papier war schon fast abgebrannt. Unbeirrt wiederholte Dandzin sein Mantra, so lange, bis sich auch der letzte Zipfel des Briefes in Asche verwandelt hatte. Henriette zupfte ihn am Ärmel seiner Robe.

„Du hast die Information vernichtet", stammelte sie hilflos. Sie wusste nicht, was sie tun sollte. Sie war wie gelähmt. Die Chinesin kam Henriette wieder in den Sinn. Es gab also einen Zusammenhang zwischen der Meditation des alten Meisters und dem Sturm. Aber gab es auch einen Zusammenhang zwischen Dandzin und der Chinesin? Als Henriette stärker an seinem Arm zerrte, erwachte Dandzin endlich aus seinem versunkenen Zustand. Sein Blick war gläsern, als er zu ihr sprach.

„Es ist die einzige Möglichkeit, dem erhabenen Zaya Rinpotsche während der Meditation ein Zeichen zu geben. Die Buchstaben werden vor seinen Augen aufleuchten. Doch jetzt müssen wir sofort in die Halle zurück."

Tatsächlich peitschte der Wind stärker um den Tempel. Henriette konnte nichts mehr tun. Die Information war verloren. Als eine Sandböe die Mauern erreichte, beeilte sich Henriette, die Brille wieder aufzusetzen und Dandzin zu folgen. Zurück in der Halle bot sich ihr ein erstaunlicher Anblick. Die Forscher hatten sich, in Decken gewickelt, im Kreis niedergelassen. Nur Xiang Mchy stand noch aufrecht, eine Lampe in der Hand, und winkte hektisch zu ihr herüber.

„Wo warst du?", schrie er und warf ihr eine Plastikplane zu. Durch seinen Mundschutz hindurch befahl er ihr, zu ihm zu kommen und die Plane über sich zu stülpen. Henriette wollte zu Ludwig, doch sie konnte ihn nicht erkennen. Sie fühlte sich plötzlich sehr allein.

Der Sturm hatte seine volle Kraft erreicht und tobte über den Tempel hinweg. Der Wind pfiff erbarmungslos in Henriettes Ohren. Und obwohl die Halle gut abgedichtet war, drang der Sand wie auf ein Zeichen hin durch alle Ritzen. Es war so staubig im Raum, dass ihr das Atmen schwerfiel. Ihr Mund war völlig ausgetrocknet. Verzweifelt starrte Henriette vor sich hin. Sie hatte alles verdorben. Sie fühlte sich so schwach, dass sie sich am liebsten hingelegt hätte. Doch sie traute sich nicht, sich zu rühren. Sie musste verhindern, dass die Plane verrutschte und sie noch mehr Sand abbekam. Plötzlich spürte Henriette eine Hand auf ihrer Schulter. Es war Ludwigs Hand. Wie hatte er sie gefunden? Dankbar fiel sie ihm in die Arme. So verharrten sie, ohne sich zu rühren, bis der Sturm nachließ.

„Konntest du den Lama treffen?", brüllte ihr Ludwig ins Ohr.

„Nein. Du kannst dir nicht vorstellen, was passiert ist. Dandzin hat meinen Brief verbrannt. Er hat ihn einfach angezündet und ich konnte nichts dagegen tun", schrie Henriette gegen die Lautstärke des Windes an.

„Verbrannt?"

„Ja, und ich habe es nicht verhindert", schluchzte Henriette.

„Beruhige dich, Henriette."

Ludwigs Wärme umhüllte sie, als er sie fest an sich drückte. Die Sandböe war so schnell verschwunden, wie sie gekommen war. Mit einem Mal war alles ganz still. Erschöpft schlief Henriette an Ludwigs Schulter ein. Stunden später erwachte sie von Xiang Mchys Weckrufen.

„Aufstehen! Ihr habt eine Stunde Zeit fürs Frühstück, dann brechen wir zu den Seen auf."

Müde richtete Henriette sich auf. Die Forscher schliefen noch oder waren, wie sie selbst, soeben erwacht. Das Tor zum Hof war ganz geöffnet. Doch weit konnte man nicht sehen, denn die Luft war noch immer dick und staubig. Die Kamele standen in der Nähe des Tempels in dem kleinen Laubwäldchen. Henriette fragte sich, wer sie dorthin geführt hatte. Auch einige der Zelte und das Gepäck lagen schon auf einem großen Haufen, zum Abmarsch bereit.

Henriette schaute sich suchend nach Ludwig um. Er stand ganz in ihrer Nähe vor einer großen goldenen Statue des Avalokiteshvara, die mit Sandstaub bedeckt war. Aus ihrem Kopf wuchsen weitere Köpfe in den Himmel, mit Gesichtern in alle vier Himmelsrichtungen. Die symbolischen tausend Hände der Gottheit der Barmherzigkeit umfassten Insignien oder goldene Lotusblüten.

„Es sind elf Köpfe", hörte Henriette eine Stimme sagen.

Der kleine Mann war so leise in die Halle gekommen, dass Henriette ihn nicht bemerkt hatte. Er stand nun direkt hinter Ludwig.

„Die Gottheit des Avalokiteshvara verkörpert sich im Dalai Lama", erklärte er mit einer Stimme, die man ihm ob seiner Statur nicht zugetraut hätte. Sein Kopf glich dem einer alten Schildkröte. Es musste Lama Zaya Rinpotsche sein, Wu Xiang Feis alter Lehrer.

„Ich bin froh, dass ihr den Sturm alle gut überstanden habt. Ich habe meine Meditation vor wenigen Minuten beendet. Meine Aufgabe ist erfüllt. Ich bin gekommen, um mich von eurer Gruppe zu verabschieden", sagte er und richtete seine klaren dunklen Augen erst auf Henriette, dann auf Ludwig.

„Ihr werdet bald aufbrechen müssen. Aber keine Sorge. Es wird keinen weiteren Sturm mehr geben", sagte der Mönch in englischer Sprache an Ludwig gewandt.

„Du hast einen schönen Weg vor dir", bedeutete er ihm, bevor er zu den Forschern hinüberging. Henriette sprang auf und strich sich über die Haare. Höflich sprach sie ihn an:

„Lama Zaya Rinpotsche, ich wurde von meinem Lehrer Wu Xiang Fei mit einer Botschaft zu Ihnen geschickt ..."

„Nicht jetzt. Die Zeit dafür ist noch nicht gekommen", unterbrach sie der alte Meister mürrisch.

„Aber mein Brief ist weg. Dandzin hat ihn gestern während des Sturms verbrannt. Er sagte, Sie würden die Botschaft während Ihrer Meditation empfangen können."

Der alte Mönch ging nicht darauf ein.

„Deine Aufgabe ist noch nicht erfüllt. Bleib hier und bring zu Ende, was du begonnen hast", entgegnete er rätselhaft.

Irritiert schaute Henriette zu Ludwig. Was war mit diesen Worten gemeint?

„Komm mit", bat der alte Lama Henriette, als er von seinem Gespräch mit den Forschern wiederkam.

„Ich warte draußen auf dich", sagte Ludwig, obwohl Henriette zu spüren glaubte, dass ihm nicht wohl dabei war.

Sie hätte ihn gerne umarmt. Sie sehnte sich nach seiner Wärme und Geborgenheit. Doch vor dem alten Mönch traute sie sich nicht. Und so folgte sie Zaya Rinpotsche, der die Halle schon halb durchquert hatte. Henriette hatte Angst. Irgendetwas wartete hinter diesen dicken Mauern auf sie. Der Lama öffnete die Tür zu einem kleinen Betraum und ließ sie auf einem Sitzkissen, das auf einem Holzpodest lag, Platz nehmen. Es war ein kleines schmuckloses Zimmer. Zaya Rinpotsche setzte sich ihr gegenüber nieder und betrachtete sie aufmerksam. Henriette wartete auf das, was kommen würde, aber Zaya Rinpotsche rührte sich nicht. Stumm saß er da und studierte ihr Gesicht.

Endlich begann er zu sprechen.

„Der Moment wird bald kommen, an dem du dich von der Welt für immer verabschieden kannst, wenn dir daran gelegen ist. Raum und Zeit haben sich für dich geöffnet. Wenn du hier in der Wüste bleibst und kultivierst, kannst du deinen Geburtenkreislauf für immer durchbrechen. Du wirst dann nicht mehr wiedergeboren werden und musst das Schicksal der Menschen und Tiere nicht mehr durchleben. So kannst du deine Bestimmung vollenden. Doch, wenn du dich für dieses Schicksal entscheidest, dann darfst du die Übungen, die ich dir geben werde, keinen Tag lang unterlassen.

„Ich kann doch nicht einfach hier bleiben und mein ganzes Leben aufgeben. Was wird aus Ludwig? Er muss zurück", stammelte Henriette.

„Nicht jetzt. Rede nicht unnötig. Was du einmal ausgesprochen hast, lässt sich nicht mehr zurücknehmen. Es wird dein Schicksal bestimmen. Wenn du dem Geburtenkreislauf entrinnen willst, dann musst du jegliche Beziehung und alles, was dich an die Welt bindet, hinter dir lassen. Ich habe in dir gelesen. Doch deine Gedanken sind nicht klar. Deshalb mache ich dir ein Angebot. Du kannst zehn Tage hier im Kloster bleiben und dich kennenlernen. Ich werde dir Übungen geben, die dein Wesen klären und dir deine Entscheidung erleichtern werden. Nur mit einem klaren Geist und einem ruhigen Herzen, ist man fähig, den richtigen Weg sicher zu erkennen und eine so große Entscheidung zu treffen, wie sie jetzt für dich ansteht. Das Leben bietet viele Möglichkeiten. Doch du solltest deinen eigenen Weg niemals verlassen. Wenn du mit meinem Vorschlag einverstanden bist und dich zehn Tage hier sammeln möchtest, dann neige den Kopf. Ich werde es deinem Begleiter mitteilen. Er wird es verstehen. Doch du, schweige ab jetzt und spreche mit niemandem ein Wort. Wenn du mein Angebot nicht annehmen willst, dann bitte ich dich jetzt zu gehen."

## 24 Zur selben Zeit an einem anderen Ort

Marie-Claudine saß an Deck eines alten Schiffes und hielt sich verkrampft an der Reling fest. Ihr war schlecht. Wie sollte sie die Überfahrt nach Borneo bloß überstehen? Sie fragte sich, wie sich Henriette nach ihrem Treffen in der Frauenarztpraxis wohl entschieden hatte. Sie spürte die enge Verbindung, die zwischen ihr und Henriette bestand und dass gerade jetzt, in diesem Moment, etwas Entscheidendes in der Luft lag. Es hatte mit ihrer beider Leben zu tun.

Trotz der frühen Stunde wirkten die Menschen um sie herum munter und fröhlich. Marie-Claudine jedoch fühlte sich mit jeder Minute immer elendiger. Das Schaukeln des Meeres wurde unerträglich. Auf. Ab. Auf. Ab. Auch dem Kind in ihrem Bauch schien die Bewegung nicht zu behagen. Oder spürte ihr Baby, ebenso wie sie, die Verdichtung von Informationen und Ereignissen um sie herum?

„Baby?", fragte eine Indonesierin heiter im Vorbeigehen und deutete auf Marie-Claudines Bauch. Marie-Claudine nickte und schloss die Augen. Sie wollte das bewegte Meer nicht mehr sehen. Sie müsste sich nur etwas anderes vorstellen, dachte sie. Wenn sie erst einmal das Meer aus ihren Gedanken verbannt hätte, dann würde ihr das Schaukeln nichts mehr anhaben können.

Schon in der Nacht hatte ihr Körper stark reagiert. Ihr war es vorgekommen, als wenn ein Kampf in ihr und in ihrem Kind stattgefunden hätte. Sie hatte leise zu ihrem Kind gesprochen und die ganze Nacht hindurch meditiert. Erst am Morgen, als es dämmerte, war es in ihr mit einem Mal ganz ruhig geworden.

Doch dann hatte der Wecker geklingelt. Sie hatte ihre Sachen gepackt und war zum Hafen geeilt, um das Schiff nach Borneo zu nehmen. Ein, zwei Stunden lang war alles gut gewesen. Aber jetzt, mitten auf See, setzte der innere Kampf wieder ein.

Marie-Claudine bemühte sich, ihre Gedanken auf etwas Schönes zu lenken, doch es wollte ihr nicht gelingen. Ihr Körper krampfte sich zusammen und eine Welle von Schmerz durchflutete ihren Unterleib. Sie riss die Augen auf und krallte sich an der Reling fest. War das eine Wehe? Es konnte nicht sein. Sie war erst im siebten Monat. Es war viel zu früh. Eine Möwe flog über ihren Kopf hinweg. Sie schien über sie zu lachen. Vielleicht sollte sie nach einem Schmerzmittel fragen. Aber wie konnte sie wissen, ob sie dieses in ihrem schwangeren Zustand überhaupt nehmen durfte? Eine neue Welle des Schmerzes stieg in ihr auf. Es waren eindeutig Wehen. Marie-Claudine streifte ihre Schuhe ab und legte sich flach auf die Sitzbank

„Gibt es hier einen Arzt, ich brauche einen Arzt!", wandte sie sich in Englisch an einen der Passagiere, der sich in ihrer Nähe die Füße vertrat. Er schaute sie neugierig an, nickte wissend und schlenderte ohne die geringste Eile weiter die Reling entlang. Hatte er sie überhaupt verstanden? Frustriert schloss Marie-Claudine die Augen. Sie konnte ohnehin nicht mehr aufstehen. Der Schmerz wühlte in ihrem Körper, als wolle er ihn ausbrennen.

Irgendwann vernahm sie Schritte und spürte, dass jemand näher kam. Es war der Mann, der die Tickets abgerissen hatte. Erleichtert deutete Marie-Claudine auf ihren Bauch.

„Baby, Baby", sagte sie erschöpft, in der Hoffnung, er würde verstehen. Doch er blickte sie nur hilflos an.

„No doctor", stammelte er. „Wait, wait!" Er zeigte aufs Meer, in Richtung Borneo, das sich schon entfernt am Horizont abhob. Marie-Claudine nickte tapfer.

„Danke, terima kasih", sagte sie leise und schloss wieder die Augen.

Sie wusste nicht, wie lange sie so gelegen hatte, damit beschäftigt, auf die nächste Wehe zu warten, als sie plötzlich sanfte Hände auf ihrem Bauch spürte. Eine alte Indonesierin hatte sich neben sie gekniet und tastete sich von oben nach unten über den Bauch vor. Sie drehte sich um und rief dem Kartenabreißer einige Worte zu, bis dieser eilends davonging. Marie-Claudine wusste nicht, worum es dabei gegangen war. Sie kümmerte sich auch nicht mehr darum, denn eine neuerliche Schmerzwelle dehnte sich in ihrem Bauchraum aus und überflutete Körper und Geist. Marie-Claudine schrie. Die alte Frau sprach sanft auf sie ein und massierte den Körper geschickt mit den Händen. Irgendwann kam der Kartenabreißer zurück und äußerte sich wild gestikulierend. Marie-Claudine vernahm die Worte, ohne sie zu verstehen. Immer wieder zeigte er mit dem Finger auf den Boden. Wenn sie richtig deutete, wollte er, dass sie unter Deck ging. Vermutlich hatte er eine Kajüte für sie aufgeschlossen und hergerichtet. Doch bei dem Gedanken, aufstehen und sich die Treppen hinunterschleppen zu müssen, verkrampfte sich alles in ihr. Auch würde ihr die stickige Luft im Bauch des Schiffes nicht bekommen.

„Bitte nicht", stammelte sie und schüttelte den Kopf.

Die alte Frau sprach nun zu ihr und deutete ihrerseits nach unten. Verzweifelt verneinte Marie-Claudine erneut. Schließlich gaben es die beiden auf, weiter auf Marie-Claudine einzureden. Und endlich, endlich ging auch der Kartenabreißer wieder weg und ließ sie mit der Alten allein.

Zwischen zwei Wehen stellte Marie-Claudine fest, dass sich die Stimmung an Deck merklich gewandelt hatte. Das geschäftige Treiben war einer fast unnatürlichen Stille gewichen. Man hatte sie in dieser Ecke des Schiffes alleine gelassen und vor den neugierigen Blicken anderer Passagiere abgeschirmt. Niemand war zu sehen oder zu hören. Nur zwei junge Frauen kamen leise heran und brachten bunte Badetücher und zwei bis oben hin gefüllte Wassereimer mit. Sie stellten die Eimer neben der alten Indonesierin ab, gaben ihr die Tücher und ließen sich schweigend auf einer der Bänke in ihrer Nähe nieder. Als Marie-Claudine den Schmerz nicht mehr ertragen konnte und vor Qual aufschrie, steckte ihr die alte Frau ein Stück Holz in den Mund, auf das sie, wie Marie-Claudine verstand, beißen sollte.

Die Alte sprach beruhigend auf sie ein und setzte bald zu einem

Gesang an, der Marie-Claudine durch Mark und Bein ging. Ein ähnlich durchdringendes Lied hatte sie noch nie zuvor gehört. Dankbar schloss sie ihre Augen und überließ sich ganz der hohen mitreißenden Stimme. Marie-Claudine tauchte in den intensiven Klangwirbel ein wie in eine andere Welt. Ein maskierter Tänzer erschien, bahnte sich den Weg zu ihr und begann einen wilden ekstatischen Tanz. Marie-Claudine verstand, dass es eine Art Schamane oder Geisteraustreiber war, der ihre Geburt überwachte. No need, ich will das nicht, lass mich in Ruhe, dachte sie. Doch der Tänzer hatte sich bereits in Trance getanzt. Er war nicht mehr zu stoppen. Sein dunkler glänzender Körper bewegte sich wie die Wellen eines aufgewühlten Meeres. In Marie-Claudines Kopf hämmerte es. In ihrem Innern spürte sie ein unnachgiebiges Drücken und Stoßen. Der Maskierte kam näher, strich ihr über den Bauch und besprenkelte sie mit einem Gemisch aus Wasser, Blüten und Reiskörnern. Sie öffnete die Augen. Vor ihr auf dem Boden kniete noch immer die alte Frau. Sie hatte aufgehört zu singen und spritzte ihr mit den Händen ein wenig Wasser ins Gesicht. Der maskierte Tänzer war verschwunden.

Wieder erfasste eine neue Wehe ihren Körper, wurde stärker, durchbebte jede Zelle. Die beiden jungen Frauen beugten sich zu Marie-Claudine hinunter, packten sie unter den Achseln und zogen sie ruckartig nach oben. Doch Marie-Claudine war mittlerweile alles egal. Sie begriff, dass das Kind kraftvoll ins Leben drängte. Die neue Haltung sollte ihre Geburt erleichtern. Die Alte bemühte sich unterdessen, auf Marie-Claudines Atem Einfluss zu nehmen und machte ihr tiefe Atemzüge vor. Von rasendem Schmerz durchbohrt, schloss Marie-Claudine erneut die Augen und bemühte sich darum, ihren Atem zu beruhigen. Da sah sie Wu Xiang Fei. Neben ihm saß ein uralter Mann und meditierte. Voll Dankbarkeit blickte Marie-Claudine zu ihrem früheren Meister. Bitte hilf mir, dachte sie und entspannte sich ein wenig. Sein Anblick machte ihr Mut. Sie atmete tief und langsam und beobachtete sich dabei selbst wie unter einer Lupe. Und plötzlich, wie durch ein Wunder, spürte sie keinen Schmerz mehr. Sie sah, dass ihr Körper krampfhaft zuckte und sich bewegte, aber sie fühlte nichts mehr. Auch ihr Bedürfnis zu schreien, war verschwunden. Da wusste sie, dass sie es bald vorbei sein würde. Und wirklich, ein erneuter Stoß aus ihrem Innern, eine letzte aufbäumende Bewegung ihres Körpers und ihr Kind bahnte sich den Weg in die Welt. Marie-Claudine spürte noch, wie das Baby ihren Körper verließ, dann sank sie zusammen, müde und erschöpft. Die beiden jungen Frauen halfen ihr, sich auf die Bank niederzulegen. Mitgenommen und erschöpft wie sie war, drang alles weitere nur von Ferne an sie heran. Sie wusste, dass sie es geschafft hatte und dass das Kind da war. Mehr war nicht wichtig. Das Baby schrie. Marie-Claudine schluchzte. Ihr Sohn war geboren. Im siebten Monat. Würde das Kind überleben?

## 25 Little India, Singapur

Marc fuhr zusammen. Jemand hatte ihn an der Schulter berührt. Es war Frank, ein Teilnehmer aus seiner Reisegruppe.

„Entschuldigung, ich wollte dich nicht erschrecken, Marc. Aber du warst so versunken."

„Ich bin ein bisschen müde. Im Hotelzimmer neben mir war es etwas laut gestern Nacht und ich konnte kaum schlafen. Hast du was Schönes eingekauft?", fragte er Frank, der mit mehreren Tüten beladen hinter ihm stand.

„Das kann man wohl sagen, Little India ist fantastisch", schwärmte Frank. Er ließ sich auf einen Stuhl neben Marc fallen.

„Wie war's im Tempel?", wollte Marc wissen. Er hatte genug vom Spirituellen und beschlossen, der Gruppe den Nachmittag für einen Einkaufsbummel freizugeben und sie den Tempel alleine entdecken zu lassen.

„Ach so ja, der Tempel ist natürlich klasse. Aber das Merkwürdige war, als du mit uns vor der Eingangstür standst, da kam ein Schuhputzer auf mich zu, der mich bat, dir mitzuteilen, dass ein Geistlicher aus dem Tempel, irgendein Brahmane oder Guru, den Namen habe ich schon wieder vergessen, mit dir sprechen will. Ich sollte dich bitten, zu ihm zu gehen. Aber bis ich endlich verstanden hatte, was er wollte, da warst du schon weg."

Marc lachte.

„Gut, dass ich nicht mehr da war. Vermutlich wollen sie in Zukunft die Tempelbesuche einschränken oder Eintritt in Form von Spendengeldern nehmen. Oder sie werden alle Reisegruppen dazu verdonnern, sich ihre Schuhe putzen zu lassen, während sie barfuß den Tempel besichtigen. In Singapur denkt man doch ständig ans Geld. Es würde mich nicht wundern, wenn das auch irgendwann auf den Tempelbereich übergreift."

„So wirkte es eigentlich nicht. Dem Schuhputzer schien es jedenfalls sehr wichtig zu sein. Er hat mich erst in Ruhe gelassen, als ich versprochen habe, nicht nur meine Schuhe bei ihm putzen zu lassen, sondern es dir auf jeden Fall mitzuteilen."

„Danke, Frank. Dann hast du deinen Auftrag ja jetzt erfüllt. Darf ich dich zur Belohnung zu einem Yogitee einladen?"

„Ein Bier wäre mir lieber."

„Das gibt es hier nicht."

„Dann eben Yogitee."

Marc stand auf und reihte sich in die Warteschlange vor der Theke ein.

Wieder versank er in Gedanken. Er fühlte sich elend. War es wirklich nötig gewesen, dass Marie-Claudine in ihrem schwangeren Zustand nach Asien gereist war? Und diese Chinesin auf dem Foto, war sie wirklich gefährlich? Was wollte sie von ihm und von Marie-Claudine? Konnte es etwas mit der Botschaft des Schamanen zu tun haben? Marie-Claudine war davon fest überzeugt. Aber vielleicht ging es auch um die Informationen, die er aus Lhasa herausgeschmuggelt hatte? Die Chinesin hatte ihn in Peking zusammen mit Zhigang im Kloster gesehen und kurz darauf in Tibet. Doch wie Marc es auch drehte und wendete, ihm kam alles unwirklich und absurd vor. Er liebte Marie-Claudine. Aber ihr Glaube an die Worte des Schamanen und ihr Hang zu abstrusen außersinnlichen Wahrnehmungen waren echt ein bisschen „too much".

Marie-Claudine hatte ihm mitgeteilt, dass die Chinesin bei ihrer Frauenärztin aufgetaucht war und sie deshalb die nächste Maschine nach Malaysia nehme würde. Er hatte sie angeschrien und ihr vorgeworfen, ihre Beziehung zu zerstören, nur wegen dieses dämlichen taiwanesischen Schamanenhokuspokus. Er hatte sie angefleht, zu bleiben und ihre Schwangerschaft nicht unnötig durch Flüge und Reisen zu gefährden. Sie bekomme ein Kind, keinen Gott, ein ganz normales unschuldiges Kind, hatte er ihr entgegengeschleudert und ihr gesagt, dass sie sich in Deutschland sicher fühlen könne. Jedes Wort war ihm noch genau in Erinnerung.

„Die Chinesin ist real. Wie undurchsichtig die Sache auch immer ist, diese große Unbekannte von deinem Foto war heute in der Frauenarztpraxis und hat mir nachspioniert. Ich muss mein Kind schützen. Und daran wirst auch du mich nicht hindern!", hatte sie geschrien und ihren gepackten Koffer geschnappt. Sie hatte von *ihrem* Kind gesprochen. Es war auch *sein* Kind. Hochschwanger in ein Flugzeug zu steigen, wäre ebenso fahrlässig, hatte er ihr hitzig an den Kopf geworfen. Doch er konnte sie nicht umstimmen. Also hatte er ihr den Koffer abgenommen, ihn ins Auto getragen und ihr die Tür aufgehalten. Er hatte darauf gehofft, dass man sie in ihrem schwangeren Zustand gar nicht mehr fliegen lassen würde.

„Komm, ich fahr dich zum Flughafen. Du machst ja doch was du willst", hatte er zu ihr gesagt. Doch sie hatte nicht gelächelt. Vielmehr kam es ihm vor, als würde sie ihm die Schuld dafür geben, dass die Chinesin aufgetaucht war. Und was immer er auch sagte, jedes Wort schien den Graben, der plötzlich zwischen ihnen entstanden war, noch zu vertiefen. Er hatte sie gefragt, wohin sie gehen wolle. Er hatte ihr versichert, nachzukommen, wenn seine nächste Reiseleitung vorbei wäre. Aber die Worte schienen nicht bis zu ihr durchzudringen.

„Das sehe ich dann", hatte sie gesagt. Mehr nicht. Kein: „Ich ruf dich an." Kein: „Ich liebe dich." Nichts.

Marc stellte den Yogitee vor Frank auf dem Tisch ab.

„Das ist ja eine tolle Stimmung hier. Überall sieht man dunkle indische Schönheiten und Läden mit Räucherstäbchen und Blumengirlanden, ganz zu schweigen von den Musikshops mit ihrer faszinierenden indischen Popmusik."

„Ja, ich mag das Viertel auch sehr. Ich stehe einfach auf diese leuchtenden Farben und scharfen Gerüche. Du solltest übrigens unbedingt die süßen Kekse aus Kichererbsenmehl probieren. Oder hast du noch Lust dir anzuschauen, wie indische Volkskultur hier am Wochenende aussieht?"

„Ja, gerne."

Gemeinsam schlenderten sie durch die Straßen von Little India. Sie begutachteten die ausgebreiteten Waren eines kleinen Straßenecken-Flohmarkts auf dem sich abgetragene Saris neben Manga-Comics stapelten. Marc zeigte auf eine Wiese, ganz in der Nähe, auf der eine riesige Leinwand aufgebaut war. Im Gras saßen oder lagen Horden von Indern beisammen. Es waren hauptsächlich Männer. Sie aßen, schwatzten und folgten einem Bollywood Film, der gerade begonnen hatte. Bei einem Straßenhändler kauften die beiden Samosas und lauwarme Dosengetränke und gingen damit zu der Wiese hinüber, um sich im Gras niederzulassen.

„Schau mal, da ist der Schuhputzer wieder", sagte Frank plötzlich und zeigte in Richtung des Samosa-Standes. Marc folgte seinem Blick und sah dort einen Inder stehen und zu ihnen herüberschauen. Als sich ihre Blicke trafen, setzte sich der Mann in Bewegung und kam direkt auf sie zu.

„Ganz schön hartnäckig", sagte Frank.

„Hello Mister, glad to see you-la", begann der Inder in breitestem Singlish-Dialekt zu sprechen und bat Marc zu einem Gespräch mit seinem Lehrer. Marc hatte das Gefühl, dass es kein Zufall war, dass sie sich hier trafen. Der Schuhputzer musste nach ihm gesucht haben.

Was konnte er von ihm wollen? Nach allem, was in den letzten Monaten passiert war, hatte sich Marcs Neugierde gründlich erschöpft. Besonders seine Neugierde auf irgendetwas, das mit Religion und Glauben in Verbindung stand.

„Um was geht es denn?", fragte Marc mürrisch.

„The priest says, it is very important-la", kam die wenig klärende Antwort.

„Na schön, wenn der Film hier vorbei ist, komme ich zum Tempel", sagte Marc und wandte sich wieder der Leinwand zu.

Bevor der Film zu Ende war, hörte er eine Stimme hinter sich.

„Lassen Sie uns einige Schritte gehen. Es wird nicht lange dauern."

Die Worte waren so klar und selbstverständlich gesprochen, dass Marc das Blut in den Adern stockte. Trotz der Freundlichkeit enthielten die Sätze eine Absolutheit und Dringlichkeit, der sich niemand widersetzen konnte.

Marc nickte und stand auf.

„Ich bin gleich wieder da", sagte er zu Frank. Er ging mit dem Geistlichen davon. Als sie weit genug vom Film entfernt waren und die Straßen ruhiger wurden, begann der Inder zu sprechen.

„Guten Abend. Mein Name ist Hari Kumar Ghotam", stellte sich der Inder auf Englisch vor.

„Marc Lantinger."

„Sie sind Reiseleiter?", fragte der Brahmane. „Wie lange bleiben Sie?"

„Ja. Ich bin mit einer deutschen Gruppe hier. Morgen fahren wir nach Malaysia weiter und in zehn Tagen fliegen wir wieder von hier aus zurück nach Deutschland. Warum fragen Sie?"

„Sie sollten sich nicht gegen wichtige Informationen wehren. Wir verlieren dadurch viel Zeit. Ihr Sohn wurde geboren. Doch er schwebt in großer Gefahr. Wenn er die nächsten Tage übersteht, dann werden wir einen sicheren Platz für ihn finden. Das sollten Sie wissen."

„Wer sind Sie? Sie müssen mich verwechseln", entgegnete Marc, dem der gütig belehrende Ton des Inders gehörig gegen den Strich ging.

„Mein Name ist Hari Kumar Ghotam. Ich habe die Nachricht über Ihren Sohn während der Meditation empfangen. Und als ich Sie heute Morgen vor dem Tempel stehen sah, wusste ich, dass die Information zu Ihnen gehört."

"Sie müssen sich irren. Meine Freundin ist zwar schwanger, aber erst im siebten Monat."

„Ich täusche mich nicht. Er wurde heute Morgen auf dem Meer geboren und ist die Wiedergeburt eines alten buddhistischen Meisters, sein Name ist ..."

„Sorry, aber ich glaube nicht an Wiedergeburten. Ich bin kein Hindu und auch kein Buddhist. Aber, wenn Sie recht haben, dann sprechen Sie hier von einer Frühgeburt auf dem Meer, im siebten Monat."

„So ist es", sagte der Brahmane geduldig. „Ihr Sohn lebt. Und er hat hohe Energien um sich herum. Ich denke, dass er es körperlich schaffen wird. Der Zeitpunkt seiner Geburt ist nicht verwunderlich. Es war seine einzige Chance, um überhaupt auf die Erde zurückkommen und überleben zu können. Doch jede Sekunde zählt. Alles hängt davon ab, dass er schnellstens an einen sicheren Ort gebracht wird."

„Ich habe keine Ahnung, wovon Sie reden, Mann. Wo ist meine Freundin? Ist sie hier in Singapur? Sie muss in ein Krankenhaus!" Marcs Stimme überschlug sich.

„Über ihren momentanen Aufenthaltsort kann ich nichts sagen. Aber ein Krankenhaus wäre der sichere Tod für das Kind."

„Ich will zu ihr. Sofort!"

„Sie können jetzt nichts für sie tun. Machen Sie Ihre Reise weiter wie geplant. Und kommen Sie in zehn Tagen zu mir in den Tempel. Bis dahin sollten wir einen Aufenthaltsort für Ihre Familie gefunden haben. Versuchen Sie nicht nach Ihrer Frau und dem Kind zu forschen. Es würde den beiden nur schaden."

„Ich verstehe überhaupt nichts. Das ist Kidnapping. Warten Sie ..."

„Kommen Sie in zehn Tagen zu mir. Mehr kann ich nicht für Sie tun. Vielen Dank, dass Sie mir zugehört haben", sagte der Inder und verneigte sich vor Marc. „Und merken Sie sich eines: „Manchmal", fügte er leise hinzu, „ist es besser, nichts zu verstehen, nichts zu wissen und nichts wissen zu wollen."

Er drehte sich um und ging ruhigen Schrittes davon.

Marc starrte ihm ungläubig nach. Als der Inder an einem Essensstand vorüberkam, drehte er sich noch einmal um. Mit den Augen sandte er Marc ein kurzes, fast unmerkliches Zeichen, dann verschwand er in der Menge.

Marc ging zur Kinowiese zurück. Einen Bollywood-Film konnte er jetzt nicht ertragen. Waren denn plötzlich alle auf der Flucht oder verschwunden? Er dachte an Zhigang. Wie stand es wohl um ihn und um Foto-Wu? Zhigang hätte sicher gewusst, was in so einem Fall zu tun war. Aber als Marc in seinem letzten Telefonat die Chinesin erwähnt hatte, hatte Zhigang aufgelegt.

„Nimm vorerst keinen Kontakt zu mir auf. Das ist sicherer", hatte er gesagt und das Gespräch abrupt beendet.

Nach allem, was der Brahmane ihm soeben erzählt hatte, war Marc plötzlich in einer ähnlichen Situation wie Zhigang. Doch bei ihm ging es nicht um einen Freund, sondern um seine neue Familie. Marc raufte sich die Haare. Was sollte er bloß tun? Er konnte doch Marie-Claudine und sein Kind nicht einfach alleine lassen. Hier ging es schließlich um das Überleben seines Kindes. Hier ging es um seinen Sohn! Als Marc bei der Kinoleinwand ankam und sich wieder zu Frank auf die Wiese setzte, merkte er, dass er am ganzen Körper zitterte.

## 26 Wüstenleben

Sand, Sand, Sand. Henriette wusste nicht mehr, was sie tat. Seit Stunden sah sie nichts anderes als Sand. Mühsam schleppte sie sich voran. Ob sie den Wüstensee bald erreichen würde? Sie führte die Hände gefaltet über den Kopf zum Himmel, zur Kopfmitte, Stirn, Kehlkopf, Brust. Dort verweilte sie für einen Moment, breitete beide Arme auseinander und warf sich zu Boden, die Hände weit nach vorne gestreckt. Wie von selbst berührte die Stirn den sandigen Boden. Sie spürte, wie der Sand an ihrem Mund klebte. Ihre Lippen waren rissig und verkrustet. Warum hörte sie nicht einfach auf mit ihrer Übung? Seit fast zehn Tagen praktizierte sie hier in der Wüste. Sie brauchte bald Wasser. Wenn ich jetzt schlapp mache, dann war alles umsonst, sagte eine Stimme in ihr. Wenn ich nicht sofort aufhöre, dann bin ich erledigt, mahnte eine andere. So schnell stirbt man nicht, los steh auf, schallte die erste Stimme durch Kopf und Körper. Mühsam rappelte sie sich auf, warf sich zu Boden, kam qualvoll nach oben, stürzte sich nieder und stand wieder auf.

Wann hatte sie mit Zählen aufgehört? Sie wusste es nicht. Zahlen, die sie heraufbeschworen hatte, schwebten vor ihren Augen: 67, 12, 187, 99. Mehrfach hatte sich ihr Denken verfangen. Die Zahlen waren in ihrem Kopf rückwärts gerattert, anstatt vorwärts zu springen. Irgendwann hatte sie gemerkt, dass sie schon lange nicht mehr gezählt hatte. Henriette wusste, dass in ihrer Flasche genügend Wasser war, um ihren Weg zum heiligen See fortsetzen zu können. Aber würde sie es schaffen, ihre Niederwerfungen bis zum Ufer durchzustehen? Jeder Knochen ihres Körpers tat weh. Bei jedem Bodenfall umhüllte der Sand erbarmungslos ihren Körper und drang in alle Öffnungen ein. Vor Schmerz wollte sie nicht mehr aufstehen, doch im Sand liegenzubleiben war, als versuchte man sich in einer Staubwolke schlafen zu legen. Es war mörderisch.

Während sie den Weg weiter zum See robbte, fühlte sie sich wie ein Idiot. Der alte Lama hatte ihr aufgetragen, ihren Weg zum heiligen See wie ein tibetischer Pilger zu vollziehen und sich Körperlänge um Körperlänge mit Niederwerfungen langsam vorwärts zu arbeiten. Es war schon auf befestigten Wegen eine Tortur. Hier in der Wüste kam es einem Overkill gleich. Das nannte man also den Weg der Erleuchtung! Hätte sie dies vorher gewusst, dann wäre sie niemals in der Wüste geblieben. Anstatt sich zu quälen, könnte sie jetzt sanft in Ludwigs Armen ruhen. Sie durfte gar nicht daran denken.

Immer wütender vollzog Henriette die ihr auferlegte Übung. Zornig stand sie auf. Wie sinnlos es doch war, sich den Regeln eines anderen zu unterwerfen. Hier ging es um ihr eigenes Leben. Und nur sie selbst konnte bestimmen, was richtig für sie war. Gierig griff Henriette nach ihrer Wasserflasche und wischte sich den Sand von Lippen und Augen. Henriette nahm einen tiefen Schluck. Sie hatte genug. Sie würde ihren Weg zum See fortsetzen, aber ohne Niederwerfungen. Leichtfüßig würde sie die letzten Meter dahinschweben und sich am Wasser niederlassen und meditieren. Plötzlich hatte sie es sehr eilig zum See zu kommen. Ungeduldig verschloss sie die Plastikflasche, hängte sie an ihre Kordel und rannte los. Etwas geriet ihr zwischen die Beine. Schwupp. Kopfüber stürzte sie zu Boden. Die Hände weit von sich gestreckt, landete sie unsanft im Sand.

„Aua."

Ihr Schienbein schmerzte, ebenso die rechte Hand. Benommen blieb sie liegen, ohne sich zu rühren. Etwas Kaltes lief ihr Knie entlang. Das Wasser! Bis sie die Flasche unter ihrem Körper hervorgezerrt hatte, war fast jegliche Flüssigkeit daraus entwichen. Das Plastik hatte einen Riss. Benommen starrte Henriette auf die Stelle mit dem feuchten Sand. Weshalb passierte ihr das? Und warum gerade jetzt, als sie beschlossen hatte, den ihr begonnenen rituellen Weg abzubrechen? Konnte sie doch nicht über ihr Leben entscheiden? War das ein Zeichen oder wurde sie allmählich abergläubisch? Oder wahnsinnig?

Eine plötzliche Unruhe riss sie aus ihren Gedanken. Etwas, ganz in ihrer Nähe, hatte sich verändert. Sie wusste nicht einmal, was es gewesen war, Geräusch oder Bewegung, das sie hatte innehalten lassen. Aber sie spürte ganz deutlich, dass sie nicht mehr allein war. Und dann sah sie es. Es war ein merkwürdig großes Insekt, nicht unähnlich einer Fliege, mit breiten zur Seite gerichteten Flügeln. Fast wirkte es, als hätte man aus einer gewöhnlichen Stubenfliege ein Flugzeug basteln wollen und ihr rechts und links dunkle feingliedrige Tragflächen auf den Rücken geschraubt. Das Tier hatte sich auf dem noch feuchten Grund niedergelassen und strich eifrig mit seinem überdimensionalen Rüssel über den Sand. Nahm es das Wasser in sich auf? Staunend betrachtete Henriette das Wüsteninsekt. Voller Anmut zog das Tier seine Kreise über dem Sand und ließ sich an immer neuen Stellen nieder, in die es seinen Rüssel hineinbohrte. Es ist alles richtig, so wie es ist, schien es zu sagen. Ich komme hierher zu dir und schon im nächsten Augenblick ziehe ich weiter an einen anderen Ort. Das ist der Rhythmus des Lebens, der Lauf der Welt.

Plötzlich schüttelte ein lautes Lachen Henriettes Körper. Da saß sie nun inmitten der Wüste, sah dem Versiegen des Wassers zu und war glücklich. Genau jetzt, in diesem Moment, fühlte sie sich mit ihrer Umgebung auf eine Weise verbunden, wie sie es nie zuvor gespürt hatte. Sie war ein Teil des Ganzen, war selbst Bestandteil der Wüste geworden. Sie nahm die Flasche, goss sich die restlichen Tropfen über den Kopf und lachte und lachte.

Sie freute sich plötzlich darauf, ihren Weg weiter fortsetzen zu können. Beschwingt führte sie die Hände in Richtung Himmel und fuhr mit ihren Niederwerfungen fort. Wie leicht die Übung plötzlich voranging, fast ohne Anstrengung und Kraft gab sie sich dem Auf- und Ab ihrer Bewegungen hin. Noch immer lachte sie dabei. Ihre Heiterkeit war so vollkommen, dass sie Henriette den ganzen Weg über begleitete. Als sie das Ufer erreichte, lachte sie noch immer. Mit großem Schwung warf sie sich ein letztes Mal nieder und landete mit Oberkörper und Kopf im klaren Wasser des Sees. Aus der ewigen Ruhe des Seins gerissen, spritze das Wasser in alle Richtungen und drückte sich sprudelnd in Henriettes Ohren und Nase. Für einen Moment blieb sie unter Wasser und legte ihre Stirn auf den seichten Grund. Als die Luft knapp wurde, tauchte sie wieder auf. Sie fühlte sich vollständig gereinigt und eins mit sich selbst. Doch noch immer war ihre Aufgabe nicht beendet. Sie würde sich hier ans Ufer setzen und über ihre Zukunft meditieren.

---

Die Wüstenhitze, die sie den ganzen Tag über begleitet hatte, nahm allmählich ab. Es wurde kalt. Henriette konnte spüren, wie auch das Wasser mit der sich abkühlenden Luft in Verbindung stand. Seit Stunden saß Henriette unter einem Strauch, die Hände zu einem Mudra geformt, vor dem See. Hier war sie geschützt vor Sonne, Wind und dem wehendem Wüstensand. Würde sie auch in der nächtlichen Kälte weiter meditieren können? Es war nur ein kurzer Gedankenblitz, der sich wieder zerstreute. Wie ein kleiner Fisch, der an die Wasseroberfläche schwimmt, um nach Luft zu schnappen, war der Gedanke in ihr aufgetaucht und wieder in den Untiefen des Gewässers verschwunden. Henriette spürte, wie die dicht aufgeladene Kraft der Meditation zurückkam, die von Stunde zu Stunde stärker geworden war.

Sie fühlte sich als Embryo in einer Fruchtblase transparent und träge hin- und herschwingend. Ihre Körperbewegungen wurden zu denen eines aufgeregten Schimpansen. Sie erlebte die Metamorphose vom Mensch zu einem großen alten Baum, dessen Wurzeln tief in der Erde ruhten. Bilder ihrer Kindheit und ihres späteren Lebens schossen in rasendem Tempo an ihr vorüber, als säße sie in einem schnellen Zug, der Landschaft für Landschaft durchquerte. Nie hätte sie sich träumen lassen, dass ihr eine Meditation eine solche Fülle von Lebensformen und Weisheiten eröffnen würde, wie es ihr hier widerfuhr. Die gesammelten Erinnerungen ihres Lebens, all ihre Erfahrungen liefen an Henriette vorbei, angefüllt mit Gefühlen, die körperlich spürbar, wiedererlebbar waren. Manchmal war es fürchterlich schmerzhaft, manchmal unbeschreiblich schön. Doch sie spürte, dass sie mit jedem Augenblick weniger eng mit ihren Empfindungen verbunden war. Es war, als kämen sie ein letztes Mal, um von ihr Abschied zu nehmen.

Henriette stand am Fuße eines hohen Berges. Er kam ihr vor wie ein Bote des Todes. Ihr Körper zog sich zu seinem harten Klumpen zusammen, drohte zu versteinern und zu einem Teil des Berges zu werden. Bald darauf brannte er wie Feuer. Gewaltige Energieschübe strömten von unten nach oben durch sie hindurch und hoben sie in die Lüfte. Mitten im Schweben glaubte sie plötzlich all ihre Kräfte zu verlieren und wieder zu stürzen. Doch immer neue Wellen folgten den ersten und trugen sie mühelos weiter nach oben, auf den Gipfel des Berges hinauf. Auf der Spitze, in rötliches Licht getaucht, sah sie eine Höhle, in der viele Gestalten versammelt waren. Sie nickten ihr freundlich zu und begrüßten sie mit heiterem Gelächter. Wie lange sie schon saß und meditierte, sie wusste es nicht. Die Übungen waren von einer Kraft, die einen schwindelig werden ließ. Sekunden, Minuten, Stunden glitten vorüber, als wäre Henriette in einen Zeitstrudel geraten.

Durch die geschlossenen Lider hindurch spürte sie die Dunkelheit der Nacht nahen. Bald würde sie zu Zaya Rinpotsche zurückgehen müssen und ihm ihre Entscheidung mitteilen. Und tatsächlich, von Tag zu Tag, von Moment zu Moment, hatte sich vieles in ihr geklärt. Leicht und selbstverständlich hatte sie das Schweigen auf sich genommen, um die wichtigste Entscheidung ihres Lebens zu treffen: Würde sie in der Wüste bleiben und ihren Geburtenkreislauf beenden? Würde sie hier tagtäglich ihre Übungen vollziehen so wie jetzt?

Ihre Antwort darauf bahnte sich den Weg zu ihrem Bewusstsein. Eine große Gewissheit überkam Henriette. Sie war glücklich. Tief in ihrem Innern war sie schon immer glückselig gewesen. Es war gleichgültig, wie sie sich entscheiden würde, welchen Weg sie gehen würde. Dieses tiefe Glück, die große Lebensfreude, würden sie immer begleiten. Sie saß an ihrem windgeschützten Platz und blickte auf die klare Quelle des heiligen Wassers. Der Mond stand hoch am Himmel. Und hätte Henriette ihre Augen geöffnet, so hätte sie ihr lächelndes Gesicht auf dem spiegelnden Wasser gesehen. Die tiefe Ruhe des Sees breitete sich in Henriette aus. Ihre Antwort war gekommen. Sie war da. Mit der Klarheit eines Kristalls nahm sie die neue Erkenntnis in sich auf. Sie konnte das Leben für immer verlassen. Sie hatte alles erreicht, alles verstanden. Sie war das, was sie war, in jedem Moment.

Henriette beendete ihre Sitzmeditation. Ihre Gedanken verankerten sich wieder in der Wirklichkeit der Wüstenlandschaft um sie herum. Mit geschärftem Bewusstsein nahm sie die stille Landschaft in sich auf. Sie spürte das Salz auf ihrer Haut und hörte den leise säuselnden Wind. Sie war betört vom Geruch des Wassers und fühlte den körnigen Sand unter ihren Füßen. Von nun an würde sie zu jeder Zeit in diesen besonderen Zustand zurückfinden können. Jeder Augenblick wäre Meditation. Jede Erfahrung wäre Erkenntnis. Sie füllte die Flasche wieder bis zum Riss mit Seewasser und machte sich auf den Weg zurück zum Tempel. Es war früh am Morgen. Noch einmal drehte sie sich zum Wüstensee um und nahm die Schönheit der Landschaft in sich auf.

---

Der junge Lama musste sie gesehen haben, denn er sprang hastig von seiner Bank auf und blickte in ihre Richtung. Er verschwand hinter der hellen Mauer des Tempels. Als er wieder kam, hatte er eine Flasche mit Wasser und ein Glas in der Hand und eilte auf Henriette zu.

Henriette bemühte sich, ihren gleichmäßigen Schritt beizubehalten. Am liebsten wäre sie gerannt. Doch ihre Kraft würde dafür nicht mehr ausreichen. Das Wasser, das er ihr eingoss, nahm sie dankbar entgegen. Es schmeckte köstlich. Sie spürte seinen fragenden Blick auf sich ruhen. Doch er sagte nichts. Dreimal goss er nach und führte sie schweigend zu der Bank, auf der er gesessen hatte. Wieder füllte er ihr Glas.

Henriette unterlag noch immer ihrem Schweigegelübde. Sie schaute sich langsam um, ob der alte Meister bald käme.

„Zaya Rinpotsche ist noch nicht wieder zurück. Er ist in seiner Einsiedelei", sagte Dandzin, als hätte er ihren Blick verstanden. Henriette stand auf, zeigte ins Innere des Tempels und ging hinein. Die hohe, schattige Säulenhalle fühlte sich angenehm kühl an.

„Komm hier lang. Ich habe ein Zimmer für dich gerichtet und dein Gepäck schon hineingestellt", sagte Dandzin und zeigte in Richtung eines mit nur einem Vorhang verhängten Raumes.

Danke, aber ich brauche das Zimmer nicht, hätte Henriette gerne geantwortet. Aber so schüttelte sie nur stumm ihren Kopf. Mit Zeichensprache versuchte sie ihm mitzuteilen, dass sie abreisen wollte.

„Du willst gehen? Nach Berlin?", fragte er verwundert.

Henriette nickte bejahend.

„Aber du kannst nicht einfach von hier fortgehen", sagte Dandzin plötzlich mit veränderter Stimme.

Als sie ihn fragend anblickte, fuhr er fort.

„Komm mit in dein Zimmer. Da kannst du dich ausruhen." Henriette ließ sich von Dandzin in ihr Zimmer führen. Sie nahm ihren Rucksack und setzte sich damit auf das hölzerne Bett. Ein lautes Knarren ließ sie innehalten. Der Vorhang wurde zur Seite geschoben. Der alte Lama war aus seiner Einsiedelei zurückgekommen. Er musste gespürt haben, dass etwas vor sich ging, denn er musterte Henriette eindringlich.

„Ehrwürdiger Meister, sie ist früher zurückgekommen. Sie möchte uns verlassen. Ich habe versucht ihr zu erklären, dass sie noch nicht gehen kann", stotterte Dandzin und machte eine tiefe Verbeugung.

Zaya Rinpotsche trat näher und legte Henriette zur Begrüßung seine alte knochige Hand auf die Stirn. Sie spürte, wie sprühende Lebenskraft von seinen Handinnenflächen zu ihr strömte und ihren Kopf und Körper erfüllte. Er hob ihr Schweigegelübde auf und sah sie fragend an.

„Ja, Dandzin hat recht. Ich habe hier sehr viel erfahren. Aber ich kann nicht bleiben. Ich bin entschlossen, nach Berlin zurückzugehen", richtete Henriette das Wort an den alten Mann.

Eine Sekunde lang schien es Henriette, als blitzte etwas Ungreifbares, Kaltes in seinen Augen auf, dann waren sie warm und ausdruckslos wie zuvor.

„Der Himmel klärt alle Dinge und Wege", flüsterte der alte Meister und nickte ihr zu. „Dandzin wird dich zurückbegleiten. Du wirst es nicht leicht haben. Achte auf deine Taten und Wege. Du hast eine große Aufgabe gewählt!"

Langsam ging Henriette hinaus. Dandzin wartete mit seinem Kamel auf einem der weichen Sandhügel. Als sie ihr Gepäck auf dem Tier verstaut hatte, lag der weite Raum der dunklen Wüste vor ihr. Ja, sie hatte sich entschieden. Der alte Lama trat zu ihnen.

„Ich möchte, dass du diesen Ort und was du hier erfahren hast, in Erinnerung behältst. Nimm dieses Geschenk. Die Kinder unseres Klosters haben es früher getragen. Doch heute wird es nicht mehr gebraucht. Für dich soll es ein Zeichen sein, dass du hier immer willkommen bist."

Es war ein sehr altes, feingesticktes Kindergewand. In dem Moment, als Henriette den schweren Baumwollstoff berührte, stieg eine große Traurigkeit in ihr auf. Würde sie wieder an diesen friedlichen Ort zurückkehren? Würde sie den alten Meister jemals wiedersehen?

---

Auf ihrer Rückreise im Flugzeug überkam Henriette das Bedürfnis zu schreiben. Plötzlich verstand sie, was Marie-Claudine damals im Auto gesagt hatte. Ihr Körper war so voll von Informationen wie ein aufgeblasener Ballon. Bei der kleinsten Berührung würde er platzen. Sie holte Block und Kugelschreiber aus ihrem Handgepäck und begann zu schreiben. Als wäre Henriette eins mit dem Stift, flossen die Gedanken aus ihr heraus, in einer Klarheit, wie Henriette sie bisher nur angesichts des heiligen Wüstensees kennengelernt hatte. Die Passagiere um sie herum waren längst müde geworden und schliefen beengt auf ihren Sitzen. Doch Henriette setzte nicht ab. Stunde um Stunde schrieb sie weiter. Der tiefe Atem der Schlafenden um sie herum beflügelte sie zu immer neuen Erkenntnissen. Sie achtete kaum auf das Essen und die Getränke, die ihr serviert wurden. Als ihr Block endlich vollgeschrieben war, blickte Henriette auf. Erstaunt stellte sie fest, dass das Flugzeug bereits zur Landung ansetzte.

Die wenigen Minuten, die ihr von der Reise noch blieben, verbrachte Henriette nachdenklich in ihrem Sitz. Das Qigongbuch war fertig. Es hatte Anfang und Ende und umfasste zwölf dicht gefüllte Kapitel. Sie würde es abtippen, ohne einen Satz daran zu ändern. Es waren die wahrsten und persönlichsten Zeilen, die sie je geschrieben hatte. Henriette begriff, dass sie ohne diese weite Reise, die sie seit ihrem ersten Entwurf zurückgelegt hatte, ihr Buch niemals hätte schreiben können. Sie packte ihren Block wieder in die Tasche zurück und legte sich das alte Kindergewand von Lama Zaya Rinpotsche auf den Schoß. Nachdenklich betrachtete sie es und fuhr mit ihren Fingern über die feinen Stickereien. Plötzlich begriff sie, warum er es ihr geschenkt hatte.

## 27 Die Entscheidung

Ludwig stand am Fenster und sah hinaus. In seiner lockeren weißen Leinenhose mit freiem Oberkörper, die Kaffeetasse in der Hand, blickte er müde in das nasse Grün der Bäume. Es wurde allmählich Zeit fürs Büro, er sollte sich beeilen. Doch seit er von seiner Reise zurückgekommen war, hatte er nur wenig Lust dazu. Täglich fiel es ihm schwerer, seinen Büroalltag so gelassen anzugehen, wie er es sonst von sich gewöhnt war. Die Reise in die mongolische Wüste hatte ein riesiges Loch in ihm zurückgelassen und seine alltäglichen Rituale durcheinander gebracht. Es war nicht so, dass er sie nicht mehr erfüllen wollte, aber als hätte jemand mit einer schweren Metallbürste den Glanz von ihnen abgeschrubbt, wirkten sie matt und rissig, als kämen sie aus einer anderen, längst vergangenen Zeit.

Ludwig goss sich Kaffee nach, als es an der Tür läutete.

„Der Tag fängt ja gut an", dachte er und griff nach seinem schwarzen T-Shirt, das er sich über den Kopf zog, bevor er auf den Flur eilte. Er stopfte das T-Shirt in die Hose und strich sich durch die Haare. Über dem rechten Ohr stieß er mit seinen Fingern an einen weichen Gegenstand. Fast hätte er ihn vergessen. Es war das Haarband mit den weißen Muscheln drauf. Er hatte es für Henriette gekauft. Jetzt benutzte er es selbst, wenn er sein Gesicht eincremen wollte und die Haare ihn dabei nicht stören sollten. Er zog es heraus und ließ es in seiner Hosentasche verschwinden, bevor er die Tür öffnete.

Eine Frau mit einem großen hellen Strohhut stand vor ihm. Trotz des frühlingshaften Wetters schien sie zu frieren.

„Henriette!", sagte Ludwig perplex. Er war wie vom Donner gerührt.

„Hallo", entgegnete Henriette. „Guten Morgen, Ludwig."

Ludwig starrte sie ungläubig an. Sie wirkte so verändert. Was wollte sie? War sie zu ihm zurückgekehrt? Und warum hatte sie bloß diesen komischen Strohhut auf? Da stand sie, nach allem was passiert war, einfach so vor seiner Tür. Ludwigs Gefühle spielten verrückt. Er wusste nicht, ob er vor Freude hüpfen oder vor Kummer weinen sollte. Noch nie hatte er sich so im Stich gelassen gefühlt wie in der Wüste von Henriette. Zehn Tage war es her. Kein Anruf, keine SMS, kein Wort hatte er von ihr bekommen. Er hatte das Gefühl, als hätte er Jahre tiefen Leids hinter sich. Sie hatten die Reise gemeinsam begonnen. Es sollte *ihre* Reise werden. Doch dann war Henriette in den Tempelmauern zurückgeblieben. Allein. Und jetzt stand sie in aller Herrgottsfrühe vor seiner Tür, gerade so, als wäre nichts gewesen.

„Oh je, Henriette, seit wann bist du zurück? Komm rein. Du siehst aus, ich ...", sagte Ludwig und hielt ihr die Tür auf.

„Ich komme direkt vom Flughafen. Ich habe die ganze Nacht nicht geschlafen."

Ludwig drückte ihr seinen Kaffee in die Hand und bat sie, sich zu setzen. Hoffnungsvoll schaute er sie an, sie war also sofort zu ihm gekommen. Er griff nach ihrem Strohhut, den sie noch immer tief in ihr Gesicht gezogen hatte. Als er ihn von ihrem Kopf zog, fiel Ludwig aus allen Wolken. Ihre wunderschönen roten Locken waren verschwunden. Sie hatte die Glatze der buddhistischen Nonnen. Ein tiefer Schmerz schnitt Ludwig die Luft ab. Entsetzt drückte er das Muschelhaarband in seiner Hosentasche.

―――

Henriette schaute in Ludwigs starres Gesicht. Sie fühlte sich mit einem Mal sehr schwach. Tränen liefen ihr über die Wangen. Sie kam zu spät. Während sie in der Wüste gewesen war, hatte sich das Rad des Schicksals unaufhaltsam weitergedreht. Was hatte sie geglaubt? Dass alles wäre wie zuvor? Dass irgendjemand die große Uhr angehalten und das Leben eingefroren hätte, bis sie wieder zurückkam? Benommen schaute sie zu Ludwig, dessen Blick sie nicht finden konnte.

Als Ludwig zu sprechen begann, schmeckten seine Worte nach Abschied.

„Ich bin den ganzen Weg zurück durch die Wüste gewandert. Ohne ein Wort von dir. Ohne zu wissen was los ist. Und jetzt stehst du plötzlich vor meiner Tür. Was hast du dir dabei gedacht? Glaubst du wirklich, ich hätte dich nicht unterstützt, wenn du mir damals im Tempel erzählt hättest, dass du noch dort bleiben und etwas für dich herausfinden möchtest? Hast du so wenig Vertrauen?"

„Ludwig, ich konnte nicht mit dir sprechen, ich ...", fiel ihm Henriette ins Wort.

„Nein, lass mich ausreden. Kannst du dir vorstellen, wie es für mich war, dich in der Wüste zurücklassen zu müssen und ohne dich abzureisen? Weißt du, was für eine Angst ich um dich hatte?"

Ludwig vermied es, Henriette anzuschauen, als er weitersprach. Ihre Glatze erschreckte ihn.

„Weißt du wie es ist, wenn du durch die karge Wüste wanderst und plötzlich das Gefühl hast, dass alles um dich herum unglaublich lebendig ist? Du siehst Kilometer weit nichts als trockenen heißen Sand. Du hörst, wie der Wind um dich pfeift.

Du weißt, dass es hier nirgendwo Wasser gibt und keinen Baum oder Strauch. Aber du empfindest, dass alles das, was um dich herum ist, ein fruchtbares Juwel ist. Denn du fühlst dich innerlich so abgestorben, so versandet, dass nichts, aber auch gar nichts, noch nicht einmal die Wüste selbst, dieser Tristesse jemals nahe kommen kann. Du bist steinalt. Und nichts von dem Leben, das einmal so leidenschaftlich schön in dir pulsiert hat, ist noch da. Es ist alles verschwunden. Ich muss ins Büro. Ich nehme an, du kommst, um dich zu verabschieden."

---

„Ich. Nein, ich ...", stammelte Henriette entsetzt.
„Ja, was?"
„Ich wollte mit dir reden. Ich glaube, ich bin schwanger."

Nun war es heraus. Sie hatte es gesagt. Ludwig schaute Henriette an, als hätte er nicht verstanden.

„Ich bin schwanger", wiederholte sie ihren Satz.

„Schwanger, ja dann ... gratuliere. Kommst du nur, um mir das mitzuteilen? Wie auch immer, ich muss jetzt ins Büro."

Henriette erschauderte vor dem schneidenden Ton in seiner Stimme. Ein dickes Eisentor schien in Ludwigs Herzen zugefallen zu sein. So hart hatte seine Stimme noch nie geklungen. Er hatte sich vor ihr verschlossen. Verstand er denn nicht? Oder täuschte sie sich so sehr in ihm? Das konnte nicht sein. Sie musste einen Weg zu ihm finden. Jetzt sofort. Wenn sie es jetzt nicht schaffte, wäre alles verloren. Sie musste zu seinem Inneren durchdringen.

„Ludwig, nun sieh mich doch nicht so verletzt an. Bitte lass mich auch mal was sagen. Nein, das ist nicht der Grund, weshalb ich gekommen bin. Verstehst du nicht? Du bist der Vater. Und ich habe die Wüste verlassen, weil ich mich gegen das spirituelle Leben entschieden habe, gegen meine Erleuchtung, die ich dort vielleicht hätte erfahren können. Ich möchte mein Leben nicht im Kloster verbringen. Ich möchte mit dir leben. Mit DIR. Und diese Entscheidung hat nichts mit dem Kind zu tun. Das mit der Schwangerschaft ist nur so ein Gefühl. Es ist noch zu früh, um es sicher sagen zu können. Aber der alte Mönch hat mir zum Abschied ein Kindergewand geschenkt. Ich glaube, er konnte die Schwangerschaft bereits sehen. Ich wollte das alles nicht, ich wollte dich nicht ohne ein Wort gehen lassen. Aber der alte Mönch hatte mir ein Schweigegelübde auferlegt und mich von dir ferngehalten. Und ich habe mich in diesem Moment einfach gefügt. Ich wusste nicht, wie ich mich hätte anders verhalten sollen. Und als ich alles begriff, da warst du schon fort. Ich ... Entschuldigung. Kannst du mir verzeihen?"

Als Henriette aufschaute, traf sie Ludwigs Blick. Lange und stumm schauten sie sich an. Die Traurigkeit seiner tiefbraunen Augen brannte sich in Henriettes Herz ein.

„Als ich vorhin deine Glatze sah, da dachte ich, dass du Nonne geworden bist ...", sagte Ludwig und zog sie in seine Arme.

Henriette roch nach Flugzeug, nach Schweiß, nach dem Sand der Wüste. Doch das Leben, mit dem dieser Geruch verbunden war, gehörte schon der Vergangenheit an. Henriette war in einer anderen Welt angekommen – in ihrer Welt. Ludwig nahm ihre Hand in seine und legte beide Hände auf ihren Bauch.

## 28 Vier Jahre danach

Für Wu Xiang Fei war ein erhöhter Platz auf der goldgeschmückten Bühne errichtet worden. Süßigkeiten und Orangen standen in Schüsseln und Körben in schier endloser Zahl um den noch leeren Sitz herum. „Long Nian Xiang Da Yung – Das Drachenjahr erhält großes Glück" schwebte in chinesischen Buchstaben an einer Girlande über dem Raum. An der Wand hing das Bild eines großen Drachen, neben dem die Zahl 2012 angebracht war. Es war Chinesisch Neujahr. Der Meister feierte es gemeinsam mit seinen Schülern. Dafür hatte er ein schönes altes Theater gemietet. Henriette war lange nicht mehr bei ihm gewesen. Die Kulisse um sie herum weckte Erinnerungen an frühere Feste, die sie gemeinsam mit der Gruppe durchlebt hatte. Sie dachte an ihre ersten unbeschwerten Jahre im Qigongzirkel und daran, wie aufregend sie es gefunden hatte, alte geheime Lehren zu erlernen, die besondere Kanäle im Körper für eine spirituell-geistige Praxis öffnen sollten. Es hatte sie fasziniert, dass viele der Übungen einer alten tibetischen Technik entstammten, die noch heute in Klöstern in Tibet, der Mongolei und vereinzelt auch in China gelehrt wurde. Doch heute war es für sie anders als sonst. Es war das erste Mal, dass sie gemeinsam mit ihrer kleinen Tochter hier war. Liane hatte so lange gebettelt, mitkommen zu dürfen, bis Henriette schließlich nachgegeben hatte. Lange hatte sich Henriette dagegen gesträubt, überhaupt zu gehen. Seit ihrer Reise in die Wüste hatte sie alles, was mit Qigong in Verbindung stand, von sich ferngehalten. Wenn sie daran dachte, kam es ihr vor wie ein Blick in ein anderes Leben, eine frühere Existenzform von ihr. Warum war sie gekommen? Henriette wusste es selbst nicht. Es war Liane gewesen, die davon angefangen hatte. Sie hatte an diesem Morgen in Henriettes Schrank gestöbert und das Kindergewand des Badan Jilin Klosters darin entdeckt und angezogen. Damit war sie im

Schlafzimmer erschienen und hatte verkündet, dass sie heute auf ein Fest gehen wolle.

Kurz darauf hatte Marie-Claudine bei ihr angerufen und ihr berichtet, dass sie für einige Tage gemeinsam mit ihrem Sohn Sam in Berlin wäre und sie unbedingt sehen wolle. Nachdem Marie-Claudine damals von einem Tag auf den anderen abgereist war, hatten sie Jahre nichts mehr voneinander gehört. Nur einmal hatte Marie-Claudine geschrieben, dass sie nach ihrer überstürzten Abreise nun ganz nach Asien gezogen und dass ihr Kind fast entführt worden wäre. Henriette hatte sofort an die Chinesin mit den halblangen Haaren gedacht und sich daran erinnert, wie es ihr im Flugzeug in die Mongolei ergangen war. Die stille Bedrohung, die von der Chinesin ausging, konnte einen fast um den Verstand bringen. Wie ein dunkler Schatten schien diese Frau immer wieder aufzutauchen. Aber hatte die Chinesin Marie-Claudine und ihren Sohn tatsächlich weiter verfolgt? Marie-Claudine hatte keine Einzelheiten genannt. Auch ihre Adresse hatte sie nicht mitgeschickt und so war der Kontakt völlig abgebrochen.

Nun wollte Marie-Claudine Henriette plötzlich aus irgendeinem Grund wiedersehen und bat sie, zu Wu Xiang Feis Neujahrs-Fest zu kommen. Sie wirkte dabei sehr geheimnisvoll und Henriette ahnte, dass es etwas mit ihrem Sohn Sam zu tun haben musste.

„Hier Mama, los", brüllte Liane aufgeregt durch den Raum und riss Henriette aus ihren Gedanken. Sie rannte auf die noch freien Sitze in der ersten Reihe zu, den Süßigkeiten greifbar nahe. Liane inspizierte die Körbe mit den Leckereien aufs Genaueste. Als sie sich gesetzt hatten, schaute sich Henriette interessiert um. Nathalie stand ihr den Rücken zugekehrt auf der Bühne, ganz in der Nähe des Meisters. Sie bückte sich, um einige heruntergefallene Orangen auf einen Teller zu schichten. Die Assistentin schien Henriettes Blick gespürt zu haben, denn sie drehte sich plötzlich in ihre Richtung und schaute sie böse an. Henriette verstand nicht. Doch dann merkte sie, dass der Blick nicht ihr galt, sondern an ihr vorbei in den hinteren Teil des Raumes gerichtet war. Henriette drehte sich um. Und da sah sie, worauf Nathalies

Blick fiel. Marie-Claudine stand in der Nähe des Eingangs, braungebrannt und gutaussehend, einen kleinen Jungen an der Hand haltend. Er musste bald vier Jahre alt werden. Henriette winkte ihr von weitem zu. Doch Marie-Claudines gesamte Aufmerksamkeit war auf drei Männer mit asiatisch geschnittenen Gesichtern gerichtet, die soeben die Halle betreten hatten. Obwohl diese ganz alltäglich gekleidet waren, hatten sie die Ausstrahlung hoher geistlicher Würdenträger. In ihrer Andersartigkeit stachen die Männer aus der Qigonggemeinde hervor wie drei Perlen aus einem Haufen von Kieselsteinen. Auch Wu Xiang Fei hatte sie bemerkt und lächelte ihnen zu, bevor er seine Neujahrszeremonie mit einer langen Rede begann.

Als die Festrede sich ihrem Ende zuneigte, schenkte Wu Xiang Fei allen Anwesenden zum Abschied eine Orange. Einzeln traten die Schüler zu ihm vor und nahmen sie kniend in Empfang. Die Süßigkeiten wurden verteilt und durch den Raum geworfen und die Teilnehmer fanden sich in kleinen Grüppchen zu privaten Gesprächen zusammen. Henriette wollte gerade zu Marie-Claudine gehen, als sie sah, wie sich Wu Xiang Fei und die Asiaten in den Garderobenraum zurückzogen und Marie-Claudine und den kleinen Sam hineinwinkten.

Es waren kaum zehn Minuten vergangen, als Liane, die bis dahin fröhlich gemeinsam mit den anderen Kindern nach Bonbons und Luftballons Ausschau gehalten hatte, geradewegs auf den Garderobenraum zusteuerte. Sie machte sich energisch an der Tür zu schaffen.

„Nein. Liane, lass das. Komm zurück!", rief Henriette.

Doch Liane hatte die Tür schon geöffnet und schlüpfte neugierig ins Zimmer. Henriette beeilte sich, hinterher zu gehen. Als sie dort ankam, hatte sie das Gefühl, in eine feierliche Zeremonie zu platzen. Doch niemand nahm weiter Notiz von ihr. Der kleine Sam stand mitten im Raum. Vor ihm lagen mehrere Gegenstände ausgebreitet. Schnell schloss Henriette hinter sich die Tür und lehnte sich, erwartungsvoll gegen den Rahmen. Auch Liane verfolgte die Szene mit voller Aufmerksamkeit.

Hatte der Schamane in Taiwan doch recht gehabt? Wurde hier vor Henriettes Augen die Reinkarnation eines hohen Lamas geprüft? Sam ging zielstrebig auf einen alten leuchtenden Schuh zu. Er nahm ihn in die Hand und betrachtete ihn. Die drei Asiaten schauten wie gebannt auf sein Tun. Trotz der gelassenen Haltung, die sie dabei an den Tag legten, spürte Henriette, dass sie jede seiner Bewegungen erwartungsvoll verfolgten. Doch aus ihren Gesichtern ließ sich nichts ablesen. Hatte der Schuh in der Hand des Jungen eine tiefere Bedeutung?

Wie Henriette wusste, hatten Marie-Claudine und Marc seit der Geburt von Sam sehr zurückgezogen gelebt, um ihr Kind zu schützen. Was für ein Leben musste das gewesen sein? Henriette wusste nicht einmal, in welchem Land sich die Drei versteckt gehalten hatten. War es auf Borneo gewesen, wo das Kind zur Welt gekommen war? Oder waren sie nach Taiwan gezogen? Schlagartig wurde Henriette bewusst, dass das Leben von Marc und Marie-Claudine sehr eingeschränkt gewesen sein musste. Vermutlich hatten sie seit Jahren auf diesen Moment gewartet, in dem ihr Kind geprüft werden würde. Für Henriette hingegen war es ganz selbstverständlich gewesen, ihr Leben ganz nach ihren eigenen Vorstellungen zu gestalten. Und sie würde diese Freiheit nicht missen wollen. Neugierig blickte Henriette zu Sam. Konnte man ihm schon jetzt, im Alter von fast vier Jahren, seine außergewöhnliche Persönlichkeit ansehen? Sam war ein strahlendes Kind voller Anmut. Trotz seiner Zartheit schienen eine starke Willenskraft und ein inneres Feuer seine Bewegungen und Handlungen zu steuern. Ja, das Kind hatte Charakter. In seinem Aussehen glich es weder Marc noch Marie-Claudine. Nur die Feinheit seiner Gesichtszüge erinnerte an die Mutter.

Wieder blickte Henriette auf Sam. Der Junge hatte noch immer den fein schimmernden Schuh in den Händen. Er stellte ihn auf den Boden und wollte ihn gerade anziehen, als etwas Unerwartetes geschah. Sam hielt in seiner Bewegung inne.

„Das ist gar nicht meiner", sagte er verwundert und griff nach einer schweren hölzernen Kette. Mir gehört diese Kette."

Der Moment war von einer Bedeutung aufgeladen, die Henriette spüren, aber nicht erfassen konnte. Was besagten die Worte des kleinen Jungen? Starr vor Schreck blickten die Männer auf Sam, als sich

Liane plötzlich von Henriettes Hand losriss. Sie rannte auf Sam zu.

„Es ist mein Schuh", sagte sie laut. Sam nahm den Schuh und half ihr, ihn anzuprobieren.

Mit großem Staunen blickten die Mönche auf das kleine Mädchen. Zwei verzogen wütend ihre Gesichter, doch der Dritte lächelte.

„Wo hast du den Schuh her?", fragte er Liane in fast akzentfreiem Deutsch.

„Ich hab ihn doch von dir bekommen, weißt du nicht mehr?", entgegnete Liane entrüstet.

„Entschuldige bitte die Frage. Ich wollte nur wissen, ob du dich noch erinnerst", sagte der alte Mann und lächelte.

Henriette spürte, dass das, was hier vor sich ging, nichts mit dem zu tun hatte, was sie bisher erlebt hatte. Sie musste hier raus. Panisch wandte sie sich an Liane.

„Komm, Liane, wir müssen gehen."

Doch das Kind rührte sich nicht von der Stelle.

„Ja, auch wir müssen wieder nach Hause zurück", sagte der alte Lama. Er nickte Henriette freundlich zu und wandte sich zum Ausgang.

„Ich komme mit", rief Liane, rannte hinter ihm her und fasste nach seiner Hand. Henriette starrte fassungslos auf ihre Tochter. Noch nie hatte sie einem fremden Menschen einfach so die Hand gegeben. Nichts war mehr so wie zuvor.

„Liane, bitte komm her", schrie sie bestürzt. „Liane!"

„Ich gehe mit ihm, Mama", wiederholte ihre kleine Tochter entschuldigend. „Ich gehe in ein Kloster, Mama. Ich habe es versprochen ..."

Henriette stockte der Atem. Ihre Tochter hatte von einem Kloster gesprochen. Woher kannte sie diesen Ausdruck? Henriette hatte das Wort nie erwähnt und ihr nie von ihrer Klosterreise erzählt.

Plötzlich kam alles zurück. Henriette dachte an ihre Zeit in der Wüste und an ihren Entschluss von dort wegzugehen. Sie hatte diese Entscheidung nie bereut. Und hier stand ihre kleine Tochter und träumte von einem Leben im Kloster. Würde man ihr Liane entreißen?

Ereilte sie das gleiche Schicksal wie Marie-Claudine? Wer war dieses Kind? Kannte sie Lianes Wesen so wenig? Hätte Henriette in der Wüste leben sollen, weil es ein wichtiger Ort für ihre Tochter war? Plötzlich schien es Henriette, als hätten alle davon gewusst, Zaya Rinpotsche, Wu Xiang Fei, Marie-Claudine, ja sogar Sam und Liane. Nur sie selbst nicht. Fassungslos schaute sie auf den alten Mann. Sie dachte an die große Meditation von Wu Xiang Fei und Zaya Rinpotsche zurück. Was hatten die beiden Meister damit bewirkt? Henriette blickte beunruhigt auf Liane. Was würde aus ihrer Tochter werden?

„Ist meine Tochter die von Euch gesuchte Reinkarnation?"

„Es mag sein", sagte der Lama, verbeugte sich tief und blinzelte ihr freundlich zu.

Auf seinem Gesicht zeigte sich ein unergründliches Lächeln.

# Glossar

## Arhatenberg

Schnitzereikunstwerk aus Holz auf dem Reliefbilder mit Kiefernbäumen, Brücken und Pagoden zu sehen sind, sowie ursprünglich 500 Arhatenfiguren. Ein Arhat ist ein buddhistischer Heiliger, der den letzten Schritt ins Nirwana aufschiebt und freiwillig auf der Welt bleibt und lehrt.

## Avalokiteshvara

Im Mahayana-Buddhismus ist Avalokiteshvara der Bodhisattwa des universellen Mitgefühls. Er ist der Schutzpatron von Tibet. Avalokiteshvara ist jener Bodhisattwa mit den meisten unterschiedlichen Erscheinungsformen. In China beispielsweise tritt er in weiblicher Form als Guanyin auf. Auch in Japan und Vietnam kommt er in weiblicher Ausprägung vor. In tantrischen Traditionen wird er häufig mit elf Köpfen und tausend Armen dargestellt. Viele Meister, vor allem aber der Dalai Lama, werden als Verkörperungen des Avalokiteshvara gesehen.

## Badain Jaran Wüste

Die drittgrößte, sehr unzugängliche Wüste Chinas ist Badain Jaran, die am südlichen Rand der Wüste Gobi liegt. Mehr als 100 Seen mit Süßwasser bis zu extremem Salzwasser sowie die größten Megadünen Zentralasiens mit bis zu 430 Metern Höhe sind in dem weitgehend unbesiedelten Gebiet zu finden.

## Badan Jilin

Lamaistisches Kloster in der Wüste Badain Jaran, im Gebiet der über 100 Seen gelegen. Das Kloster wurde 1775 gegründet und liegt direkt an zwei Seen. Nur noch zwei Mönche sollen in diesem Kloster leben.

## Betelnüsse

Das Palmengewächs Areca Catechu ist im indo-malaiischen Raum verbreitet und trägt rote Früchte. Die noch unreifen Betelnüsse werden seit Jahrhunderten in Asien und Ostafrika von mehr als 450 Millionen Menschen gekaut. In Taiwan beispielsweise wird die Droge gerne von Taxifahrern und Bauarbeitern verwendet. An großen Straßen werden Betelnüsse häufig von den „Betelnuss-Schönheiten", jungen, meist aufreizend gekleideten Frauen, die in kleinen Glashäusern sitzen, verkauft. Betelnüsse haben eine anregende und euphorisierende Wirkung, vermehren den Speichelfluss und färben ihn rot. Sie sind giftig, acht bis zehn Gramm des Samens können für den Menschen tödlich sein.

## Bu dui

Chin.: falsch, inkorrekt, nicht stimmen, nein.

## Buddha Milefo

Buddha Milefo ist ein dickbäuchiger lachender Buddha der Zukunft. Eine weiße, sechsundzwanzig Meter hohe Sandelbaum-Statue von Buddha Milefo ist im Wanfu-Pavillon im Yonghegong-Tempel in Peking platziert. Im Mahayana und Therawada-Buddhismus gilt Buddha Milefo als ein noch auf die Erde kommender Buddha und zählt zu den acht großen Boddhisattvas.

**Bunun**

Indigenes Volk im zentralen Bergland Taiwans mit rund 37.000 Angehörigen. Sie leben hauptsächlich vom Hirseanbau und sind bekannt für chorale Gesänge und Töpferkunst. Derzeit werden vierzehn in den Bergen lebende Minderheiten als einheimische Völker in Taiwan anerkannt, weitere aus den Ebenen kommende Gruppen Taiwans, die stark sinisiert wurden, kämpfen um eine offizielle Anerkennung.


**Das rote Frauenbataillon**

Mao Tse-Tungs Ideen zur Einschränkung der Kunst wurden bereits 1942 in seiner Schrift „Reden über Literatur und Kunst" formuliert. Um jegliche freie Meinungsäußerung in der Kunst zu unterbinden und eine radikale Loslösung von der alten Tradition zu vollziehen, ließen Mao Tse-Tung und dessen Ehefrau Jiang Qing die gesamte darstellende Kunst in China lahm legen. Die Theater wurden dazu aufgerufen, ihr altes Repertoire einzustellen und Stücke für den Klassenkampf und für die sozialistischen Bauern, Arbeiter und Soldaten aufzuführen. Als „Modellstücke" wurden erst acht, später siebzehn, Revolutionswerke geschaffen, die über zehn Jahre hinweg die einzig zugelassene Form künstlerischer Darbietung waren. Die Revolutionsstücke handeln von der Kommunistischen Partei im Kampf gegen ihre Feinde und zeichnen in überhöhter Form verschiedene Phasen und Stationen der politischen Ära Mao Tse-Tungs nach. „Das rote Frauenbataillon" zählt zu den bekanntesten Revolutionsstücken. Es handelt von der vom Tyrannen des Südens gefangenen Heldin Wu Ching Hua. Schon die Titel der Musikstücke und Szenenüberschriften machen den Modellcharakter des Stückes deutlich: „Die Partei pflegt Helden" oder: „Vorwärts, entlang dem mit dem Blut der Märtyrer blutrot gefärbten Pfad."


**Eingeweihte Schüler**

Manche Qigonglehrer bieten den Praktizierenden an, sich als Schüler einweihen zu lassen, um damit enger mit der Lehre und dem Meister verbunden zu sein. In der Regel muss zuvor ein entsprechender Antrag gestellt und begründet werden. An einem bestimmten Tag findet dann ein offizielles Einweihungsritual, zumeist verbunden mit einer Qiübertragung, statt.

## Erdgott

Der Erdgott Tu Di Gong, mit früherem Namen Fu Teh Cheng Shen, ist eine Gottheit der Landwirtschaft und der Gesellschaft. Ihm sind zahlreiche Tempel und Schreine geweiht. Enger als andere Gottheiten ist er mit dem täglichen Leben der Menschen verbunden. Man bittet und dankt ihm für gute Erntejahre.

## Erhu

Dieses zweisaitige chinesische Streichinstrument wurde schon während der Song-Dynastie (11. Jh.) in Südchina gespielt. Im 19. Jh. avancierte die Erhu in China zum Hauptinstrument der Nationaloper sowie zum Solo-Instrument und ist bis heute sehr populär.

## Expat

Expat ist die Kurzform von Expatriat, einer vorübergehend ins Ausland entsandten Fachkraft eines international tätigen Unternehmens.

## Fernübertragung

Laut der chinesischen Qi-Lehre kann Qi von einer Person auf eine andere ausgestrahlt werden. Wenn die Qi-Übertragung mit einer gewissen räumlichen Distanz verbunden ist, spricht man dabei von einer Fernübertragung. Um Qi zum Beispiel zu Heilzwecken ausstrahlen zu können, bedarf es eines hohen Qi-Niveaus des Senders. Die Person muss fähig sein, für die Übertragung Atem, Gedanken, Gefühle und Bewegung miteinander in Einklang zu bringen. In naturwissenschaftlichen Untersuchungen lässt sich bei solch einer Ausstrahlung unter anderem eine Infrarotstrahlung der Handinnenflächen messen.

**Formosa**

Taiwan, Insel vor dem chinesischen Festland im Westpazifik, getrennt durch die Taiwanstraße. Früher wurde die Insel „Ilha Formosa" genannt. Der Name war ihr von portugiesischen Seefahrern verliehen worden. In China ist der Name „Taiwan" seit dem 16. Jh. für die Insel gebräuchlich.

**Ganbei**

Ganbei bedeutet „Prost". Bei diesem Trinkspruch ist es üblich, das Glas in einem Zug zu leeren.

**Göttin des Westens**

Xiwangmu, die Göttin des Westens, ist eine der ältesten chinesischen Gottheiten und Tochter des Jadekaisers Yu Di. Im Daoismus gilt sie als Unsterbliche und als Vermittlerin zwischen dem himmlischen und irdischen Reich. Sie ist Symbol der Transzendenz. Als Wesen des höchsten Yin ist sie auch Göttin des Todes, der Epidemien und der Zerstörung. Ihr Wohnort ist Kunlun, ein heiliger Berg im Westen Chinas. Der Geburtstag der Göttin wird am dritten Tag des dritten Monats gefeiert.

**Huang Di**

Der gelbe Kaiser ist eine mythologische Figur, die am Anfang der chinesischen Kultur gestanden und von 2.696 bis 2.598 v. Chr. regiert haben soll. Man glaubt in China an insgesamt fünf Urkaiser. Huang Di wandelte sich im Laufe der Dynastien vom Kriegsgott zu einem erleuchteten Unsterblichen des Daoismus, der als Gott des Weltenbergs

Kunlun, als Eroberer, aber auch als Richter gilt. Die Daoisten schreiben ihm das Buch „Huang Di Neijing", „Die Medizin des gelben Kaisers", ein Werk über Akupunktur, Akupressur und weitere medizinische Techniken zu.

**Hutong**

Zum historischen Peking gehörten auch die Hutongs, enge Gassen, die bis in die 1990er Jahre das Stadtbild prägten. Mit ihren Hofhäusern (Siheyuan) bestimmten sie die traditionelle Wohnbebauung der Stadt. Von den 3.000 im Jahr 1950 noch existierenden Hutongs waren 2007 jedoch nur noch die Hälfte vorhanden. Fünfundzwanzig Gebiete wurden bereits 2002 unter Denkmalschutz gestellt, denn manche der Hutongs reichen in ihrem Grundriss bis in die Yuan-Dynastie (1271-1368) zurück. Doch obwohl sie als Schutzgebiete ausgewiesen waren, fielen viele von ihnen weiterhin Verkehrsplanern und Immobilienfirmen zum Opfer. Manche Straßen wurden inzwischen auch renoviert und für Touristen attraktiv gemacht.

**Jadekaiser**

Der Jadekaiser „Yu Di" ist eine der wichtigsten Gottheiten der chinesischen Mythologie des Konfuzianismus und gilt als der höchste Gott des Pantheons. Der Kult um den Jadekaiser entstand im 11. Jh. in der Song-Dynastie. Yu Di wird als der Erfinder der Staudämme und als Ingenieur unter den Göttern geehrt. Ihm sind viele Tempel und Paläste geweiht.

**Jadetor der Liebe**

Eine aus der Han-Zeit stammende poetische Sprache für die Liebe nannte den Penis des Mannes „Jadestängel" und den Scheideneingang der Frau „Jadetor". Geschlechtsverkehr wurde in dieser Ausdrucksform als „Wolke und Regen" oder „Regenwolke" benannt.

**Kai shui**

Chin.: abgekochtes, heißes Wasser.

**Kultivieren**

„Kultivieren" bedeutet im Zusammenhang mit Qigong und religiösen Lehren, seine Persönlichkeit, bezogen auf Körper, Geist und Seele, spirituell weiterzuentwickeln.

**Long nian xiang da yung**

Chin.: „Das Drachenjahr erfreut sich großen Glücks."

**Mazu**

Die daoistische Gottheit ist die Schutzgöttin der Fischer und Seeleute. Sie wird vor allem in Küstengebieten verehrt. Auch als Himmelgöttin „Tianhou" bezeichnet, zählt sie zum Mutterarchetypus der schützenden und bewahrenden Frau. Weltweit sind der Göttin Mazu rund 1.500 Tempel in sechsundzwanzig Ländern geweiht, allein rund 1.000 davon stehen in Taiwan.

**Mandarin**

Im Westen wird die chinesische Hochsprache als „Mandarin" bezeichnet. In China spricht man von Putonghua (= allgemeine Sprache). Sie vereint die Aussprache von Peking, die Grammatik der Mandarin-Dialekte und den Wortschatz der umgangssprachlichen chinesischen Schriftsprache. Mandarin ist eine Tonsprache mit vier Tönen. Allein durch die Veränderung der Tonhöhe erhält das Wort eine jeweils andere Bedeutung. 1956 wurde sie als Unterrichtssprache an den Schulen eingeführt und ist heute die gebräuchlichste chinesische Sprachform.

**Mei guanxi**

Chin.: das macht nichts, schon gut, nicht der Rede wert, nicht so schlimm.

**Mondkuchen**

Chin.: „yuebing". Er wird traditionell zum Mondfest gegessen. Der Mondkuchen ist ein rund fünf bis zehn Zentimeter großer Kuchen, der in salziger Variante häufig mit einem Eidotter einem runden Fleischball oder in süßer Form mit Süßkartoffel gefüllt ist – als Symbol für den Vollmond. Der Kuchen wird traditionell mit den Schriftzeichen für „Harmonie" oder für „langes Leben" verziert.

**National Chiang Kai Shek Memorial Hall**

Die Nationale Chiang Kai Shek Gedächtnishalle liegt im Zentrum Taipehs. Das zwischen 1976 und 1980 gebaute Monument liegt inmitten eines Parks und wurde zum Gedenken an den Nationalisten, Militärbefehlshaber und langjährigen Präsidenten Chiang Kai Shek, erbaut. Er war vor Mao Zedong und den chinesischen Kommunisten nach Taiwan geflohen und hatte dort eine auf das Festland China bezogene Übergangsregierung errichtet. Die Gedächtnishalle ist vom Stil her an das Sun-Yat-Sen-Mausoleum in Nanjing angelehnt. Soldaten halten Ehrenwache vor der sitzenden Statue Chiang Kai Sheks

**Ni hao/ nin hao**

Chin.: „Guten Tag, hallo"; Nin hao: höflichere Form des Grüßens

**Panchen Lama**

Der Panchen Lama gilt im tibetischen Buddhismus als Emanation von „Amitabha", dem Buddha des unermesslichen Lichts. Er hat sich für die Wiedergeburt entschieden, um anderen Wesen zu helfen. Der im 17. Jh. eingeführte Titel bedeutet „großer gelehrter Meister". Der derzeitige 1990 geborene Panchen Lama „Gyeltshen Norbu" gilt als umstritten. 1995 hatte der 14. Dalai Lama den 1989 geborenen Gendun Chökyi Nyima zum 11. Panchen Lama ernannt. Dieser wurde jedoch entführt und Gyeltshen Norbu von Seite der Chinesen zu seinem Nachfolger bestimmt.

## Pomelos

Birnenförmige, Pampelmusen artige Frucht. Pomelos klingt in der chinesischen Sprache wie das Wort für Segen und gilt als Symbol für Glück. Die Frucht ist zur Zeit des Mondfestes reif.

## Puyuma

Indigenes Volk im Osten Taiwans in der Taitung-Ebene bekannt für seine Tanz- und Liedtradition (siehe auch Bunun). Als die Tradition der altehrwürdigen Tänze und Lieder des Stammes schon fast ausgestorben war, entstand 1991 die „Formosa Aboriginal Sing & Dance Troupe" und begann mit Sondergenehmigung des Stammeshäuptlings die heiligen Rituale zu erlernen und sie so vor dem Verschwinden zu retten. Eines dieser Rituale ist beispielsweise der Puyuma-Affentanz, bei dem traditionell ein Affe in der Wildnis gefangen und geopfert wird.

## Qi-Feld

Ein Qigongmeister baut in der Regel ein sogenanntes Qi-Feld für seine Schüler auf. Die feinstoffliche Kraft wirkt auf die Schüler ein und verbessert ihr Qi-Niveau und Wohlbefinden. In der Qigonglehre gilt dabei, dass sich ein Qi-Feld umso besser und kraftvoller aufbauen lässt, je mehr Personen anwesend sind.

**Saisiat**

Indigenes Volk in Taiwan (siehe auch Bunun). Der Saisat-Stamm ist für seine traditionellen Besessenheitstänze und komplexen Gesänge bekannt. Um einen Liederzyklus verstehen und lernen zu können, muss man zuerst über ein spezielles Wissen über Pflanzen und ihre Wirkung verfügen. Beim Pasta'ay Festival, einem der bedeutendsten Feste der Saisat werden die Ta'ay-Ahnengeister willkommen geheißen. Während des Rituals melden sich die Geister an, indem sie beispielsweise jemandem im Nacken Schmerz zufügen, Menschen beißen, die etwas Falsches sagen oder mit den Frauen des Stammes flirten.

**Shenme**

Chin.: Was hast du gesagt?

**Shifu**

Chin.: „Meister". Shifu kann als ehrenhafter Titel gewählt werden. Das Wort „Shifu" wird in der Regel für Künstler, Kalligraphen, Handwerker wie Automechaniker oder andere verwendet. In einem Lehrer-Schüler-Verhältnis kann Shifu soviel wie „Meister", „Vater" oder auch „spiritueller Lehrer" bedeuten.

**Si**

Chin.: „si" kann je nach Aussprache entweder „sterben", „fallen", „tot" (3. Ton), oder in anderer Betonung „vier" (4. Ton) bedeuten.

**Singlish**

Singlish ist eine in Singapur gesprochene Varietät der englischen Sprache. Sie enthält Einflüsse des britischen und amerikanischen Englisch sowie des chinesischen Hokkiendialektes. Die Aussprache ist vom

Malaiischen, Portugiesischen und Chinesischen beeinflusst. Bsp.: „Glad to see you-la."

**Terima kasih**

Indonesisch: danke.

**Tsou**

Indigenes Volk auf der Alishan Bergkette im Süden Taiwans sowie im Südwesten der Insel (siehe auch Bunun). Eine der bedeutenden Traditionen des Tsou-Stammes ist die Hirseernte-Zeremonie „homeyaya" zu der die Hirsegottheiten eingeladen werden. In einem rituellen Tanz und Gesang wird von den glorreichen Taten der Krieger vergangener Zeiten erzählt. Drei Nächte lang wird bis zum Morgengrauen getanzt und gesungen.

**Tulku**

auch „Trülku" bedeutet „Ausstrahlungskörper" und bezieht sich auf den physischen Körper eines Wesens. Ein Tulku ist eine hohe spirituelle Persönlichkeit, die Einsicht in die Leere erlangt hat und ein Bodhisattwa geworden ist. Wenn ein buddhistischer Lehrer gestorben ist, suchen die Schüler nach dessen Wiedergeburt. Der gefundenen Reinkarnation, einem besonders begabten Kind, steht der Titel des Tulkus von Geburt an zu. Insgesamt gibt es ca. 1.000 Tulkus, davon sind 99 % männlichen Geschlechts. Bei wichtigen Positionen folgt das Suchen der Kinder ganz bestimmten Vorzeichen. Manchmal wird dies testamentarisch vom Vorgänger festgelegt. In einer Prüfung müssen die in Frage kommenden Kinder persönliche Gegenstände ihres Vorgängers erkennen. Meist fallen die Kinder auch dadurch auf, dass sie ein bestimmtes Detailwissen haben, das ihnen niemand zuvor vermittelt hat. Auch verspüren diese Kinder häufig den Wunsch, in ein Kloster einzutreten.

**Wie**

Chin.: ja

**Wei shenme**

Chin.: warum

**Women you fang song**

Chin.: Wir lassen alle locker, wir entspannen uns alle.

**Yu Shan**

Chin.: „Jade Berg", höchster Berg Taiwans und Ostasiens. Er liegt 3.953 m über dem Meeresspiegel.

**Zhongquijie**

Das Mitherbstfest oder Mondfest „Zhongquijie" ist eine traditionelle chinesische Familienfeierlichkeit. Sie findet am fünfzehnten Tag des achten Monats nach dem Mondkalender statt. Der Mond gilt in China als Sinnbild für Harmonie und Glück. Schon zu alten Zeiten wurde in China im Frühling der Sonne und im Herbst dem Mond geopfert.

**Zhou zhou zhou – wo izi zai zhou, ni yao qu nali?**

Chin.: Gehen, gehen, gehen – ich gehe unentwegt. Wohin gehst du?

# Inhalt

**Prolog: Die Zeichen**

7

**1 Linke Schuhe**

9

**2 Das neue Gesetz**

18

**3 Die Aufgabe**

22

**4 Veränderung**

30

**5 Das Buch**

37

**6 Neue Wege**

46

**7 Chinareise**

58

**8 Die Entdeckung**

73

**9 Kalligraphie**

80

10 Tibet

**84**

11 Konzert

**91**

12 Formosa, die Insel der Schönheit

**99**

13 Kein Entrinnen

**107**

14 Rauschende Leitung

**123**

15 Schicksalswege

**132**

16 Begegnung

**135**

17 Heimreise

**151**

18 Abstieg

**156**

19 Absage

**168**

20 Alles kommt zurück

**177**

**21 Warten**

**190**

**22 Falsch verbunden**

**201**

**23 Der alte Lehrer**

**208**

**24 Zur selben Zeit an einem anderen Ort**

**226**

**25 Little India, Singapur**

**231**

**26 Wüstenleben**

**238**

**27 Die Entscheidung**

**247**

**28 Vier Jahre danach**

**252**

**Glossar**

**259**

Foto: Boris Bogdanović

**Die Autorin**

Heike Gäßler ist freie Theatermacherin und Kulturjournalistin. Seit 1996 beschäftigt sie sich mit Kunst und Kultur in den Ländern Ost- und Südostasiens, die sie auf zahlreichen Reisen kennengelernt hat. Der Roman ist inspiriert von ihrer Liebe zum Qigong und ihrem langjährigen Studium unter der Anleitung verschiedener Qigong- und Tai Chi-Meister. Heike Gäßler lebt in Berlin.

Die Autorin freut sich über Feedback zu ihrem Buch unter

heikegaessler@yahoo.com.

# Danksagung

Mein Dank geht an Ulrike Dietmann für ihre großartige Betreuung auf meinem Weg zum ersten Roman. Ich danke Doris Hotz und Birgit Steffan für ihre wertvollen Anmerkungen sowie Joachim Bohlander, Ter Mchy, Gabriele Nold, Jade Pai, Roland Platz, Holger Rentmeister und Maike Schröder für ihre Anregungen und ihre Unterstützung. Mein besonderer Dank geht auch an Boris Bogdanović für die Umschlaggestaltung. Zuletzt möchte ich meiner Familie für ihre positiven Gedanken und ihre generelle Unterstützung danken.

Bücher, die authentisch sind und Spirit haben

## Die Vision des Verlags:

**Vertrauen in das Gespür von Leserinnen und Lesern**

**Bedingungslos authentische Bücher**

**Autorinnen und Autoren, die etwas Unverwechselbares zu erzählen haben**

Die Bücher des Verlags erhalten Sie in allen Buchhandlungen und bei zahlreichen Online-Anbietern wie amazon.de. Sie können die Bücher auch beim Verlag direkt bestellen: www.spiritbooks.de. Wenn Sie direkt beim Verlag bestellen, unterstützen Sie den Verlag und die Autoren.

Besuchen Sie die Webseite und den Verlagsshop

# www.spiritbooks.de

## Shelley Rosenberg
## "Meine Pferde, meine Heiler"

Lesen Sie die bewegende Autobiografie
der Grand-Prix-Reiterin Shelley Rosenberg
mit einem Vorwort von Linda Kohanov.

# www.spiritbooks.de

## Reinhold Fink
## "Zeitenschnur"

"Reinhold Fink erzählt flott. Realität verbindet er mit irisch-keltischen Einflüssen, und lässt eine ungewöhnlich neue Welt der Fantasie entstehen. Für Freunde der Mystik. (Elfenschrift)

"Ein Buch, das fast wie "Illuminati" auf die Spuren alter Geheimgesellschaften führt" (Karfunkel. Zeitschrift für erlebbare Geschichte.)

Lesen Sie einen spannenden, unterhaltsamen Roman, der das alte Wissen der Druiden und Barden heraufbeschwört. Steigen Sie tief hinab in unsere Vergangenheit:

## www.spiritbooks.de

## Ulrike Dietmann
## "Das Medizinpferd"
Lesen Sie den Roman einer Einweihung,
ein magisches Buch, das Ihr Leben verändert

# www.spiritbooks.de